인간 희극

인간 희극

윌리엄 사로얀 지음 | 안정효 옮김

문예출판사

THE HUMAN COMEDY
William Saroyan

타쿠히 사로얀에게 이 책을 드립니다

특별히 훌륭한 작품을, 제 평생에 가장 좋은 작품을 쓰고 싶었기 때문에, 저는 당신께 바칠 이 소설을 쓰기 위해 그토록 많은 세월을 보냈습니다. 이제 마침내 약간 시간에 쫓기면서 집필을 시도하기에 이르렀습니다. 더 오래 기다릴 수도 있었겠지만, 다른 모든 시도를 한 다음에 어떤 재능과 어떤 성향이 남게 될지, 그리고 다음에는 어떤 일이 닥칠지 알 길이 없기 때문에 약간 서둘러 현재 제가 지니고 있는 재능과 취향에 의존하기로 했습니다.

저는 머지않아 어떤 훌륭한 사람이 이 소설을 당신이 잘 아는 아르메니아어로 번역하기를 바랍니다. 번역을 해놓으면 이 작품은 영어로 되어 있을 때보다 더 훌륭해질지도 모르고, 비록 제가 써놓은 글이기는 하지만 전에도 그러셨듯이 당신은 그 한 부분을 저한테 읽어주셔도 좋을 것입니다. 만일 그러시겠다면 저는 귀를 기울여 듣고, 다른 사람들이 너무나 조금밖에 모르고 있으며, 어느 누구도 당신만큼 그 맛을 음미할 줄 모르는 우리의 언어가 지닌 아름다움에 감탄할 것입니다. 당신은 아르메니아어를 읽고 즐기는 만큼 영어를 읽고 즐길 수가 없으며, 저는 아르메니아어를 전혀 읽고 쓸 줄 모르기 때문에 우리는 훌륭한 번역가가 있기만 바랄 따름입니다.

하지만 어쨌든 이 이야기는 당신을 위해서 썼습니다. 당신이 이 작품을 좋아하기를 바랍니다. 특히 당신이나 우리 집안에서 찾아볼 수 있는 엄격함과 경쾌함을 융화시키며 가능한 한 쉬운 글로 이 작품을 썼습니다. 이 작품이 만족스럽지 못하리라는 것은 저도 압니다만, 그러면 어떻습니까? 그래도 당신에게는 분명히 만족스러울 터이니, 그것은 이 작품을 당신의 아들이 썼으며, 그토록 좋은 의도에서 썼기 때문입니다.

1942년 샌프란시스코에서
윌리엄 사로얀

차 례

1. 율리시스___9
2. 호머___12
3. 전신국에서___14
4. 집에서___23
5. 산도발 부인___26
6. 그로간 씨___32
7. 매콜리 부인___35
8. 베스와 메리___40
9. 노병(老兵)___49
10. 고대사 강의___52
11. 인간의 코___64
12. 미스 힉스___69
13. 떡대 크리스___81
14. 다이애나___100
15. 길모퉁이의 아가씨___109
16. 집으로 가면서___114
17. 세 명의 병사___118
18. 전보___129
19. 앨런___133
20. 영화가 끝나고___136

21. 밸리 아이들의 수호자___138
22. 강도___142
23. 악몽___157
24. 살구나무___163
25. 아라 아저씨___173
26. 매콜리 부인___188
27. 라이오넬___192
28. 도서관에서___197
29. 강연회장에서___204
30. 베델 호텔에서___213
31. 미스터 메커노___217
32. 기차에서___231
33. 마커스___241
34. 교회에서___248
35. 그물에 걸린 사자___255
36. 스팽글러___261
37. 이타카___264
38. 편자 던지기___267
39. 집___278

작품 해설___284

1. 율리시스

 어느 날 율리시스 매콜리라는 어린 소년이 캘리포니아 주 이타카의 산타클라라 거리에 있는 그의 집 뒷마당에서, 새로 생긴 뒤쥐구멍을 내려다보고 서 있었다. 이 구멍을 파놓은 뒤쥐는 축축하고 깨끗한 새 흙을 밀어올리고, 분명히 낯설기는 해도 적은 아닐 듯싶은 소년을 빠끔히 내다보았다. 소년이 이 기적을 미처 다 즐기기도 전에 이타카의 새 한 마리가 뒷마당의 늙은 호두나무 속으로 날아들어 나뭇가지에 자리를 잡고 앉아 황홀하게 지저귀기 시작했다. 그러자 소년의 관심은 땅바닥에서 나무로 옮겨갔다. 곧이어 멀리서 화물차가 칙칙폭폭거리며 요란하게 달려오는 소리가 났다. 소년은 귀를 기울였고, 기차의 진동 때문에 발 밑의 땅이 흔들리는 것을 느꼈다. 그러더니 소년은 갑자기 뛰기 시작했는데, 그가 느끼기에는 세상에 살아 있는 그 무엇보다도 빠른 듯한 기분이었다.
 소년은 겨우 때맞춰 건널목에 다다랐다. 그래서 기관차에서 차장차까지, 기차 전체가 지나가는 것을 다 볼 수 있었다. 소년이 기관사에게 손을 흔들었지만 기관사는 그에게 마주 손을 흔들어주지 않았다. 소년은 기차에 탄 다른 다섯 명의 사람들에게도 손을 흔들었지만, 그들 가운데 손을 마주 흔들어준 사람은 아무도 없었다. 그들은 손을 흔들어줄 수도 있었겠지만 그러지를 않았다. 마침내 흑인 한 사람이 무개(無蓋) 화차의 옆막이 너머로 몸을 내밀었다. 덜거덩거리는 기차의 소음 속에서 율리시스는 흑인이 부르는 노랫소리를 들었다.

그만 울어요, 우리 아가씨, 오, 오늘은 그만 울어요.
우린 켄터키 옛집을 위해,
머나먼 켄터키 옛집을 위해 노래를 불러요.

율리시스는 흑인에게도 손을 흔들어주었고, 그러자 신기하고도 예기치 않았던 일이 벌어졌다. 피부가 검고 남들과 다른 이 남자가 율리시스에게 손을 흔들며 소리쳤다.
"고향으로 가는 길이란다, 애야. 내가 살던 고향으로 돌아간단다!"
어린 소년과 흑인은 기차가 시야에서 거의 사라질 때까지 서로 손을 흔들었다.
그런 다음에 율리시스는 주위를 둘러보았다. 그곳에는 우습고도 외로운 그의 삶이라는 세계가 사방에 널려 있었다. 낯설고, 잡초가 무성하고, 쓰레기가 지저분하고, 무의미하고, 그러면서도 아름다운 세계가. 괴나리봇짐을 등에 걸머진 노인이 철길을 따라 올라왔다. 율리시스는 노인에게도 손을 흔들었지만, 그는 너무 늙고 너무 지쳐서 어린 소년이 보여준 다정함에 즐거워할 기력도 없었다. 노인은 메마른 눈으로 율리시스를 흘끗 쳐다보았다.

어린 소년은 천천히 몸을 돌려 집으로 향했다. 집으로 돌아가는 그의 귓전에는 아직도 기차가 지나가는 소리와 흑인의 노래와 기쁨이 넘치는 말이 생생하게 들려오는 듯싶었다.

"고향으로 가는 길이란다, 얘야. 내가 살던 고향으로 돌아간단다!"

소년은 걸음을 멈추고 이런 온갖 생각들을 하며 멀구슬나무 옆에서 서성거리다가, 나무에서 떨어진 노랗고 냄새가 나는 열매를 발로 걷어차버렸다. 잠시 후에 소년은, 모든 것을 향해 반가운 인사를 하는 듯 온화하고, 현명하고, 은밀한 매콜리 집안 사람들 특유의 웃음을 지었다.

길모퉁이를 돌아 집이 보이자 율리시스는 발뒤꿈치를 차며 깡충깡충 뛰어갔다. 이 장난을 하다가 발이 걸려 넘어졌지만, 다시 몸을 일으켜서 계속 뛰었다.

어머니는 마당에서 닭들에게 모이를 뿌려주는 중이었다. 그녀는 아들이 발이 걸려 넘어졌다가 몸을 일으켜 다시 깡충거리고 뛰는 모습을 지켜보았다. 율리시스는 얼른 말없이 그녀의 곁으로 와 섰고, 그러고는 암탉이 달걀을 낳았는지 보려고 닭장으로 갔다. 그는 달걀을 하나 찾아내었다. 그는 잠깐 그것을 쳐다보고는 꺼내서 어머니한테 가지고 가더니 아주 조심스럽게 건네주었다. 이것은 어른들은 알 길이 없고, 아이들은 기억이 안 나서 얘기조차 안 하는 그런 의미를 지닌 행동이었다.

2. 호머

　율리시스의 형 호머는 고물 자전거를 타고 시골의 흙길을 힘겹게 달렸다. 호머 매콜리는 너무 큰 전보 배달원 저고리를 걸쳤고, 너무 작아서 잘 맞지 않는 모자를 썼다. 이타카 사람들이 마음속 깊이 아끼는 나른한 저녁 시간의 평화와 더불어 해가 지는 중이었다. 배달원의 주변 어디에나 과수원과 포도원이 캘리포니아의 오래고도 오랜 땅에 펼쳐져 있었다.
　비록 빠른 속도로 움직이고 있었어도 호머는 주변의 매혹적인 아름다움을 조금도 놓치지 않았다. 저걸 봐! 그는 대지와 나무, 포도나무와 태양과 구름을 보고 자꾸만 혼잣말을 했다. 저것 좀 보라니까, 어때? 그는 자전거로 묘기를 부리며 달려가기 시작했고, 그 화려한 동작에 맞춰 소박하고, 서정적이고, 우스꽝스러운 노래를 소리쳐 불러대기 시작했다.
　그의 상상 속에서 관현악단의 현악기들이 이 가극의 주제곡을 반주했다. 그러더니 그의 어머니가 퉁기는 하프와 베스 누나가 치는 피아노도 함께 어울렸다. 그리고 결국은 온 가족이 함께 어울리느라고 아코디언 소리도 끼어들었는데, 그것을 맡은 마커스는 호머가 기억하고 있는 형답게 느긋하고도 흥겹게 연주했다.

호머의 노래는, 하늘을 가로질러 요란하게 서둘러대며 날아가는 세 개의 신기한 물체를 보자 쑥 들어갔다. 비행기를 올려다보는 바람에 호머가 탄 자전거는 물이 흐르지 않는 작은 도랑으로 빠졌다. 어느 농가의 개 한 마리가 얼른 달려오더니 굉장히 중대한 전보를 칠 일이라도 있는 사람처럼 열심히 짖어대었다. 호머는 개가 전하려는 말은 무시하고 "멍, 멍!" 흉내를 내며 개를 놀렸다. 그는 다시 자전거에 올라앉아 가던 길을 계속해서 갔다.

도시의 주택가가 시작되는 곳에 다다르자 표지판이 하나 있었지만 그는 읽지도 않고 그냥 지나쳤다.

캘리포니아 주, 이타카
어디를 가나 고향이 최고
타향 사람은 어서 오세요.

그는 다음 길모퉁이에서 멈춰, 군인들을 잔뜩 태우고 지나가는 군용 트럭들의 기다란 행렬을 구경했다. 동생 율리시스가 기관사와 뜨내기 노무자들에게 손을 흔들어주었듯이, 그는 병사들에게 경례를 붙였다. 굉장히 많은 병사들이 배달원의 경례에 답례를 보냈다. 그래서 안 될 것도 없지 않은가? 도대체 그들이 무엇을 안단 말인가?

3. 전신국에서

호머가 마침내 전신국 앞에 자전거를 끌어다 댔을 때는 이타카에 저녁이 찾아왔을 무렵이었다. 창문에 걸린 시계를 보니 7시에서 2분이 지났다. 사무실 안에서는 스팽글러 국장이 스무 살쯤 된 듯한, 걱정스럽고 피곤해 보이는 젊은 남자가 방금 넘겨준 전보의 단어 수를 헤아리고 있었다. 사무실로 들어서던 호머는 스팽글러 씨와 젊은 남자의 대화를 들었다.

"수취인 부담으로 열네 단어라."

스팽글러가 말했다.

"우리 어머니가 전보를 받으시려면 얼마나 걸릴까요?"

청년이 물었다.

"글쎄요, 동부는 지금 상당히 늦은 시간이죠. 때로는 밤에 돈을 마련하기가 쉬운 일이 아니기는 하지만, 전보는 당장 서둘러 보내도록 하겠어요."

다시 청년을 쳐다보지도 않으면서 스팽글러는 호주머니들을 뒤져 소액 동전 한 줌과 지폐 한 장과 삶은 달걀을 꺼냈다.

"이거 받아요. 만일의 경우를 위해서 주는 거예요."

스팽글러가 말하며 청년에게 지폐를 주었다.

"어머니가 돈을 보내주시면 그때 갚아도 괜찮아요."

그는 달걀을 가리켰다.

"일주일 전에 술집에서 얻었어요. 나한테 행운을 가져다 주죠."

청년은 어리둥절해서 돈을 쳐다보았다. 그러고는 "고맙습니다"라고 말한 다음 황급히 전신국에서 나갔다.

스팽글러는, 야간 전신 기사이며 전문(電文) 주임인 윌리엄 그로간에게 전보를 가지고 갔다.

"이걸 요금 지불이 된 것으로 해서 보내세요. 돈은 제가 낼 테니까."

그로간 씨는 송신기에 손을 얹고는 전보를 한 글자씩 모스 부호로 짤깍거리며 보내기 시작했다.

펜실베이니아 주 요크 시

비들 거리 1874번지

마거리트 스트릭맨 부인

어머니, 전신환으로 30달러 보내주세요. 고향으로 가고 싶어요. 잘 지냅니다. 별일 없고요.

—존

혹시 당장 배달해야 할 것이 있는지, 또는 접수할 전보라도 있는지 알아보려고 호머 매콜리는 배달 책상을 살펴보았다. 스팽글러는 잠깐 동안 그를 쳐다본 다음에 말했다.

"배달원 노릇을 하니까 좋으냐?"

"좋냐고요?"

호머가 말했다.

"이렇게 좋은 건 또 없어요. 정말이지 별의별 사람들을 굉장히 많이 만날 수가 있으니까요. 별의별 곳을 다 가보고요."

"그래, 그야 그렇겠지."

스팽글러가 말했다. 그는 잠깐 말을 멈추고는 소년을 좀 더 자세히 살펴보았다.

"너 어젯밤에는 잘 잤니?"

"잘 잤어요. 상당히 피곤하기는 했지만, 잘 잤어요."

"오늘 학교에서 졸았냐?"

"약간요."

"어느 시간이었지?"

"고대사(古代史)요."

"운동은 어떻고? 내 얘긴, 이 직장에 다니기 때문에 운동을 못하는 게 섭섭하지 않느냐는 말이다."

"운동을 하는 걸요. 날마다 체육 시간이 있거든요."

"그러냐? 난 이타카고등학교에 다닐 때 200미터 저장애물 경주 선수였지. 밸리의 챔피언이었어."

전신국장이 잠깐 말을 멈추었다가 다시 얘기를 계속했다.

"넌 이 직장을 정말로 좋아하는구나, 안 그러냐?"

"전 이 전신국에서 지금까지 일했던 어느 배달원보다도 훌륭한 배달원이 되겠어요."

"좋아. 하지만 무리는 하지 마라. 목적지에 도달하는 것도 좋지만, 너무 조급하게 서두르면 못써. 모든 사람에게 공손해야 하고, 엘리베이터 안에서는 모자를 벗어야 해. 무엇보다도 중요한 건 전보를 잃어버리지 말아야 하는 거란다."

"알겠습니다, 선생님."

"야간 근무란 주간 근무하고는 다르지. 밤에 중국인 거리나 멀리 산골까지 전보를 가져다 주려면 겁이 날 만도 한 일이지만, 어쨌든 너만큼은 무서워하지 말아야 해. 사람이란 다 마찬가지니까. 사람들을 무서워하면 못써. 너 몇 살이지?"

호머가 침을 삼켰다.

"열여섯 살인데요."

"그래, 나도 알아. 어제 네가 그렇게 얘기 했지. 우린 열여섯 살 미만인 아이를 고용해서는 안 된다는 규칙이 있지만, 난 너라면 모험을 해도 되겠다는 기분이 들었어. 진짜로 몇 살이지?"

"열네 살요."

"그래, 어쨌든 2년만 있으면 넌 열여섯 살이 되겠지."

"예, 그래요."

"혹시 네가 이해할 수 없는 어떤 일이 생기면 나한테 오너라."

"예, 알겠습니다."

호머가 말했다. 그는 잠깐 침묵을 지켰다.

"노래 전보〔축하할 일이 있거나 특별한 경우에 찾아가서 노래를 불러주는 것〕는 어떤가요?"

"그래, 넌 목소리가 상당히 좋더구나."

"전 제1장로교회 일요학교에서 노래를 불렀어요."

"그것 좋지. 이 전신국의 노래 전보를 위해서는 바로 그런 목소리가 필요하니까. 자, 어디 저기 그로간 선생님에게 생일 인사를 하러 가라는 부탁을 받았다고 해보자. 넌 어떻게 하겠니?"

호머는 그로간 씨에게 가서 노래를 불렀다.

생일 축하합니다
생일 축하합니다
생일 축하합니다, 우리 그로간 님
생일 축하합니다

"고맙다."

그로간 씨가 말했다.

"그만하면 잘했어."

스팽글러가 호머에게 말했다.

"하지만 '우리 그로간'에서는 이름 뒤에다 '선생님'이라는 말을 붙여야 해. 일주일에 한 15달러씩 받으면 그 돈을 어디다 쓰겠니?"

"어머니에게 드리겠어요."

"좋아. 이제부터 넌 근무를 시작하는 거야. 정식으로 고용이 되었으니까. 너는 이 사무실의 직원이 되었어. 잘 살펴보고, 얘기를 잘 듣고, 눈과 귀의 신경을 곤두세워야 해."

전신국장은 잠깐 시선을 돌리고 멍한 표정을 지은 다음에 말을 이었다.

"넌 장차 어떤 사람이 되고 싶으냐?"

"장차요?"

호머는 약간 당황했다. 지금까지 하루하루를 살아오는 동안 그는 비록 그것이 겨우 이튿날이라는 미래에 지나지 않을지라도 그 미래를 설계하느라고 바빴기 때문이다.

"글쎄요. 확실히는 모르겠지만, 언젠가는 큰 인물이 되고 싶어요."

"넌 훌륭한 사람이 될 거야."

스팽글러가 말했다.

"브로드웨이에 있는 채터튼의 빵집이 어딘지 알지? 이거 25센트인데 받아라. 가서 하루 묵은 파이 두 개를 사 오너라. 사과 파이하고 코코넛 크림 파이로. 25센트에 두 개를 주지."

"예, 알겠습니다."

호머는 스팽글러가 던져주는 25센트짜리 동전을 받아 들고는 사무실에서 달려나갔다. 스팽글러가 전신 기사에게 시선을 돌리고 말했다.

"저 아이를 어떻게 생각해요?"

"착한 소년이죠."

그로간 씨가 말했다.

"산타클라라 거리에 있는 가난하고 훌륭한 집안 출신 아이예요. 아버지는 안 계시고, 형은 군대에 가 있어요. 어머니는 여름철이면 통조림 공장에서 근무하고요. 누나는 주립대학에 다녀요. 저애는 나이가 두어 살 모자라긴 하지만, 그 이외에는 흠잡을 데가 없죠."

"나는 나이가 두어 살 초과했고요."

그로간 씨가 말했다.

"우린 잘 지낼 거예요."

스팽글러는 책상에 앉아 일을 좀 하다가는 갑자기 몸을 벌떡 일으켰다.

"혹시 제가 필요하면 코르베트 주점으로 연락하세요. 파이는 두 사람이 나눠 드시고요."

스팽글러는 걸음을 멈추더니 포장한 파이 두 개를 들고 사무실로 뛰어들어오는 호머를 어리벙벙한 표정으로 물끄러미 쳐다보았다.

"너 이름이 뭐라고 그랬지?"

스팽글러가 소년에게 소리를 지르다시피 물었다.

"호머 매콜리인데요."

전신국장은 새로 고용한 배달원을 한 팔로 안았다.

"좋아, 호머 매콜리. 이 사무실에서는 야간 근무를 위해 너 같은 사람을 필요로 하지. 아마, 산 호아킨 밸리에서는 너처럼 빨리 돌아다니는 사람이 또 없을 거야. 그리고 언젠가 넌 훌륭한 사람이 되겠지. 죽지만 않는다면 말이다. 그러니 넌 죽지 않도록 해야 해."

스팽글러가 돌아서더니 사무실에서 나갔고, 호머는 그가 한 말이 무슨 뜻인지 이해하려고 애썼다.

"자, 애야. 파이 가져오너라."

그로간 씨가 말했다.

호머는 얘기를 계속하는 그로간 씨의 옆 책상에다 파이를 놓았다.

"호머 매콜리, 내 이름은 윌리엄 그로간이란다. 비록 예순일곱 살이나 되기는 했어도 사람들은 나를 윌리라고 부르지. 난 늙은 전신 기사인데, 세상에서 마지막으로 남은 기사들 가운데 한 명일 거야. 난 이 사무실에서 야간 전문 주임이기도 하지. 크림 파이로 잔치를 벌이자. 이제부터 너하고 나하고는 친구가 되는 거야."

"예, 그래요."

호머가 말했다.

늙은 전신 기사가 파이 하나를 네 조각으로 잘랐고, 그들은 코코넛 크림 파이를 먹기 시작했다.

"가끔 난 너에게 심부름도 시키고, 나하고 같이 노래를 부르거나 같이 앉아 얘기를 해달라고 부탁하는 일이 있을 거야. 술에 취한 경우에는 난 갓 열두 살이 넘은 사람들에게는 기대하지 못할 그런 깊은 이해를 너한테서 기대하게 될지도 몰라. 너 몇 살이지?"

"열네 살이기는 하지만 전 이해심이 상당히 많아요."

"아주 좋아. 네 말을 믿기로 하겠어. 매일 밤 나는 이 사무실에서 근무하며 너한테서 도움을 받을 수 있으리라고 믿겠다. 흔들어도 내가 반응이 없을 때는 얼굴에다 찬물을 뿌리면 되는데, 그 다음에는 코르베트 주점에서 따끈한 블랙 커피 한 잔을 시켜줘야 한단다."

"알겠습니다, 선생님."

"하지만 길거리에서 일이 벌어지는 경우에는, 문제가 상당히 다르단다. 혹시 술기운의 몽롱함 속에 잠겨 있는 내 모습을 보게 되는 경우가 있다면, 너는 그냥 지나가면서 인사만 하고, 내 흐뭇한 상태에 관해서는 아무 질문도 해서는 안 된다. 난 민감한 사람이어서 사람들에게 걱정을 끼치고 싶지는 않으니까."

"사무실에서는 찬물과 커피요. 길거리에서는 인사를 하고요. 예, 알겠습니다."

호머가 말했다.

전신기가 딸그락거렸다. 그로간 씨는 호출에 응해서 타자기 앞에 자리를 잡고 앉아서도 하던 얘기를 계속했다.

"아까 네가 아주 오래전에 일요학교에서 노래를 불렀다는 얘기를 우연히 들었단다. 워싱턴에서 들어오는 이 전문을 내가 받는 동안 네가 아는 일요학교 노래 한 곡을 불러주면 고맙겠구나."

호머가 〈만세 반석〉을 부르는 사이에 그로간 씨는 전문을 타자로 쳤다. 수취인은 캘리포니아 주 이타카 시 G 스트리트 1129번지 로사 산도발 부인이었다. 전문의 내용은 전쟁성에서 산도발 부인에게 그녀의 아들 후안 도밍고 산도발이 전사했다는 사실을 알려주는 것이었다.

그로간 씨는 전문을 호머에게 건네주었다. 그러고는 의자 옆 서랍 속에 두었던 술병을 꺼내 길게 한 모금 마셨다. 호머는 전보를 접어서 봉투에 넣어 봉한 다음, 봉투를 모자에 집어넣고 사무실을 나섰다. 배달원이 나간 다음에 늙은 전신 기사는 목청을 돋워 역시 〈만세 반석〉을 불렀다. 이 노인 또한 어느 누구나 마찬가지로 언젠가 어린 시절이 있었기 때문이었다.

4. 집에서

산타클라라 거리에 있는 매콜리 집에서 음악 소리가 들려왔다. 베스와 매콜리 부인은 〈온 세상 사람들이 나를 부러워하리라〉를 연주했다. 그들은 지금 어디에 있는지 알 길이 없는 병사 마커스를 위해서 그 노래를 연주했다. 그가 가장 좋아하는 노래였기 때문이다.

옆집에 사는 메리 아레나가 응접실로 들어오더니, 피아노를 치는 베스 곁에 서서 노래를 부르기 시작했다. 메리는 자신에게 온 세상이나 마찬가지였던 마커스를 위해서 노래했다. 어린 소년 율리시스는 노래를 들으며 바라보고 있었다. 모든 일이 어딘가 신비스러웠으며, 그는 반쯤 잠든 상태이기는 해도 그 신비가 무엇인지를 알아내고 싶었다. 마침내 그는 기운을 내어 말했다.

"마커스 형 어디 있어요?"

"마커스는 군대에 갔단다."

매콜리 부인이 말했다.

"언제 집에 와요?"

"전쟁이 끝난 다음에 오지."

"내일요?"

"아냐, 내일은 아냐."

"언제 와요?"

"몰라. 우리도 기다리고 있단다."

"그럼 아빠는 어디 있어요?"

율리시스가 물었다.

"기다리면 아빠도 마커스 형처럼 돌아오나요?"

"아냐, 그런 건 아니란다. 아빠는 더는 예전처럼 길거리를 걸어 내려와서 층계를 올라와, 포치를 건너 집 안으로 들어오시지 않는단다."

소년으로서는 이 얘기가 너무 이해하기 힘들었다. 그 순간에 진실과 위안 같은 무엇을 기대할 수 있는 말은 오직 한마디뿐이었다.

"왜요?"

"아빠는 2년 전에 돌아가셨단다, 율리시스. 하지만 우리가 살아 있는 한, 우리 두 사람이 남아 있고 그를 기억하는 한, 이 세상의 그 누구도 아빠를 우리한테 빼앗아가지는 못해."

소년은 잠깐 동안 생각에 잠겼다가 곧 아까 낮에 목격했던 일이 기억났다.

"뒤쥐가 뭐예요?"

율리시스가 물었다.

매콜리 부인은 그런 질문에 당황하지 않았다. 그녀는 아들에게 두 눈이, 그리고 그 눈 뒤에는 관찰력이, 관찰력 뒤에는 알고자 하는 마음과 사랑과 갈망이 있음을 알았다.

"뒤쥐는 이 땅에서 우리하고 함께 산단다. 우리와 마찬가지로 그들에게는 삶이 있어. 그들은 우리의 일부이고, 살아 있는 모든 것들의 일부지."

"그럼 호머 형은 어디 있어요?"

"네 형은 어제 학교가 끝난 다음 직장을 구했단다. 형은 네가 곤히 잠든 다음에 한밤중에 집으로 돌아올 거야."

율리시스는 잠들어버리지 않으려고 무척 애썼지만, 더는 버틸 수가 없었다.

매콜리 부인은 소년에게서 그의 누나 베스에게로 시선을 돌리고 말했다.

"저애를 잠자리로 데려가거라."

베스와 메리는 소년을 그의 방으로 데리고 갔다. 그들이 나간 다음에 매콜리 부인은 혼자 자리에 앉아 있다가 발소리가 나는 것 같아 고개를 돌렸다. 그녀는 문간에서 매튜 매콜리를 본 듯싶었다. 그는 죽을 무렵의 어른 모습이 아니라 다시 율리시스의 모습을 하고 있었다.

5. 산도발 부인

배달원은 로사 산도발 부인의 집 앞에서 자전거를 세웠다. 그는 조심스럽게 문을 두드렸다. 그는 집 안에 누가 있다는 사실을 순간적으로 알아챘다. 아무 소리도 들리지 않았지만 문을 두드리는 소리에 누가 분명히 나오고 있음을 알았다. 그는 로사 산도발이라는 이 여자가 어떤 사람인지 무척 궁금했다. 문이 열리는 데 오래 걸리지는 않았지만, 경첩에 달린 문의 움직임은 서두르는 기미가 전혀 없었다. 문의 움직임을 보니 그녀가 누구이거나 간에 이 세상에서 두려울 바가 전혀 없는 여자인 듯싶었다. 이윽고 문이 열리고 여자가 모습을 나타내었다.

호머의 눈에는 이 멕시코 여자가 아름답게 보였다. 그는 이 여자가 평생 동안 줄곧 인내하며 살아왔고, 그래서 그 오랜 세월을 보낸 지금 그녀의 입술에는 부드러운 웃음이 주름을 남겨놓았다는 것을 알 수가 있었다. 하지만 전보라고는 전혀 받아본 일이 없는 모든 사람들이 그렇듯이, 문 앞에 나타난 배달원의 모습은 그녀에게 두려운 암시를 가득 전했다.

호머는 로사 산도발 부인이 자기를 보고 충격을 받았음을 알았다. 그녀가 말한 첫마디는 모든 놀라움을 나타내는 말이었다. 그녀는 함께 앉아 즐겁게 얘기를 나눌 오랜 친구가 찾아왔으리라고 예상했다가, 그 대신에 전보 배달원을 만났다는 듯 "어머"라고만 말했다. 그녀는 호머의 눈을 찬찬히 들여다보았다. 호머는 전문의 내용이 반가운 소식이 아니라는 사실을 그녀가 알고 있다는 것을 알았다.

그것은 호머의 탓이 아니었다. 전보를 배달하는 것이 그가 하는 일이었기 때문이다. 비록 그렇기는 해도 그는 거북했고, 마치 눈앞에 벌어진 상황에 대한 책임이 오직 자기에게만 있는 듯한 기분을 느꼈다. 그와 동시에 그는 불쑥 앞으로 나서서 이렇게 말하고 싶었다.

'저는 배달원에 지나지 않습니다, 산도발 부인. 이런 전보를 갖다 드려야만 한다는 것이 아주 미안한 일입니다만, 제가 하는 일이 그렇기 때문에 어쩔 수가 없어요.'

"G 스트리트 1129번지의 산도발 부인이시죠?"

호머가 말했다. 그는 멕시코 여자에게 전보를 내밀었지만, 그녀는 전보를 건드리려고도 하지 않았다.

"아주머니가 산도발 부인이시죠?"

"부탁이야. 안으로 들어오너라."

그녀는 잠깐 말을 멈추고는, 집 안에 들어오기는 했어도 가능한 한 문 가까이 어색하게 서 있는 소년을 쳐다보았다.

"부탁이야. 전보의 내용이 무엇이지?"

"산도발 부인. 전문의 내용은······."

하지만 이제는 여자가 그의 말을 가로막았다.

"전보를 뜯어서 읽어줘야 하지 않겠니? 넌 전보를 뜯지도 않았잖아."

"그렇습니다, 부인."

호머는 금방 그에게 야단을 친 학교 선생님에게 얘기하는 투로 말했다.

그는 떨리는 손끝으로 전보를 뜯었다. 멕시코 여자는 허리를 굽혀 찢어진 봉투를 집어들었다. 그러면서 그녀가 말했다.

"누가 전보를 보냈나? 내 아들 후안 도밍고가 보낸 건가?"

"아닙니다, 아주머니. 전쟁성에서 보낸 전보인데요."

"전쟁성에서?"

멕시코 여자가 말했다.

"산도발 부인."

호머가 재빨리 말했다.

"아드님이 죽었습니다. 어쩌면 착오인지도 몰라요. 어쩌면 아주머니의 아드님이 아닌지도 모르고요. 전보에는 후안 도밍고라고 적혀 있습니다. 하지만 전보가 잘못되었는지도 모를 일이죠."

멕시코 여자는 얘기를 못 들은 체했다.

"오, 두려워하지 말거라."

그녀가 말했다.

"안으로 들어오렴. 사탕을 갖다 주마."

그녀는 소년의 팔을 잡고 방의 한가운데에 있는 탁자로 데리고 가서 앉혔다.

"사내아이들은 누구나 사탕을 좋아해."

그녀는 다른 방으로 들어가서 잠시 후에 낡은 초콜릿 상자를 가지고 돌아왔다. 그녀는 탁자에서 상자를 열었고, 호머는 그 안에 든 이상한 사탕을 보았다.

"자, 이 사탕을 먹어. 사내아이들은 누구나 사탕을 좋아하지."

그녀가 말했다.

호머는 상자에서 사탕 하나를 집어 입에 넣고는 깨물어 먹으려고 했다.

"너는 나한테 나쁜 내용의 전보는 전해주지 않을 거야."

그녀가 말했다.

호머가 자리에 앉아 깔깔한 사탕을 깨물고 있으려니까 멕시코 여자가 얘기했다.

"그건 우리가 먹는 사탕이란다. 선인장으로 만들었어."

그러더니 그녀는 갑자기 이상하고도 나지막하게 숨쉬는 소리를 내기 시작했는데, 흐느껴 운다는 것이 수치스러운 짓이라는 듯 자신을 억제하고 있었다.

호머는 몸을 일으켜 도망치고 싶었지만 자신이 그냥 있으리라는 사실을 알았다. 그는 죽을 때까지 이곳에서 살게 될지도 모른다는 생각도 했다. 그는 이 여자가 덜 불행하도록 해주기 위해서는 어떤 행동을 해야 할지 알 길이 없었다. 그래서 만일 그녀가 아들 노릇을 대신해달라고 부탁했다면, 거절하는 방법을 몰랐기 때문에 거절하지도 못했을 터였다.

호머는 바로잡기가 불가능한 무엇을 바로잡기 시작하려는 각오가 자신에게 있음을 보여주기라도 하는 것처럼 몸을 일으켰다. 그러나 곧바로 이 의도의 어리석음을 깨닫고는 아까보다도 더욱 어색한 기분에 빠져들었다. 마음속으로 그는 자꾸만 자꾸만 이런 생각을 했다.

'나더러 어쩌라는 말인가? 도대체 나더러 어쩌라는 말인가? 나는 배달원에 지나지 않는데.'

여자가 그의 두 팔을 와락 붙잡고 말했다.

"내 어린 아들, 내 어린 아들아!"

그는 이 모든 상황으로부터 마음의 상처만 받았을 따름이다. 무슨 까닭인지 모르겠지만 속이 메스꺼웠으며, 토하고 싶었다. 호머는 여자가 싫지는 않았다. 하지만 그녀에게 벌어지고 있는 일이 너무나 잘못된 것이고, 너무나 불필요한 것만 같아서 앞으로 계속해서 살아가고 싶은 생각이 스스로 조금이라도 있는지조차 자신이 없었다.

"자, 여기 앉거라."

여자가 말했다. 그녀는 호머를 다른 의자에 억지로 앉히고는 굽어보았다.

"어디 좀 보자."

그녀는 이상한 표정으로 그를 쳐다보았고, 호머는 뱃속이 온통 뒤집히는 기분을 느껴 몸을 움직일 수가 없었다. 그는 사랑도 아니고 증오도 아닌, 역겨움과 아주 비슷한 감정을 느꼈다. 그러면서도 그는 가엾은 이 여자 한 사람뿐이 아니라, 사람들이 인고하고 죽어가는 모든 끔찍한 일과 양상 들에 대해서 벅찬 연민을 느꼈다.

그는 오래전 어린 아들의 요람 옆에 앉아 있었을, 젊고도 아름다웠을 그녀의 모습이 눈에 선했다. 말도 못 하고 무기력하며, 앞으로 세상 만사를 모두 겪게 될 이 신비한 인간을 내려다보는 그녀의 모습이 눈에 선했다. 요람을 흔들어주는 그녀의 모습이 눈에 선했고, 아이에게 노래를 불러주는 그녀의 목소리가 귀에 들려오는 듯했다. 헌데 지금의 저 여자를 보라구. 그는 속으로 생각했다.

잠시 후에 그는 자전거를 타고 컴컴한 거리를 빨리 달려 내려가면서 눈물을 흘렸다. 입에서는 어린애 같고 미치광이 같은 욕설들이 나지막이 흘러나왔다. 그가 전신국으로 돌아왔을 때쯤에는 눈물은 멎었지만 다른 모든 것이 시작되었고, 그는 그것들을 멈출 길이 없으리라는 사실을 알았다.

"그렇지 못하면 나는 죽은 것이나 마찬가지야."

말을 잘 알아듣지 못하는 사람에게 얘기하듯 그가 말했다.

6. 그로간 씨

호머는 책상을 가운데 두고 그로간 씨와 마주 앉았다. 조용하던 전신기가 갑자기 딸가닥거리기 시작했다. 호머는 그로간 씨가 호출에 응하기를 기다렸지만 그로간 씨는 응답을 하지 않았다. 호머가 얼른 책상을 돌아 달려갔다.

"그로간 선생님, 선생님을 호출하는 중이에요!"

그는 노인을 가볍게 흔들었다.

"그로간 선생님, 일어나세요! 일어나세요!"

호머는 물병이 놓인 곳으로 달려가 종이 컵에다 물을 가득 부었다. 그는 다시 늙은 전신 기사에게로 달려갔지만 노인이 시킨 대로 따르기가 두려웠다. 그는 잔을 책상에 놓고는 그로간 씨를 다시 흔들었다.

"그로간 선생님, 일어나세요! 선생님을 호출하고 있어요!"

호머는 잔에 담긴 물을 전신 기사의 얼굴에다 끼얹었다. 그로간 씨가 깜짝 놀라서 벌떡 일어나 앉았다. 그는 눈을 뜨고는 호머를 보더니 전신기의 소리에 귀를 기울인 다음에 호출에 응답했다.

"네 말이 맞구나, 애야. 어서 서둘러! 블랙 커피 한 잔, 어서 가져와!"

 호머는 사무실에서 달려나가 코르베트 주점으로 갔다. 그가 돌아와서 보니 늙은 전신 기사의 눈은 또다시 거의 감긴 상태였지만, 아직 일은 하고 있었다.

 "그래야지, 애야. 걱정하지 마라. 두려워하지 말라구. 바로 그렇게 하는 거야."

 그로간 씨는 상대편 전신 기사에게 잠깐 멈추라고 하고는 천천히 커피를 마시기 시작했다.

 "우선 찬물을 끼얹고 그 다음에 블랙 커피를 가져와야지."

 "예, 알겠습니다."

 호머가 말했다.

 "그거 중요한 전보인가요?"

 "아니. 별로 중요치 않은 전보란다. 장사 얘기니까. 돈을 모으는 거 말이다. 야간 취급 전보〔요금이 싼 밤에 발송하는 전보〕란다. 오늘밤에 꼭 배달하지 않아도 괜찮아. 별로 중요치 않은 거니까. 하지만 그것을 받는다는 일이 나로서는 아주 중요하지."

 그로간 씨는 이제 정신을 차렸고 기운도 났기 때문에 목소리가 커졌다.

 "사람들은 여러 해 전부터 나를 은퇴시키고 싶어 했단다. 다선(多線) 전신기나 텔레타이프 같은 그들이 발명한 기계들을 어디에나 설치하고 싶어 해. 기계로 인간을 대치하려는 거야!"

 그는 자기 자신에게, 또는 세상에서 그가 차지하고 있는 자리에서 그를 몰아내려고 하는 사람들에게 얘기하듯 이제는 나지막한 목소리로 말했다.

"난 이 직장이 없다면 무엇을 해야 할지도 모를 거야. 아마 일주일도 안 되어 죽을지도 모르지. 나는 평생 동안 일했고, 이제 와서 멈추고 싶지는 않아."

"그러시겠죠, 선생님."

"네가 날 도와줄 거라는 걸 알아, 애야."

그가 전신기를 딸가닥거렸다. 응답이 왔고 그는 전문을 타자로 치기 시작했다. 타자를 치며 얘기하는 그로간 씨의 말투에서 드러나는 자부심과 활력 때문에 호머는 무척 기분이 좋아졌다.

"나한테서 일자리를 빼앗으려고 그런단 말야! 아무렴, 난 세상에서 가장 빠른 전신 기사였어. 송신과 수신 양쪽 모두. 심지어는 윌린스키보다도 빨랐고, 또 거기다가 실수도 없었지. 윌리 그로간. 전 세계 전신 기사들이 그 이름을 알고 있었어. 그들은 윌리 그로간이 어느 누구보다도 훌륭하다는 사실을 알았지!"

그는 잠깐 말을 멈추고는, 때맞춰 어젯밤부터 근무하러 온 빈민가 출신의 소년 배달원에게 웃음을 지었다.

"노래를 하나 더 불러다오, 애야."

별로 주저하지도 않고 호머는 오래 된 찬송가 〈주 은혜 놀라워〉를 부르기 시작했다.

7. 매콜리 부인

매콜리 부인은 산타클라라 거리의 집 응접실에서 낡은 흔들의자에 앉아 아들이 집으로 돌아오기를 기다렸다. 호머는 자정이 조금 지난 다음에 응접실에 나타났다. 아들이 더럽고 피곤하고 졸린 듯 보였지만, 그러면서도 놀라고 불안해한다는 것을 그녀는 알 수가 있었다. 이 소년의 아버지인 그녀 남편의 목소리가 그랬듯이, 아들이 나지막이 숨죽인 목소리로 얘기했기 때문에 그녀는 이 사실을 알 수가 있었다.

그는 어두운 방에서 한참 동안 그냥 서 있기만 했다. 그러더니 가장 중요한 얘깃거리들 대신에 불쑥 이 말부터 했다.

"다 잘되었어요. 전 어머니가 밤이면 밤마다 이렇게 일어나 앉아서 기다리시는 걸 원하지 않아요."

그는 잠깐 말을 멈추었다. 그러고는 다시 이 말을 하지 않을 수가 없었다.

"다 잘되었다구요."

"나도 안다. 어서 앉거라."

어머니가 말했다.

그는 푹신한 낡은 의자로 가서는, 털썩 주저앉아버렸다. 어머니가 빙그레 웃었다.

"그래. 난 네가 지쳤다는 것도 알고, 걱정거리가 있다는 것도 알 수가 있단다. 무슨 일이냐?"

소년은 잠깐 동안 머뭇거린 다음에 아주 빠르면서도 아주 조용한 목소리로 말하기 시작했다.

"전 G 스트리트에 사는 어느 부인에게 전보를 배달하러 갔었어요. 멕시코 여자였죠."

그는 갑자기 말을 멈추고 일어섰다.

"어떻게 이 얘기를 말씀드려야 할지 전 모르겠어요."

그가 말했다.

"그 까닭은, 뭐랄까, 전보가 전쟁성에서 보낸 것이기 때문이었죠. 그 여자는 아들이 전사했다는 사실을 믿으려고 하지 않았어요. 무작정 안 믿으려고 했단 말예요. 지금까지 전 그런 식으로 마음 아파하는 사람을 본 적이 없어요. 그 여자는 저더러 선인장으로 만든 사탕을 먹으라고 그랬어요. 그 여자는 저를 껴안았고, 저를 아들이라고 그랬어요. 만일 그래서 그 여자에게 도움이 된다면 저는 그런 건 개의치 않고 싶었어요. 저는 사탕에도 관심이 없었어요."

그는 다시 말을 중단했다.

"그 여자는 마치 제가 아들이기라도 한 것처럼 자꾸만 저를 쳐다보았어요. 어찌나 마음이 아팠는지, 얼마 동안은 제가 그 여자의 아들이 아니라는 것도 자신이 없었어요. 사무실로 돌아가서 보니 전신 기사 그로간 선생님이, 그런 일이 있으리라고 그분이 얘기했던 그대로 술에 취해 있었어요. 저는 그분이 지시했던 대로 정신을 차리라고 그의 얼굴에다 물을 끼얹었고, 블랙 커피 한 잔을 갖다 드렸어요. 만일 할 일을 안 했다가는 그분은 연금을 타 먹는 신세가 될 텐데, 선생님은 그걸 좋아하지 않죠. 제가 그분이 정신을 차리도록 제대로 도와드렸고, 그래서 그는 할 일을 다 할 수 있었어요. 그런 다음에 그는 자신에 관한 얘기를 했고, 그리고 우리는 노래를 불렀어요."

그는 말을 멈추고 잠깐 동안 방 안에서 서성거렸다. 그는 열어놓은 문으로 가서 어머니의 시선을 피해 선 채로 얘기를 계속했다.

"너무 갑작스러운 일이지만요, 저는 달라진 기분을 느껴요. 지금까지 이런 기분을 느껴본 적이 전혀 없어요. 아버지가 돌아가셨을 때도 이런 기분은 느끼지 않았어요. 이틀 만에 모든 것이 달라졌어요. 저는 외로워요. 그런데 무엇 때문에 외로운지 알 수가 없어요."

어머니는 말을 하지 않고 그가 계속해서 얘기하기를 기다렸다.

"전 어떤 일이 벌어지고 있는지, 그리고 왜 그 일이 벌어지는지 알 수가 없지만, 어떤 일이 벌어지더라도 어머니가 상처 입게 놔두지는 않을 거예요."

어머니는 혹시 그에게 할 얘기가 더 있는지 기다렸지만 아들이 아무 말도 안 했으므로 얘기를 시작했다.

"모든 것이 달라졌지. 너한테는 말이다. 하지만 어떻게 보면 그대로이기도 해. 네가 느끼는 외로움은 네가 더는 어린애가 아니기 때문에 찾아오는 것이란다. 그리고 이 세상은 항상 그런 고독으로 가득하단다. 만일 오늘 밤에 그 멕시코 여자가 받은 전보가 나한테 왔다면 내가 어떤 행동을 할지는 나도 모르겠어. 난 모르겠다구."

그녀는 갑자기 말을 멈추더니 잠시 후 쾌활한 목소리로 얘기를 계속했다.

"너 저녁에 무얼 먹었니?"

"파이요. 사과 파이와 코코넛 크림 파이를 먹었어요. 전신국장이 사주더군요. 전 그렇게 멋진 사람을 여지껏 만난 적이 없어요."

"내일은 내가 베스더러 점심을 갖다 주라고 하마."

"도시락은 필요 없어요. 우리는 밖으로 나가 무엇을 사다가 같이 앉아 먹기를 좋아하거든요. 어머니가 고생해가며 점심 식사를 준비하실 필요가 없어요."

그가 말을 멈추었다.

"이 직장은 저에게 있었던 가장 좋은 일이고, 직장을 다니니까 학교가 정말 우습게 여겨져요."

"그야 물론이지."

매콜리 부인이 말했다.

"학교란 아이들이 길거리에 나가지 못하게 하려고 보내는 곳에 지나지 않지만, 어쨌든 좋건 싫건 아이들은 언젠가는 길거리로 나가야 하지. 자식들이 세상으로 나가는 것을 부모들이 두려워하는 것은 당연한 일이지만, 사실 두려워할 것도 없단다. 세상에는 온통 겁에 질린 아이들투성이야. 겁이 나기 때문에 그들은 서로 겁을 준단다. 이해를 하도록 노력해야지."

그녀가 얘기를 계속했다.

"네가 만나는 모든 사람을 사랑하도록 노력하렴. 나는 밤마다 이 응접실에서 너를 기다리고 있겠다. 하지만 너는 마음이 내키지 않으면 이 방으로 들어와 나한테 얘기를 할 필요는 없어. 난 이해를 하겠어. 난 네 혀가 한마디 말도 못하게끔 네 마음이 막을 때가 가끔 있으리라는 걸 알아."

그녀는 이제 말을 멈추고 소년을 쳐다보았다.

"피곤할 테니까 어서 가서 자거라."

매콜리 부인이 말했다.

"그러죠."

아들이 대답하고 그의 방으로 갔다.

8. 베스와 메리

아침 7시에 자명종이 딸각 소리를 겨우 한 번 냈을 때, 이미 호머 매콜리는 벌떡 일어나 앉았다. 그는 따르릉 종이 울리지 않도록 시계를 꺼놓았다. 그런 다음에 침대에서 빠져나와 뉴욕에서 보내온 체력 발달 훈련 교본을 꺼내 오늘 해야 할 운동의 지시 사항들을 읽기 시작했다.

호머는 자명종이 따르릉 울릴 때까지 절대로 내버려두는 일이 없었다. 알람이 울리기 직전의 딸각 소리를 듣고 호머와 같이 잠이 깬 율리시스가 항상 그러듯이 그를 지켜보았다. 뉴욕에서 보내온 체력 발달 훈련 교본은 인쇄된 소책자와 잡아 늘이는 완력기로 구성된 것이었다. 호머가 제7과로 넘어가는 사이에 율리시스는 신기한 물건에 더 가까이 접근하려고 호머의 팔 밑으로 파고들어왔다. 심호흡을 포함한 몇 가지 평범한 기초 운동을 끝낸 다음에 호머가 반듯하게 누워 두 다리를 꼿꼿하게 들어올렸다.

"뭐 하는 거야?"

율리시스가 물었다.

"운동."

"그거 왜 해?"

"근육 때문에."

"세상에서 제일 힘센 사람 되는 거야?"

"아냐."

"그럼 왜 해?"

"넌 잠이나 더 자."

호머가 말했다.

율리시스는 다시 침대로 돌아갔지만 앉아서 구경했다. 마침내 호머가 옷을 입기 시작했다.

"어디 가?"

"학교."

"배우러?"

"그래. 그리고 200미터 저장애물 경주도 하고."

"어디에 매달려고 그래?"

"장애물은 어디에도 매다는 게 아냐. 그건 10미터나 15미터마다 세워놓은 나무들인데, 사람들이 달리면서 뛰어넘어야 하지."

"왜 그래?"

"뭐냐, 그러니까 그건 달리기 시합이야. 이 도시에서 태어난 모든 사람은 200미터 저장애물 달리기를 해. 그건 이타카에서 벌어지는 큰 경기니까. 내가 근무하는 전신국의 국장도 이타카고등학교에 다닐 때 200미터 저장애물 달리기를 했대. 그 사람은 밸리 챔피언이야."

"밸리 챔피언이 뭔데?"

"최고라는 뜻이지."

"형도 최고가 될 거야?"

"노력은 해보겠어. 어서 잠이나 더 자라구."

율리시스는 침대 속으로 미끄러져 내려가면서 "내일"이라고 하더니 자신이 한 말을 바로잡았다.

"어제 나 기차 봤어."

호머는 동생이 하는 얘기가 무슨 의미인지를 알았다. 호머는 지나가는 기차를 보고 자신이 매혹되었던 때를 기억했다.

"어땠는데?"

"흑인 남자가 있었는데, 손을 흔들었어."

"너도 마주 손을 흔들었니?"

"먼저, 내가 먼저 손 흔들었어. 그러고는 그 사람이 먼저 손 흔들고. 그러고는 내가 손 흔들었어. 그러고는 그 사람이 손을 흔들었어. 그 사람이 말했어. '나 고향에 간다!'"

율리시스는 형을 쳐다보았다.

"우린 언제 고향에 가?"

"우린 지금 고향에서 살아."

"그럼 왜 그 사람, 이곳으로 오지 않았어?"

"사람들은 저마다 고향이 달라. 어떤 사람들은 고향이 동쪽이고, 어떤 사람들은 서쪽이고, 어떤 사람들은 북쪽이고, 어떤 사람들은 남쪽이야. 우린 서쪽이지."

"서쪽이 제일 좋아?"

"모르겠어. 난 다른 곳은 아무 데도 가보지 않았으니까."

"형, 어딘가 갈 거야?"

"나중에."

"어디?"

"뉴욕."

"뉴욕이 어디야?"

"동쪽이지. 뉴욕 다음엔 런던, 런던 다음엔 파리, 파리 다음에는 베를린. 그리고 비엔나, 로마, 모스크바, 스톡홀름……. 언젠가는 나도 세계의 큰 도시들을 모두 가보겠어."

"돌아올 거야?"

"그럼."

"기뻐할 거야?"

"그럼."

"왜?"

"돌아오면 항상 기쁘니까 그렇지, 왜긴 왜야?"

어린 동생이 진지하게 부탁했다.

"가지 마."

"지금 떠나는 게 아냐. 지금은 학교에 가는 거라구."

"절대로 가지 마."

"한참 후에나 갈 거야. 그러니까 넌 잠이나 더 자라구."

"좋아."

율리시스가 말했다.

"20미터 뛸 거야?"

"200미터 장애물 경주라니까."

호머가 아침 식사를 하려고 자리에 앉았을 때는 누나 베스가 그를 기다리고 있었다. 그는 잠깐 머리를 숙였다가 다시 들고는 아침을 먹기 시작했다.

"너 뭐라고 기도 드렸니?"

베스가 물었다.

"식탁에 앉으면 항상 드리는 기도를 드렸어."

호머가 말했다. 말을 제대로 배우지 못했을 때 정확히 익혔던 어휘들을 그대로 인용하며 기도문을 읊었다.

주여, 우리의 식탁에 임하옵소서.
이곳에서나 어느 곳에서나 찬양을 받으시옵소서.
이 미천한 자들을 축복하셔서 우리로 하여금
당신과 함께 천국에서 잔치하게 하옵소서.
아멘.

"어머, 그건 옛 기도야. 그리고 넌 그게 무슨 뜻인지 알지도 못하잖아."

"모르긴 왜 몰라. 그럼 누나는 무슨 기도를 했지?"

"그 말이 무슨 뜻인지를 먼저 나한테 얘기해봐."

"주여, 우리의 식탁에 임하옵소서."

호머가 말했다.

"그 말이 의미하는 것은 주여, 우리의 식탁에 같이 있어주세요 하는 거야. 이곳에서나 어느 곳에서나 찬양을 받으시옵소서, 그건 이곳에서나 어느 곳에서나 좋은 것들이 존중되어야 한다는 뜻이지. 이 미천한 자들, 그건 우리와, 다른 모든 사람들을 가리키는 거야. 축복한다는 건 지켜본다거나, 뭐 그 비슷한 뜻이지. 그리고 우리로 하여금 당신과 함께 천국에서 잔치하게 하옵소서. 뭐야, 그러니까 그건 바로 그런 의미이고, 전혀 아무런 의미가 없을지도 모르지. 누나 마음대로 생각해. 그냥 우리로 하여금 당신과 함께 천국에서 잔치하게 하옵소서 그게 전부야. 난 오늘 육상 경기에서 200미터 저장애물을 뛸 거야. 그건 중요한 경기지. 스팽글러 씨도 이타카고등학교에 다닐 때 그 경기에 출전했어. 그 경기에서는 달리기도 하지만 뛰어넘기도 해야 해. 그분은 행운을 빌기 위해 삶은 달걀을 가지고 다녀."

"행운을 빌기 위해 삶은 달걀을 가지고 다닌다는 건 미신이야."
베스가 말했다.

"그런 건 상관없어. 그분은 나더러 하루 묵은 파이 두 개를, 사과 파이와 코코넛 크림 파이를 사 오라고 채터튼 식당으로 보냈어. 25센트에 두 개짜리 말야. 새로 만든 파이는 하나에 25센트여서, 쓸 돈이 25센트밖에 없을 때는 하나밖에 살 수가 없지. 하루 묵은 파이라면 25센트에 두 개를 살 수가 있어. 두 개의 파이에서 반쪽씩을 내가 먹고, 또 반쪽씩은 그로간 씨가 먹기로 되어 있었지만 그는 한두 조각 먹고는 그만이었어. 그래서 난 파이를 많이 먹게 되었지. 그로간 씨는 먹는 것보다 마시기를 더 좋아하거든."

이웃집에 사는 처녀 메리 아레나가 뒷문으로 해서 부엌으로 들어왔다. 그녀는 자그마한 울워스[저렴한 물건을 파는 상점] 그릇을 하나

가지고 들어와 식탁에다 놓았다. 호머가 일어섰다.

"이리 와요, 메리. 앉으세요."

"오, 아냐, 호머. 어서 아침 식사나 들어. 우리 아버지에게 드리려고 내가 만든 말린 복숭아 스튜 좀 먹어봐."

"그래요."

호머가 말했다.

"아버지는 어떠세요?"

"잘 지내셔. 오늘 아침에는 식탁에 앉자마자 이 말씀부터 하시더구나. '편지 온 것 없냐? 마커스한테서 소식 없어?'"

"얼마 안 있으면 편지가 또 올 거야."

베스가 말했다. 그녀는 식탁에서 몸을 일으켰다.

"자, 메리. 가자."

메리가 매콜리 부인에게 말했다.

"솔직히 말씀드리겠는데요, 전 대학에 다니는 게 지겹고 진절머리가 나요. 고등학교하고 똑같더군요. 전 학교에 다니기에는 나이가 너무 많다구요. 시대가 달라졌어요. 저는 정말 나가서 어디 직장이라도 하나 구하고 싶어요."

"저도 그래요."

베스가 말했다.

"그런 소리 마라."

매콜리 부인이 말했다.

"너희는 둘 다 애들이야. 나이가 열일곱이지. 메리의 아버지나 호머나 다들 훌륭한 일자리가 있어."

"하지만 옳은 일이 아닌 것 같아요."

메리가 말했다.

"마커스는 군대에 가 있고, 온 세상 사람들이 서로 죽이려고 덤벼들고 말예요."

호머는 베스와 메리가 나가는 것을 지켜보았다.

"그래서 뭐가 어쨌다는 건가요?"

호머가 물었다.

"뭐랄까, 젊은 처녀들이 나가서 활개 좀 치고 싶다는 건 매우 자연스러운 일이지."

매콜리 부인이 말했다.

"난 나가서 활개 좀 치고 싶다는 처녀들을 얘기하는 게 아녜요. 난 메리 얘기를 하는 거예요."

"메리는 다정하고, 때가 묻지 않은, 아이 같은 처녀야. 난 그애처럼 순진한 처녀는 여지껏 본 적이 없어. 마커스가 그애하고 사랑한다는 것이 기쁘다."

"어머니."

호머가 짜증스럽게 말했다.

"저도 그런 건 다 알아요. 제가 하는 얘기는 그게 아녜요."

그는 잠깐 침묵을 지킨 다음에 말했다.

"자, 그럼 전 가봐야겠어요."

매콜리 부인은 그가 나가는 것을 보았고, 그러고는 잠옷 셔츠 차림의 율리시스를 곁눈으로 언뜻 보았다. 그는 어린 짐승이 어미를 보는 바로 그런 식으로 그녀를 올려다보았다. 그의 얼굴에 나타난 표정은 무척 진지하고 믿어지지 않을 정도로 매혹적이었다.
"왜 그 사람이 더는 울지 말라고 그랬을까요?"
"누가?"
"기차를 타고 가던 흑인 남자 말예요."
"그건 노래란다."
그녀는 율리시스의 손을 잡았다.
"자, 그럼, 옷을 입어라."
"그 사람, 오늘도 기차를 타고 올까요?"
매콜리 부인이 잠깐 생각을 해보았다.
"그래."

9. 노병(老兵)

학교로 가는 길에 호머 매콜리는 산 베니토 거리에서 잡초가 무성한 공터를 둘러싼 말뚝 울타리를 지나갔다. 울타리는 낡고 썩었으며, 자그마한 황무지를 장식하고 보호가 필요 없는 잡초 군락을 보호하는 이외에는 아무런 쓸모가 없는 존재였다. 낮이면 학생이고, 밤이면 전보 배달원 노릇을 하는 호머는 힘차게 미끄러질 정도로 갑자기 자전거를 세웠다. 그는 버팀대를 내린 다음에, 지극히 도망을 잘 치기 때문에 서두르지 않았다가는 놓치기 십상인 무엇을 찾아내려고 하는 듯 서둘러서 울타리로 갔다.

울타리는 저장애물 경주에 쓰이는 것보다 30센티미터가량 더 높았다. 호머는 울타리 저편과 이편의 땅을 자세히 살펴본 다음에 그의 허리보다 상당히 올라간 울타리의 높이를 측정해보았다. 그는 10미터를 되돌아가서 자신에게 아무런 예고도 없이 힘차게 몸을 돌려 울타리를 향해서 달려갔다. 울타리 가까이까지 간 다음에 그는 멋지게 뛰어올랐다. 울타리의 한 부분이 발에 걸려 쓰러졌고, 호머 자신도 잡초 속으로 떨어졌다. 하지만 호머는 얼른 몸을 일으켜 또다시 시도했다. 일곱 차례나 시도를 했지만 호머는 한 번도 성공하지 못했다. 그는 울타리 전체가 넘어져 심하게 망가진 다음에야 중단했다.

길 건너 집에서 노인이 지팡이를 짚고 파이프를 물고 나와서 조용히 호머를 지켜보았다. 널브러져 있던 호머가 일어나서 막 몸을 툭툭 털고 있으려니까 노인이 입을 열었다.

"너 뭘 하니?"

"장애물 경주요."

"다쳤냐?"

"아뇨. 울타리가 좀 높아서 그랬을 따름이지 별일 없어요. 풀이 미끄럽기도 하고요."

노인은 잠깐 잡초를 살펴본 다음에 말했다.

"저건 박주가리란다. 토끼 사료로 좋은 풀이지. 토끼들이 잘 먹으니까. 내겐 십일 년쯤 전에 토끼 사육장이 있었지만, 누가 한밤중에 문을 열어놓아 토끼들이 모두 도망을 치고 말았단다."

"왜 문을 열어놓았나요?"

"글쎄, 모르겠어. 누가 그랬는지 끝까지 알아내지 못했으니까. 기막히게 예쁜 토끼를 서른세 마리나 잃어버렸어. 빨간 눈에, 눈은 고양이 같고, 벨기에 산이었으며 두세 가지 다른 종류도 있었는데……. 끝까지 알아내지 못했지."

"토끼를 좋아하세요?"

"귀엽고 자그마한 동물이지. 집에서 기르는 토끼들은 아주 순한 놈들이라구."

노인은 공터의 잡초를 둘러보았다.

"서른세 마리의 토끼가 십일 년 동안이나 밖으로 풀려나와 살았어. 그렇게 새끼를 잘 낳는 놈들이니 지금은 토끼가 얼마나 많아졌는지 알 길이 없지. 이 도시가 지금 온통 야생 토끼로 가득하다고 해도 나는 놀라지 않겠어."

"한 마리도 제 눈에는 띄지 않던데요."

"그럴지도 모르지. 하지만 그들은 이곳에 있어. 어디엔가. 보나마나 도시 전체가 토끼로 가득하지. 일, 이 년만 더 지나면 토끼들이 심각한 문제로 떠오를 거야."

호머는 자전거에 올라앉았다.

"이제 가야겠어요."

"또 놀러 오너라. 언제라도 좋으니까. 넌 반가운 손님이야."

"고맙습니다. 저는 오늘 오후에 학교 육상대회에서 200미터 저장애물 경주에 출전해서 뛸 거예요."

"난 고등학교는 다니지 않았지만 스페인과 미국의 전쟁 때는 참전했지."

"그러셨군요, 선생님. 그럼 안녕히 계세요!"

"오, 그래."

노인이 말했지만 그는 이제 혼잣말을 하고 있었다.

"걸핏하면 토끼처럼 도망을 다녔지만."

호머가 길모퉁이를 돌아 사라졌다.

노인은 파이프를 뻐끔거리며 주위를 둘러보면서 작고 황폐한 그의 집으로 어슬렁거리며 돌아갔다.

10. 고대사 강의

 이타카고등학교의 육상 경기장에는 200미터 저장애물 경주를 위한 장애물들이 배치되었다. 지금은 오전이어서 네 명의 소년이 연습 경기를 하는 중이었다. 그들은 절제를 하며 저마다 잘 달렸고, 저마다 멋진 자세로 뛰어넘었다. 스톱워치를 손에 든 바이필드 코치가 우승자에게로 왔다.
 "훨씬 잘했어, 애클리."
 그는 분명히 보통은 아니었지만 아무리 봐도 분명히 대단하지도 못한 소년에게 말했다. 소년은, 지난 몇십 년 동안 먹을 것이나 옷이나 집이 없어서 고생한 적이 없었고, 때때로 다른 사람들에게 그 풍요함을 같이 누리게 해주던 그런 집안의 아이답게 맥이 풀려 있었다.
 "넌 아직 많이 배워야 해."
 코치가 소년에게 말했다.
 "하지만 오늘 오후의 경기에서는 네가 이길 것 같아."
 "최선을 다하겠습니다, 선생님."
 "오늘은 별로 심한 경쟁을 치르지 않겠지만, 2주 후에 열릴 밸리

대회에서는 상당히 힘이 들 거야. 이제 가서 샤워나 하고 오후까지는 푹 쉬라구."

"알겠습니다, 선생님."

소년이 말했다.

다른 세 명의 선수는 한쪽으로 몰려 멀거니 쳐다보면서 얘기를 들었다.

"하는 짓은 계집애 같지만 말야, 항상 들어오기는 1등으로 들어오거든. 넌 왜 그래, 샘?"

한 소년이 말했다.

"내가 뭐가 어쨌다고?"

샘이 말했다.

"너는 왜 그 모양이지? 넌 왜 저애한테 이기지 못하니?"

"난 2등으로 들어왔어."

"2등은 3등보다 나을 게 없어."

세 번째 소년이 말했다.

"허버트 애클리 3세가 우리한테 이기다니!"

샘이 말했다.

"우린 부끄러운 줄 알아야 해."

"그럼. 하지만 우리에게는 변명의 여지가 없어. 그 친구가 실력이 더 좋을 따름이야."

두 번째 소년이 말했다.

코치는 세 소년에게 시선을 돌리고는 완전히 달라진 어조로 말했다.

"좋아, 이 녀석들아. 너희는 빈둥거리며 으쓱해할 수 있을 정도로 실력이 훌륭하지는 못해. 출발 지점으로 가서 다시 한번 해봐."

소년들은 아무 말도 없이 출발선으로 갔고, 코치는 그들에게 한 번 더 경기를 시켰다. 그들이 달리기 시작한 다음에 코치는 오후 경기가 열리기 전에 두어 번 더 그들을 뛰게 하기로 작정했다. 그는 허버트 애클리 3세가 경기에서 이기게 만들겠다고 결심한 사람 같았다.

고대사 강의실은 일찌감치 자리가 찼다. 노처녀 힉스 선생은 마지막 종이 울리고 교실이 조용해지기를 기다렸다. 그것은 지금은 고등학교에 다니지만 머지않아, 적어도 이론적으로나마 세상으로 나갈 준비를 갖출 이타카의 소년들과 소녀들을 가르치라는 신호였다.

호머 매콜리는 헬렌 엘리엇이라는 여학생이 문에서 그녀의 책상으로 걸어가는 것을 지켜보았다. 의심할 나위도 없이 이 여학생은 세상에서 가장 아름다운 소녀였다. 예쁘다는 것 이외에는 어느 모로 보나 그녀는 속물이었지만, 호머는 그 사실을 믿으려고 하지 않았다.

그녀의 뒤를 허버트 애클리 3세가 따라 들어왔다. 허버트가 헬렌에게로 가자 두 사람이 잠깐 귓속말을 주고받았는데, 이 광경을 보고 호머는 부럽고도 화가 나서 속이 뒤집힐 지경이었다. 마지막 종이 울렸고 미스 힉스가 말했다.

"좋아요. 조용히 해요. 누가 결석했죠?"

"저요."

한 소년이 말했다. 그는 이름이 조 테라노바였으며, 학급에서 유치하게 웃기는 익살꾼이었다. 그의 코미디를 종교적으로 섬기는 네다섯 명의 충성스러운 졸개들은 조의 재빠르고도 한심한 재치에 즉시 반응을 보이고 찬양했다.

하지만 헬렌 엘리엇과 허버트 애클리 3세는 빈민굴에 사는 이 악동들, 교실에서 홀리 롤러〔Holy Roller. 소수파 종교 집단으로서, 예배를 보는 동안 소리를 지르고 돌아다니며 소란을 피워 종교적인 감정을 표현한다〕 같은 존재인 그들에게로 시선을 돌리고는 얼굴을 찡그렸다. 그 꼴이 어찌나 못마땅했는지 다른 모든 사람이 웃음을 그친 다음에, 호머는 그가 경멸하는 허버트와 그가 흠모하는 헬렌의 얼굴에다 대고 일부러 그러듯이 요란하게 하, 하, 하 웃어댔다. 그러고는 재빨리 조에게로 시선을 돌리고는 말했다.

"그리고 너, 조, 힉스 선생님이 얘기할 때는 입 닥쳐."

"이제 그런 한심한 짓은 그만해, 조셉 테라노바."

미스 힉스가 말했다. 그러고는 호머에게로 시선을 돌렸다.

"너도 마찬가지야, 호머 매콜리."

그녀는 잠깐 말을 멈추고 학생들을 둘러보았다.

"어제 공부하다 만 아시리아 민족에 관한 얘기를 하겠어요. 모두 정신을 집중하세요. 우선 고대사 교과서부터 읽기로 하겠어요. 그 다음에 읽은 내용을 놓고 구두 토론을 벌이겠어요."

저질 익살꾼이 장난을 치기 위한 이 기회를 그냥 참고 보낼 리가 없었다.

"아닙니다, 힉스 선생님."

그가 제안했다.

"구두로 토론하지 말고 침묵으로 토론해요. 그래야 제가 수면을 취할 수가 있을 테니까 말입니다."

또다시 충실한 신자들이 요란하게 웃었고, 속물들은 역겨워하며 시선을 돌렸다. 미스 힉스는 익살꾼에게 당장 반응을 나타내지는 않았다. 그의 재치를 즐기지 않는다는 것은 어려운 일이었고, 그녀는 이런 농담이 그치기를 원하지 않았다. 그러면서도 그를 통제할 필요는 반드시 있었다. 마침내 그녀가 입을 열었다.

"남을 괴롭혀서는 안 돼. 특히 자신이 옳은 입장일 때는 더욱 그렇단다."

"미안해요, 힉스 선생님. 저도 모르게 한마디 저절로 튀어나온 모양입니다. 구두 토론이라니까 말예요! 그럼 구두로 하지 않는 토론도 있나요? 하지만 괜찮아요. 미안합니다."

그러더니 그는 주제넘은 태도로 그녀에게 손을 흔들어 보이고는 선심을 쓰는 투로 말했다.

"어서 계속하세요, 힉스 선생님."

"고맙구나. 자, 여러분, 잠을 활짝 깨요!"

"활짝 깨라고요? 애들을 보세요. 모두들 눈을 활짝 떴어도 잠이 푹 들었어요."

조가 말했다.

"한 번만 더 방해를 하면 교장실로 보내겠어."

선생님이 말했다.

"전 교육을 좀 받고 싶을 따름입니다."

"야, 입 닥쳐." 호머가 친구에게 말했다. "그만 좀 잘난 체해, 조. 네가 얼마나 똑똑한지는 누구나 잘 알고 있으니까."

"다시는 떠들지 마라." 미스 힉스가 말했다. "너희들 두 사람 다 다시는 떠들지 말라구. 117페이지 두 번째 문단을 펴요."

모두들 저마다 책을 펴서 지정된 곳을 찾았다.

"고대사라면 따분하고 필요 없는 공부라고들 생각할지도 모릅니다. 우리 자신의 세계에서 너무나 많은 역사가 이루어지고 있는 현재 같은 시기에는, 벌써 오래전에 끝나버린 다른 세계의 역사라면 공부하고 이해할 필요가 없다고 여겨질 수도 있어요. 하지만 그런 생각은 옳지 못합니다. 다른 시대, 다른 문화, 다른 민족, 그리고 다른 세계를 안다는 것은 아주 중요한 일이니까요. 누가 앞으로 나와서 읽어주겠어요?"

여학생 두 명과 허버트 애클리 3세가 손을 들었다.

익살꾼 조가 호머를 흘끗 쳐다보고 말했다.

"저 친구 알아줘야 해."

손을 든 두 여학생 가운데 선생은 헬렌 엘리엇을 지명했다. 호머는 그녀가 교실 앞으로 걸어나가는 것을 지켜보았다. 그녀는 무척 아름다운 자태로 그냥 그렇게 서 있기만 하더니 잠시 후 지극히 순수하고 더할 나위 없이 나긋나긋한 목소리로 책을 읽기 시작했다. 호머는 그런 인간과 그런 목소리가 존재한다는, 믿어지지 않는 기적에 감탄했다.

"아시리아 사람들은 코가 길고 머리와 수염도 길게 길렀으며, 북쪽의 니네베를 막강한 세력의 거점으로 발전시켰다. 히타이트, 이

집트, 그리고 다른 민족들과 많은 우여곡절을 겪은 다음에 그들은 티글라트 필레세르 1세가 통치하던 바빌론을 기원전 1100년에 정복했다. 그 후 몇백 년에 걸쳐서 돌로 건설한 니네베와 벽돌로 건설한 바빌론 사이에서 세력이 오락가락했다. '시리아인'과 '아시리아인'이라는 명칭 사이에는 아무런 연관성이 없으며, 티글라트 필레세르 3세가 그들을 정복하고 이스라엘의 패배한 10개 부족을 추방할 때까지 아시리아인들은 시리아인들과 싸우게 된다."

헬렌이 다음 구절을 읽기 위해 숨을 돌리려고 잠깐 멈추었는데, 그녀가 다시 읽기 시작하기 전에 호머 매콜리가 말했다.

"허버트 애클리 3세는 어쩌고? 그는 누구를 정복했으며, 어떤 업적을 남겼는가?"

훌륭한 가문 출신의 소년이 점잖고도 씁쓸한 표정으로 몸을 일으켰다.

"힉스 선생님." 그가 아주 진지하게 말했다. "저는 저런 악의에 찬 장난이 처벌이나 훈계를 받지 않는다면 가만히 있지 않겠습니다. 저는 선생님이 매콜리 군에게 교장실로 가도록 명령하시기를 요구할 수밖에 없으며, 그렇게 못 하시겠다면……."

그는 아주 엄숙하게 말했다.

"이 문제를 제가 직접 해결하겠습니다."

호머가 자리에서 와락 튀어나왔다.

"야, 시끄러워! 네 이름은 허버트 애클리 3세야, 안 그래? 도대체 넌 지금까지 한 일이 뭐가 있고, 이왕 얘기가 나왔으니까 말인데 그럼 허버트 애클리 2세는 지금까지 해놓은 일이 무엇이고, 허버트 애클리 1세는 또 무엇을 했느냐 말야."

그는 잠깐 말을 멈춘 다음에 미스 힉스와 헬렌 엘리엇을 쳐다보았다.

"제 생각에 그것은 훌륭하고 지적인 질문인 것 같은데요."

그러더니 호머는 허버트 애클리에게 시선을 돌리고는 질문을 되풀이했다.

"그들이 한 일이 무엇이지?"

"적어도 애클리 집안에서는 지금까지 어느 누구도 시시한……."

허버트는 기를 죽일 만한 적절한 어휘를 찾기 위해 멈추었다가 이타카에 사는 다른 사람은 어느 누구도 들어본 적이 없음직한 말을 했다.

"…… 허풍선이〔fanfaron. 매우 희귀하고 어려운 단어다〕는 없었어."

"허풍선이?"

호머가 말했다.

"그 말이 무슨 뜻인가요, 힉스 선생님?"

그녀가 선뜻 설명하지 못하니까 호머는 얼른 허버트 애클리에게로 시선을 돌리고는 말을 이었다.

"이봐, 제3호, 여지껏 한 번도 듣지 못한 그따위 욕은 하지 마."

"허풍선이란 나쁜 사람이야. 잘난 체하는 불량배 말야."

허버트가 말했다. 그러고는 더욱 미천한 다른 어휘를 찾으려고 얘기를 멈추었다.

"야, 입 닥쳐."

호머가 말했다.

그는 헬렌 엘리엇을 흘끗 쳐다보고는 유명한 매콜리 미소를 지었다.

"허풍선이라니!"

호머가 되풀이해서 말했다.

"무슨 욕이 그래?"

그러더니 그는 자리에 앉았다.

헬렌 엘리엇은 미스 힉스가 계속해서 책을 읽으라는 지시를 내리기만 기다렸다. 하지만 미스 힉스는 지시를 내리지 않았다. 마침내 호머가 사태를 파악하기에 이르렀다. 그는 자리에서 일어나 허버트 애클리 3세에게 말했다.

"좋아, 내가 사과하지. 미안해."

"알았어."

가문이 훌륭한 소년이 말하고는 자리에 앉았다.

고대사 선생은 잠깐 교실을 둘러본 다음에 말했다.

"호머 매콜리와 허버트 애클리는 수업이 끝난 다음에 자리에 남아 있도록 해요."

"하지만 힉스 선생님, 육상 대회는 어떻게 하고요?"

호머가 물었다.

"여러분의 마음을 발달시키는 것은 육체의 발달 못지않게 중요해요. 어쩌면 훨씬 더 중요한지도 모르죠."

"힉스 선생님, 제 생각에는 바이필드 코치가 육상 대회에 저를 꼭 참가시키겠다고 주장하실 것 같은데요."

허버트 애클리가 말했다.

"전 바이필드 코치의 주장은 모르겠습니다. 하지만 전 200미터 저장애물 경주를 해야 합니다."

호머가 말했다.

허버트 애클리가 호머를 쳐다보았다.

"난 네가 그 경기에 참가하는 줄은 전혀 몰랐는데."

"어쨌든 난 참가할 거야. 힉스 선생님, 만일 선생님이 이번만 용서해주시면 저는 절대로 다시는 말썽을 피우거나 명령을 어기거나 어떤 나쁜 짓도 저지르지 않겠다고 약속하겠습니다. 그건 너도 마찬가지야, 허버트. 안 그래?"

"예, 저도 약속하겠습니다, 힉스 선생님."

허버트가 말했다.

"두 사람 모두 수업이 끝난 다음에 남도록 해요. 헬렌, 계속해서 책을 읽거라."

"남부의 칼데아인들과 북쪽의 메디아인들과 페르시아인들로 이루어진 연합군은 아시리아 제국을 제압했으며, 니네베는 그들의 군사력 앞에서 무릎을 꿇고 말했다. 네부카드네자르 2세가 바빌론 제2제국을 다스렸다. 그 다음에는 대군을 이끌고 위대한 페르시아 왕 키로스가 쳐들어왔다. 그러나 그의 정복은 순환의 한 과정에 지나지 않아서, 이 대군의 자손들은 나중에 알렉산더 대왕에 의해서 정복되었다."

이제는 역겨움을 느꼈고, 어젯밤에 일을 해서 피곤했으며, 자신을 위해서 태어났다고 믿었던 소녀의 감미로운 목소리에 나른해진 호머는 포갠 두 팔에 천천히 머리를 떨구고는 수면과 거의 비슷한 상태를 즐기기 시작했다. 그러면서도 그는 여학생이 책을 읽는 소리를 들을 수가 있었다.

"이 용광로로부터 세계는 위대한 유산을 상속받았다. 성경에 나오는 모세의 율법은, 그 기초의 일부가 법의 창시자라고 일컬어지는 함무라비가 제정한 몇몇 법으로부터 연유한다. 우리가 익숙한 십진법뿐 아니라 십이진법도 쓰던 그들의 수학 체계로부터 우리는 한 시간을 60분, 원을 360도로 정했다. 아라비아는 로마의 표기 방법과 구별하기 위해서 아직도 아라비아식이라고 부르는 숫자를 우리들에게 제공해주었다. 아시리아 사람들은 해시계를 발명했다. 현대 약국에서 사용하는 부호들과 황도대의 상징들은 바빌로니아 사람들이 처음 만들었다. 비교적 최근에 소아시아에서 이루어진 발굴은 그곳에 찬란한 제국이 존재했었음을 보여준다."

호머는 꿈을 꾸었다.

'찬란한 제국이라고? 어디 있는데? 캘리포니아의 이타카에? 도대체 어디로 사라졌을까? 어떤 위대한 민족도 없이, 어떤 위대한 발견도 없이, 해시계도 없이, 숫자도 없이, 황도대도 없이, 유머도 없이, 그 아무것도 없이? 이 위대한 제국은 어디에 있는가?'

그는 일어나 앉아서 다시 둘러보았다. 그의 눈에는 헬렌 엘리엇의 얼굴만 보였는데, 하기야 그 얼굴이 가장 위대한 제국일지도 모른다. 그는 가련한 인류가 이룩한 가장 위대한 업적일지도 모르는 그녀의 나긋나긋한 목소리를 들었다.

"히타이트 사람들은 해안을 따라 쳐내려와서 이집트로 진군해 들어갔다. 그들은 히브리 부족들과 피가 섞였고, 그래서 히브리 사람들은 히타이트 코를 갖게 되었다."

헬렌은 읽기를 중단하고 고대사 선생에게로 시선을 돌렸다.

"여기에서 한 단원이 끝나는데요, 힉스 선생님."

"아주 잘 읽었어, 헬렌. 잘 읽어줘서 고마워. 자리에 가서 앉아요."

11. 인간의 코

미스 힉스는 헬렌이 자리에 앉기를 기다린 다음에 학생들의 얼굴을 둘러보았다.

"자, 지금까지 우리가 무엇을 배웠나요?"

"온 세상 사람들에게 코가 달렸다는 거요."

호머가 말했다.

미스 힉스는 이 대답에 기분이 상하지 않고 그냥 받아들였다.

"그리고 또 무엇을 배웠죠?"

"코는 코를 풀거나 감기에 걸리기 위한 것뿐이 아니라 고대사의 기록을 올바르게 정리하는 역할도 맡고 있습니다."

호머가 말했다.

미스 힉스가 호머에게서 시선을 돌리며 말했다.

"어디 누구 다른 사람 한번 대답해봐요. 호머는 코에 너무 열심인 것 같군요."

"어쨌든 책에 그렇게 적혀 있어요, 안 그렇습니까? 왜 코 얘기가 나왔겠습니까? 그건 보나마나 중요하기 때문입니다."

"아마 코에 관해서 즉흥 연설이라도 하고 싶은 모양이로구나, 매콜리 군."

"글쎄요. 꼭 연설이라고까지 할 수야 없겠지만요, 고대사는 우리에게 한 가지 사실만큼은 얘기해줍니다."

이제는 천천히, 불필요하게 강조까지 해가며 호머가 얘기를 계속했다.

"사람들에게는 옛날부터 코가 달렸습니다. 그 사실을 증명하기 위해서는 이 교실에 있는 모든 사람을 둘러보기만 하면 됩니다."

그는 모든 사람을 둘러보았다.

"어디를 보나 코가 있습니다."

그는 이 주제에 관해서 또 무슨 얘기를 할 수가 있을지 생각해보려고 잠깐 말을 멈추었다.

"코는 항상 인간들이 창피함을 느끼게 만드는 요소였으며, 히타이트 사람들은 아마도 그들의 코가 너무나 크고 비뚤어져서 다른 사람들을 닥치는 대로 두들겨 팼을 거예요. 늦거나 이르거나 결국 누군가가 시계를 발명할 터였으므로, 해시계를 누가 발명했느냐 하는 건 문제가 되질 않습니다. 중요한 것은 누구에게 코가 달렸느냐 하는 점입니다."

시기를 했는지까지는 모르겠지만 익살꾼 조가 깊은 관심을 느끼고 감탄하며 귀를 기울였다. 호머가 얘기를 계속했다.

"어떤 사람들은 코로 얘기를 합니다. 굉장히 많은 사람들은 코가 달려서 코를 골고, 어떤 사람들은 코로 휘파람을 불거나 노래를 부릅니다. 어떤 사람들은 코가 꿰여 끌려다니고(남에게 맹종한다는 영어 표현이 'led by the nose' 이기 때문에 우스갯소리를 한 것이다). 또 어떤 사람들은 하찮은 일들을 염탐하고 헤쳐보는 데 코를 사용합니다〔쓸데없이 간섭하거나 남의 일에 참견한다는 뜻으로 'put one's nose into' 라는 표현이 있어서 한 말이다〕. 영화에서 열정적인 사랑의 장면을 보면 배우나 개에게 코를 물린 사람들도 있습니다. 코 앞에서〔우리말로는 '면전에서' 라는 뜻〕 문을 쾅 닫아 버리는 사람들이 있는가 하면, 달걀을 휘젓는 기계나, 레코드를 자동으로 바꾸는 장치에 코가 낀 사람들도 있습니다. 코는 나무나 마찬가지로 고정되어 있으면서도 머리에 달려 있어서 이동이 가능한 물건이기 때문에 거추장스럽게 여겨지는 여러 장소로 끌려다니며 심한 피해를 입기도 합니다. 코의 목적이란 낌새를 맡는 것이고, 어떤 사람들은 다른 사람들의 관념과 태도와 외모까지도 냄새를 맡습니다."

호머는 허버트 애클리 3세와 헬렌 엘리엇을 쳐다보았는데, 그들의 콧대는 높아지기는커녕 무슨 이유에서인지 약간 수그러졌다.

"이런 사람들은 마치 그래야 천국으로 들어갈 수가 있다는 듯 일반적으로 하늘로 코를 쳐드는 습성이 있습니다. 대부분의 동물은 콧구멍은 있어도 우리가 이해하고 있는 그런 코가 달려 있지 않습니다. 그러면서도 동물들이 지닌 후각은, 코가 달렸으며 어리석은 짓을 하지 않는 인간보다 훨씬 더 발달되었습니다."

호머 매콜리는 심호흡을 하고 연설을 끝내기로 작정했다.

"코에 관해서 기억해야 할 가장 중요한 사실은, 그것이 말썽을 일으키고 전쟁을 일으키고〔클레오파트라의 코를 두고 한 말〕, 오랜 우정을 깨뜨리고 많은 행복한 가정을 파탄시킨다는 것입니다. 그럼, 이제 저는 육상 대회에 가도 되겠습니까, 힉스 선생님?"

고대사 선생은 하찮은 주제에 관한 이 상상력이 넘치는 얘기를 듣고 즐거워지기는 했어도, 그 성공이 교실에서 그녀가 질서를 유지하는 데 방해가 되게 내버려둘 수는 없었다.

"매콜리 군, 수업이 끝난 다음에 남아 있어야 하고, 너도 마찬가지야, 애클리 군. 이제 코 문제는 해결이 난 셈이니까 어디 다른 사람도 읽은 데 대해서 의견을 얘기하지 않겠어요?"

아무도 얘기가 없었다.

"자, 어서."

미스 힉스가 말했다.

"다른 사람 누구 얘기해봐요. 아무라도 좋으니까."

익살꾼 조가 그 부름에 응했다.

"코는 빨갛고, 제비꽃은 파랗습니다. 이타카는 죽었습니다. 캘리포니아여, 나는 그대를 사랑하노라."

"또 누구 없어요?"

"일반적으로 항해사와 탐험가 들은 코가 큽니다."

어느 여학생이 말했다.

"아주 좋았어요. 헨리는 할 말 없어요?"

"저는 코에 관해서 아는 바가 하나도 없습니다."

헨리가 말했다.

"좋아. 모세가 누구지?"

조가 말했다.

"모세는 성경에 나오는 사람이야."

헨리가 말했다.

"그 사람은 코가 달렸나?"

"물론 코가 달렸지."

"그렇다면 좋아. 그럼, 넌 왜 '모세도 어느 누구 못지않게 코가 컸다'고 하지 않니?"

"내가 왜 그 얘기를 해야 하는 건데?"

"그야 물론 고대사를 배우기 위해서지."

"누구 또 없어요?"

아무도 손을 들지 않았고, 그래서 조가 말했다.

"좋아요, 늘 그렇듯이 결국 제가 나서야 되겠군요. 손이 눈보다 빠르지만 흐르는 건 코뿐입니다."

"힉스 선생님, 선생님은 제가 200미터 저장애물 경주에 출전하게 해주셔야 합니다."

호머가 말했다.

"난 어떤 장애물 경주에도 관심이 없어."

미스 힉스가 말했다.

"또 누구 없어요?"

하지만 너무 늦어버렸다. 수업이 끝나는 종이 울렸다. 호머 매콜리와 허버트 애클리 3세를 제외한 모든 사람이 육상 경기장으로 가려고 교실에서 나갔다.

12. 미스 힉스

 이타카고등학교의 남학생 체육 코치가 교장실에 서 있었다. 교장의 성이 '이크'였는데, 그 사실이 로버트 리플리 씨가 날마다 신문에 연재하는 만화 〈믿거나 말거나〉에 실린 적도 있었다. 이크 씨의 이름은 오스카였는데, 그 이름을 탐탁하게 여기는 사람은 별로 없었다.
 "미스 힉스는 이 학교에서 여태까지 근무했던 선생들 가운데 가장 나이도 많고 실력도 가장 훌륭한 선생입니다."
 교장이 코치에게 말했다.
 "그녀는 내가 이타카고등학교에 다닐 때 나를 가르쳤고, 또 당신의 선생이기도 했어요, 바이필드 씨. 나는 못된 남학생 두 명을 처벌하지 못하게끔 미스 힉스에게 간섭할 생각은 없습니다."
 "허버트 애클리 3세는 못된 남학생이 아닙니다."
 코치가 말했다.
 "호머 매콜리라면 못된 학생이죠. 허버트 애클리는 아닙니다. 그는 어리기는 해도 완벽한 신사입니다."
 "글쎄요, 어쨌든 그는 부유한 집안 출신이기는 합니다. 하지만 만일 미스 힉스가 그에게 수업이 끝난 다음에 남아 있으라고 했다면, 남아 있어야만 합니다. 어쩌면 그는 나이는 어리더라도 완벽한 신사일지도 모르겠습니다. 하지만 미스 힉스는 고대사 강의를 맡은 선생이고, 그녀는 벌을 받아 마땅한 학생 이외에는 어느 누구도 처벌한 적이 없다고 알려져 있습니다. 허버트 애클리는 나중에 다른 경기에 출전하면 됩니다."

문제는 이제 분명히 결판이 난 셈이라고 교장은 생각했다. 코치는 몸을 돌려 교장실에서 나갔다. 하지만 그는 운동장으로 가지 않고 대신에 고대사 강의실로 갔다. 그곳에서 그는 호머와 허버트와 미스 힉스를 만났다. 그는 노선생(老先生)에게 절을 하고 웃음을 지었다.

"힉스 선생님, 저는 이 문제를 이크 교장 선생님과 얘기해봤습니다."

그의 말이 암시한 바는, 허버트 애클리 3세를 해방시킬 권한이 그에게 부여되었다는 것이었다. 하지만 마치 해방되어야 할 사람이 자기라도 되는 듯 호머 매콜리가 벌떡 일어섰다.

"네가 아냐."

코치가 말했다.

"애클리 군."

"그게 무슨 소리인가요?"

고대사 선생이 말했다.

"애클리 군은 당장 육상복으로 갈아입고 200미터 저장애물 경주에 출전해야 한다는 얘기입니다. 우리는 그를 기다리고 있습니다."

"아, 그래요?"

호머가 말했다. 그는 의분이 끓어오르는 것을 느꼈다.

"그럼 매콜리 군은 어떡하고요?"

코치는 아무 대답도 하지 않고는 약간 걱정스럽고 혼란에 빠진 허버트 애클리 3세를 뒤따라 방에서 걸어나갔다.

"저거 보셨죠, 힉스 선생님?"

호머가 말했다.

고대사 선생은 어찌나 분개했는지 말도 제대로 못 했다. 마침내 그녀는 겨우 속삭이듯 말했다.

"바이필드 씨는 거짓말쟁이야."

호머는 미스 힉스가 그토록 화가 난 모습을 보고 놀라는 한편, 그녀가 둘도 없이 훌륭한 선생이라는 생각이 들었다.

"난 35년 동안 이타카고등학교에서 고대사를 가르쳤어. 나는 이타카에서 공부한 남학생과 여학생 몇백 명을 겪어냈지. 난 네 형 마커스와 누나 베스를 가르쳤고, 혹시 너한테 남동생이나 여동생이 있다면 언젠가 나는 그들도 가르치게 될 거야."

"남동생 한 명뿐인데, 율리시스라고 해요. 마커스 형은 학교에 다닐 때 어땠나요?"

"마커스와 베스는 둘 다 훌륭한 학생들이었어. 정직하고 예의가 바른 아이들이었지. 그래, 예의가 바르고말고. 고대 부족들이 처신한 것을 보면 그들은 태어날 때부터 예의가 바르게 행동했단다. 너처럼 마커스도 가끔 쓸데없는 소리를 했지만, 그래도 절대로 거짓말은 하지 않았어. 바이필드 선생은 이곳으로 와서 의도적으로 나한테 거짓말을 했는데, 어려서 이 교실에 앉아 공부할 때도 그는 거듭거듭 그런 거짓말을 했지. 그는 오늘날까지 자기보다 우월하다고 생각되는 사람들의 비위를 맞추는 것 이외에는 하나도 배운 게 없어. 200미터 저장애물 경주라구! 그래, 낮기야〔낮다는 뜻의 low는 비열하다는 뜻이기도 하다〕 낮지!"

고대사 선생은 코를 풀고 눈을 닦아내었다.

"그렇게 상심하지는 마세요, 힉스 선생님."

호머가 말했다.

"저는 선생님들도 어느 누구나 마찬가지로 인간이고, 그것도 훨씬 훌륭한 인간이라는 사실을 전혀 알지 못했어요! 저는 그냥 있겠습니다, 힉스 선생님. 저를 처벌하시면 되잖아요."

"난 처벌을 하기 위해서 너를 붙잡아둔 것이 아니란다."

선생이 말했다.

"나는 가장 소중하게 아끼는 학생들만 항상 붙잡아두었어. 난 아직도 내가 허버트 애클리를 잘못 판단했다고는 믿지 않는다. 어쨌든 나는 잠깐만 붙잡아둔 다음에 너희 둘 다 운동장으로 보낼 생각이었어. 나는 처벌이 아니라 교육을 위해서 너희를 붙잡아두었던 거야. 나는 나한테서 수업을 받는 아이들의 정신적인 성장을 지켜본단다. 너는 허버트 애클리한테 미안하다고 사과했어. 그리고 네가 사과한다는 행위가 그를 하찮은 사람으로 만들어놓았기 때문에 비록 거북한 기분이 들기는 했어도 그는 점잖게 네 사과를 받아들였지. 나는 한 사람은 훌륭하고 부유한 집안 출신이고, 또 한 사람은 훌륭하고 가난한 집안 출신인 너희 둘하고 얘기를 나누고 싶었기 때문에 수업이 끝난 다음에 너희를 붙잡아두었던 거야. 이 세상을 개척해나가는 일은 너보다도 그애한테 훨씬 더 힘이 들지. 나는 너희 둘이 더 친해지기를 원했단다. 그것은 아주 중요한 일이니까. 나는 너희 두 사람 모두하고 얘기를 나누고 싶었어."

"저도 허버트가 마음에 드는 아이 같아요."

호머가 말했다.

"다만 자기가 다른 아이들보다 잘났다고 생각하는 태도가 못마땅할 따름이죠."

"나도 그 기분은 이해하지만, 세상의 모든 사람은 어느 누구보다도 훌륭한 법이란다. 그리고 그보다 훌륭한 사람도 따로 있고. 조셉 테라노바는 허버트보다 똑똑하지만, 허버트는 그 나름대로 정직한 면이 있단다. 민주 국가에서는 모든 인간이 노력한다는 점까지는 어느 누구하고도 평등하지만, 그 다음부터는 저마다 노력하려는 마음에 따라 달라지는 거야. 나는 내가 가르치는 남학생들과 여학생들이 명예롭게 처신하도록 스스로 노력하기를 갈망해. 내가 가르치는 아이들이 표면적으로 보여주는 바는 나한테는 전혀 문제가 되지도 않아. 나는 고상한 예절이나 나쁜 예절 따위에 속아넘어가는 사람은 아냐. 나는 모든 태도의 밑에 깔린 참된 본질에 관심이 있어. 내가 가르치는 어느 아이가 부유하냐, 가난하냐, 똑똑하냐, 둔하냐, 천재냐, 어리석냐 하는 건 만일 그 아이에게 인간성만 있다면, 만일 그에게 마음이 있다면, 만일 그가 진리와 명예를 사랑한다면, 만일 그가 열등한 사람들과 우월한 사람들을 다같이 사랑한다면 나에게는 상관이 없단다. 만일 내 교실에 있는 아이들이 인간적이라면, 나는 그들이 인간적이 되는 양상에 있어서 서로 똑같기를 바라지는 않아. 그들이 썩어빠지지만 않았다면 그들이 서로 어떻게 다른가는 나에겐 문제가 되지 않는단다. 나는 내 아이들이 저마다 자기 자신이 되기를 바라. 나는 너희가 단순히 내 기분을 기쁘게 하거나 내 일을 보다 쉽게 하기 위해 어떤 다른 사람이 되는 것을 원하지 않아. 완벽하고 나이 어린 신사들과 숙녀들로 교실이 가득 차면 얼마 안 가서 따분해지고 말 거야. 내 아이들이 저마다 다르고, 저마다 특별한 존재이고, 저마다 다양하고 즐겁고 흥분을 자아내는 '인간'이 되기를 원해. 나는 허버트 애클리가 이곳에 남아 이 얘기를 너하고 같이 듣길 바랐단다. 비록 현재는 네가 그를 좋아하지 않고 그가 너를 좋아하지 않더라도, 그것은 완전히 자연스러운 일이라는 사실을 너와 더불어 이해하기를 바랐어. 나는 천성적으로 서로 싫어함에도 불구하고 서로 존중할 줄 알게 된다면 저마다 참된 인간이 되기 시작한다는 사실을 그가 알기를 바랐지. 그것이 바로 교양 있는 사람이 된다는 것을 의미하는 것이며, 고대사에서 우리가 배우는 것이란다. 나는 내가 아는 어느 누구보다도 너하고 얘기를 나누었다는 것이 기쁘구나. 네가 이 학교를 떠난 다음에, 네가 나를 잊어버린 다음에도 오랫동안 나는 세상에서 너를 지켜보고 있을 거야."

또다시 미스 힉스는 코를 풀고 손수건으로 눈물을 찍어냈다.

"이젠 어서 운동장으로 가거라."

캘리포니아 주 이타카의 산타클라라 거리에 사는 매콜리 집안의 둘째 아들은 책상에서 몸을 일으키고 교실에서 걸어나갔다.

운동장에서는 허버트 애클리와, 아까 그와 함께 경기를 벌였던

세 소년이 저장애물 경주를 위해 제자리에서 정렬을 하는 중이었다. 호머가 다섯 번째 선에 겨우 다다랐을 때는 권총을 든 사람이 경기를 시작하려고 막 팔을 들려던 참이었다.

호머는 다른 사람들과 함께 출발선에서 그의 자리로 갔다. 호머는 매우 화가 났지만 기분은 좋았다. 경기를 하기에는 신발도 옷도 적절하지 않았고, 연습도 하지 않았지만, 어떤 다른 이유가 있다고 해도 이 경기에서 그가 이기지 못하게 막을 수 있는 것은 전혀 없으리라고 믿었다. 그는 당연히 이길 수밖에 없으리라.

호머의 옆줄에 선 허버트 애클리가 쳐다보더니 말했다.

"그런 꼴로는 이 경기에서 뛸 수 없을 텐데."

"뛸 수 없다고? 어디 두고 봐."

호머가 말했다.

특별 관람석에 앉아 있던 바이필드 씨가 혼잣말을 했다.

"육상복도 착용하지 않고 바깥쪽 선에서 출발하는 학생이 누구일까?"

곧이어 그가 누구인지 생각났다.

바이필드는 다섯 번째 주자를 탈락시키기 위해 경기를 중단시키려고 작정했지만 이미 너무 늦었다. 총성이 울렸고 주자들이 달리는 중이었다. 호머와 허버트는 다른 선수들보다 약간 앞서서 첫 번째 장애물을 가볍게 넘었다. 두 번째에서는 호머가 허버트보다 약간 앞으로 나섰고 세 번째, 네 번째, 다섯 번째, 여섯 번째, 일곱 번째, 여덟 번째 장애물에서도 계속해서 선두로 나섰다. 하지만 허버트 애클리가 바짝 뒤따라 쫓아왔다.

호머가 아홉 번째 장애물에 다다른 바로 그 순간에 반대 방향에서 달려온 이타카고등학교의 코치 역시 그곳에 이르렀다. 호머는 장애물을 넘어 체육 코치가 벌린 두 팔로 곧장 뛰어들었으며, 그 바람에 어른과 소년이 땅바닥으로 나뒹굴었다. 허버트 애클리가 달리다 말고 멈추어서는 다른 주자들도 멈추게 했다.

"모두들 지금 그 자리에 그대로 있어."

허버트가 소리쳤다.

"저 애가 일어나야 해."

호머가 몸을 일으켰고 경주가 다시 계속되었다.

특별 관람석의 모든 사람이, 심지어는 헬렌 엘리엇까지도 그 자리에서 벌어진 광경을 보고 깜짝 놀랐다. 이때쯤에는 고대사 선생이 결승점에 와서 서 있었다.

"어서 뛰어라, 호머!"

그녀가 말했다.

"어서, 허버트! 어서 뛰어, 샘! 조지! 헨리!"

장애물 두 개를 남기고 허버트가 호머를 따라잡았다.

"미안하다."

허버트가 말했다.

"어서 뛰어."

호머가 말했다.

허버트 애클리가 호머보다 약간 앞섰고, 이제 결승점까지는 별로 멀지 않았다. 호머는 마지막 장애물을 걷어차기는 했지만 허버트를 거의 다 따라잡았다. 결승점에는 두 사람이 거의 동시에 들어와서 누가 이겼는지 아무도 알 수가 없었다. 곧 이어서 샘, 조지, 헨리가 들어왔다.

화가 솟구친 데다 나자빠지는 바람에 약간 충격까지 받은 이타카고등학교의 코치는 미스 힉스가 그녀 주변에 불러 모은 학생들의 무리를 향해 달려왔다.

"매콜리!"

그는 15미터쯤 떨어진 곳에서부터 소리쳤다.

학생들이 모인 곳에 다다른 그는 숨이 차서 헐떡거리며 호머 매콜리를 노려보았다. 그러더니 그가 말했다.

"이번 학기가 끝날 때까지 너는 학교의 어떤 체육 활동에도 참여할 수 없어."

"알겠습니다, 선생님."

호머가 말했다.

"그럼, 내 사무실로 가서 기다리고 있어."

"선생님 사무실요?"

호머는 4시까지 직장에 나가야 한다는 사실이 갑자기 떠올랐다.

"지금 몇 시죠?"

허버트 애클리가 손목시계를 보았다.

"4시 15분 전이야."

"내 사무실로 가라니까!"

바이필드가 소리쳤다.

"하지만 이해를 못 하시는 게 있습니다, 바이필드 선생님."

호머가 말했다.

"전 어딘가 가야 할 곳이 있는데, 늦으면 안 됩니다."

조 테라노바가 그들에게로 와서 어울렸다.

"호머가 왜 선생님 사무실로 가야 합니까? 호머는 잘못한 일이 없는데요."

가엾은 코치는 그러지 않아도 이미 너무나 많은 고통을 겪었다.

"꼴 같지 않은 워프〔유럽, 특히 이탈리아 이민자를 경멸해서 부르는 욕〕녀석, 아가리 닥치고 있어!"

그가 소리쳤다. 그러고는 소년을 밀쳐 벌렁 나자빠지게 했다.

하지만 미처 땅에도 닿기 전에 조가 소리쳤다.

"워프라구요?"

다시 일어선 조는 미식 축구 경기라도 벌이는 듯 바이필드에게 태클을 가했다.

당황한 이크 교장이 숨을 헐떡이며 달려왔다.

"여러분!"

그가 말했다.

"애들아, 애들아!"

교장은 조 테라노바를 체육 코치에게서 떼어냈고, 코치는 몸을 일으키지 못했다.

"바이필드 선생, 이 보기 드문 사태가 벌어진 이유는 무엇인가요?"

교장이 묻자, 바이필드는 말도 못 하고 미스 힉스를 가리켰다.

"바이필드 선생은 조 테라노바에게 사과를 해야 합니다."

미스 힉스가 말했다.

"그 말이 맞습니까? 그 말이 맞습니까, 바이필드 선생?"

이크 교장이 물었다.

"조의 가족이 이탈리아에서 이주해온 것은 사실이지만, 그렇다고 해서 워프라는 소리를 들어서는 안 됩니다."

미스 힉스가 말했다.

"사과할 필요 없습니다. 만일 나에게 못된 소리를 했다간 입을 뭉개버리겠어요. 만일 나를 때린다면 우리 형들을 불러오고요."

조 테라노바가 말했다.

"조셉, 너는 바이필드 선생님이 사과를 하도록 허락해줘야 한다. 선생님에게 다시 한번 올바른 미국인이 되려고 노력할 수 있는 특전을 베풀어줘야 하는 거야."

미스 힉스가 말했다.

"그래, 그 말이 옳단다. 이곳은 미국이고, 이 나라에서는 이곳이 미국이라는 사실을 망각하는 사람들만이 외국인이지."

교장이 말하고는 아직도 땅바닥에 나자빠져 있는 남자에게로 돌아섰다. 그는 명령하듯 불렀다.

"바이필드 선생."

이타카고등학교의 체육 코치가 몸을 일으켰다. 그는 누구에게 하는 건지 알 수 없게 "사과해요"라고 말하고는 황급히 가버렸다.

조 테라노바와 호머 매콜리는 함께 갔다. 조는 잘 걸었지만 호머는 다리를 절었다. 바이필드가 막으려고 덤볐을 때 왼쪽 다리를 다쳤다.

미스 힉스와 이크 교장은 주변에 모인 30, 40명의 학생들에게로

79

돌아섰다. 그들은 국적도 다양하고 유형도 다양했다.

"자, 됐어요. 어서 가족들이 기다리는 집으로 모두들 돌아가요."

미스 힉스가 말했다.

약간 어리둥절해서 서 있는 학생들의 모습을 보고 그녀가 덧붙여 말했다.

"기운을 내요, 기운들 내라니까! 이건 아무것도 아녜요."

"그래요. 부탁이니 어서 모두들 기운 차려요."

교장이 말했다.

학생들이 뿔뿔이 흩어져 걸어갔다.

13. 떡대 크리스

육상 대회가 끝난 다음 호머 매콜리는 가능한 한 빨리 직장으로 가려고 자전거에 휙 올라탔다. 바로 그때쯤에 떡대 크리스라는 남자가 툴레어 스트리트에 있는 코빙턴의 운동구점으로 들어갔다. 그는 뼈대가 굵고, 키가 크고, 야위었고, 억셌으며, 노란 수염이 텁수룩했다. 그는 식량과 탄약과 덫을 사기 위해 피에드라 부근의 산에서 방금 내려온 참이었다.

가게 주인인 코빙턴 씨는 프라이언트의 외딴 곳에 사는 어느 남자가 얼마 전에 새로 발명한, 상당히 복잡한 덫의 조작법을 당장 떡대 크리스에게 보여주기 시작했다. 덫은 어마어마하게 크고 복잡하게 만든 것이었다. 그것은 강철과 레몬나무와 용수철과 밧줄로 만들었다. 이 덫의 조작 원리는 동물을 잡아 위로 끌어올려 휘둘러서 덫을 놓은 사람이 올 때까지 발이 땅에 닿지 못하게 하자는 것이었다.

"이건 아주 새것이죠."

코빙턴 씨가 말했다.

"프라이언트에 사는 새퍼티라는 사람이 발명했어요. 지금까지 두 개밖에 만들지 않았는데, 하나는 특허국으로 보내기 위한 모형이었고 또 하나는 팔아달라고 나한테 보냈어요. 이 덫으로는 걸어다니는 어떤 종류의 짐승도 잡을 수가 있어요. 새퍼티 씨는 그것을 '번쩍들어휘휘휘둘러잡아라 새퍼티 모든 짐승잡이 덫'이라고 이름을 붙였어요. 그는 이걸 20달러 받고 팔아달라고 그랬어요. 물론 이 덫은 아직 실험을 해보지 않았어도 당신이 직접 봐서 알겠지만, 튼튼하기 때문에 완전히 자란 곰을 아무런 어려움 없이 아주 쉽게 들어올려 휘두르고 매달아둘 수 있어요."

떡대 크리스는 어린아이가 얘기에 귀를 기울이듯 운동구점 주인의 얘기를 열심히 들었고, 그 뒤에서는 율리시스 매콜리가 마찬가지로 매혹되어 덫을 더 잘 보려고 두 사람 사이에 끼어들어 쪼그리고 구경했다. 코빙턴 씨는 율리시스가 떡대 크리스와 같이 온 아이려니 생각했고, 떡대 크리스는 율리시스가 코빙턴 씨의 식구라고 생각했다. 그래서 그들 두 사람은 어린 소년의 존재를 굳이 따져봐야 할 이유가 없었다. 율리시스 자신으로 말할 것 같으면, 그는 흥미있는 구경거리가 있는 곳은 어디라도 좋았다.

"이 덫의 장점은 짐승을 해치지 않아서 털이 상하지 않고 온전하게 남아 있는다는 것입니다."

코빙턴 씨가 말했다.

"덫의 성능은 새퍼티 씨 자신이 11년 동안 보증합니다. 그 보증은 나무의 유연성과 용수철과 강철과 밧줄과 다른 부분들의 내구성, 그러니까 모든 부분이 포함되죠. 비록 자신은 덫을 놓는 사람이 아니었지만 새퍼티 씨는 이것이 세상에서 가장 능률적이고 인간적인 덫이라고 믿습니다. 나이가 일흔 가까이 된 그는 프라이언트에서 조용히 살며 독서를 하고 물건을 발명하는 사람이에요. 그는 지금까지 실용성이 뛰어난 개별적인 품목을 서른일곱 개나 발명했어요."

코빙턴 씨가 덫의 조작을 끝냈다.

"자, 내 생각엔 덫의 설치가 끝난 것 같아요."

바로 그때 구경을 하려고 밀고 들어오던 율리시스가 너무 앞으로 나서는 바람에 덫이 가볍게, 하지만 재빨리 그를 물고 닫혔다. 덫은 율리시스를 공중으로 들어올려 빙글 돌리고는 수평으로 꽉 물어 납작 엎드린 자세로 땅바닥에서부터 1미터 높이에 띄워놓았다. 약간 당황하기는 했어도 소년은 아무 소리도 내지 않았다. 하지만 떡대 크리스는 이 문제를 가볍게 생각하지 않았다.

"거 조심하쇼! 난 당신 아들이 다치는 건 원하지 않으니까요."

"내 아들이라고요? 난 당신 아들인 줄 알았는데요. 난 이 아이를 한 번도 본 적이 없어요. 저애는 당신하고 같이 들어왔잖아요."

코빙턴이 말했다.

"그랬어요? 난 못 봤는데요. 어쨌든 어서 서둘러야 해요! 저애를 덫에서 풀어놓으라구요, 풀어놓아요!"

떡대 크리스가 말했다.

"예, 알겠습니다. 자, 어디 봅시다."

코빙턴이 말했다.

떡대 크리스는 당황하고 걱정이 되었다.

"애야, 네 이름이 뭐냐?"

"율리시스요."

덫에 걸린 소년이 말했다.

"내 이름은 떡대 크리스란다. 이제 네가 꾹 참고 가만히 있기만 하면 말이다. 율리시스, 여기 이 사람이 얼른 풀어줄 거야."

떡대 크리스는 코빙턴 씨에게로 돌아섰다.

"자, 어서 해요. 소년을 땅에다 다시 내려놓으란 말이오."

하지만 코빙턴 씨는 떡대 크리스 못지않게 당황했다.

"덫을 푸는 방법에 대해서 새퍼티 씨가 어떻게 설명했는지 확실히 기억이 안 나는데요. 그 사람은, 뭡니까, 시범을 보여줄 대상이 전혀 없었기 때문에, 아시겠지만, 덫으로 동물을 잡는 시범을 보여주지 않았어요. 새퍼티 씨는 말로만 설명하고 말았죠. 내 생각엔 이것이 빠져나올 것 같은데…… 아니로군요. 그건 움직이지 않나 봐요."

이제는 떡대 크리스와 코빙턴 씨가 덫을 함께 풀기로 했다. 떡대 크리스는 덫이 갑자기 열렸을 경우 율리시스가 엎드린 채로 땅바닥으로 떨어지지 않도록 율리시스를 붙잡았고, 코빙턴 씨는 혹시 부속이 풀려 빠져나오지 않을까 해서 덫의 온갖 부분들을 주물럭거리며 돌아다녔다.

"자, 어서 서둘러요. 아이를 하루 종일 공중에 띄워놓을 수는 없잖아요. 너 다친 곳은 없겠지, 안 그러냐, 율리시스야?"

떡대 크리스가 물었다.

"없는데요, 아저씨."

율리시스가 대답했다.

"그래, 꾹 참고 기다리기만 해라. 우리가 너를 여기에서 꺼내줄 테니까."

그는 소년을 빤히 쳐다보더니 말했다.

"그런데 넌 왜 여기 끼어들었지?"

"구경하려고요."

"그래, 이 기계는 희한하게 만들었어, 안 그러냐? 이제 여기 이 사람이 곧 너를 꺼내줄 거고, 난 네가 떨어지지 않도록 하겠어. 너 몇 살이지?"

"네 살요."

"네 살이라구."

떡대 크리스가 말했다.

"난 너보다 쉰 살을 더 먹었구나. 여기 이 사람이 너를 당장 꺼내줄 거야, 안 그래요?"

떡대 크리스는 코빙턴 씨를 노려보았다.

"당신 이름은 뭐요?"

그가 물었다.

"월터 코빙턴요. 난 이 가게 주인입니다."

"그래요, 좋습니다. 자, 월터, 소년을 풀어줘요. 저기 그 나무 조각을 움직여봐요. 아이는 내가 붙잡고 있으니까요. 넌 걱정하지 마라, 율리시스. 너희 아버지 이름은 뭐지?"

"매튜요."

"그래, 그 사람은 너 같은 아들을 두었으니 복이 많은 남자로구나. 정신이 똑바로 박힌 친구야. 난 너 같은 아들을 얻을 수 있다면

이 세상의 무엇이라도 다 주어버리겠지만, 마음에 드는 여자를 한 명도 만난 적이 없단다. 30년 전에 오클라호마에서 어떤 여자하고 사귀었지만 그 여자는 다른 놈팡이하고 눈이 맞았지. 그거 제대로 처리했나요, 월터?"

"아직 못 했어요."

코빙턴 씨가 말했다.

"하지만 내가 처리하겠어요. 내 생각에 이놈은 이렇게 하면 될 것 같은데……. 아니로군요. 새퍼티 씨는 덫에서 어떻게 짐승을 풀어내는지를 설명하기는 했지만, 난 그 요령을 잘 모르겠단 말예요. 짐승이 아니라 어린 소년일 경우에는 아마 조작법이 달라지는지도 모르죠."

두 남자와, 어린 소녀와 동행인 한 여자와, 아홉 살이나 열 살쯤 된 두 소년이 구경을 하려고 가게로 들어왔다.

"무슨 일이에요?"

한 소년이 물었다.

"소년이 이 덫에 걸려서 그래. 이애 이름은 율리시스란다."

코빙턴 씨가 말했다.

"어쩌다가 덫에 걸렸나요? 의사를 부를까요?"

한 남자가 말했다.

"아녜요, 이 아이는 다치지는 않았어요. 소년은 무사해요. 그냥 공중에 떠 있을 뿐 아무 일도 없습니다."

떡대 크리스가 말했다.

"경찰을 부르셔야 될 것 같은데요."

여자가 말했다.

"아닙니다, 부인. 이애는 그냥 덫에 걸려 있을 따름이죠. 여기 이 남자, 월터가 소년을 풀어줄 거예요."

떡대 크리스가 말했다.

"글쎄요. 온갖 해괴한 기계 장치 때문에 어린 소년들이 어떤 괴로움을 겪는지 생각해보면 한심해요."

여자가 말했다.

"이 소년은 무사합니다, 부인. 고통을 받고 있지 않아요."

떡대 크리스가 말했다.

"글쎄요. 저애가 만일 내 아들이라면 나는 당장 당신들을 경찰에 고발했을 거예요."

여자는 어린 딸을 끌고 씨근덕거리며 나갔다.

"난 구경하고 싶어, 난 구경하고 싶어! 남들은 다 구경하는데 나만 못 보잖아!"

어린 딸이 보챘다. 여자는 어린 딸을 흔들어대고는 가게에서 끌고 나갔다.

"자, 걱정하지 마라, 율리시스. 우리가 당장 너를 여기서 꺼내줄 테니까."

떡대 크리스가 말했다.

하지만 코빙턴 씨가 포기하고 말았다.

"아무래도 새퍼티 씨한테 전화를 걸어야겠군요. 내 힘으로는 소년을 풀어줄 수가 없어요."

"계속 이렇게 하고 있어야 해요?"

율리시스가 물었다.

"아냐, 그렇지 않단다, 애야. 아냐, 넌 절대로 그러고 있지 않을 거야."

떡대 크리스가 말했다.

석간 신문 10여 장을 겨드랑이에 낀 소년이 가게로 들어와 구경꾼들을 헤치고 나와 율리시스를 보았다. 그는 사람들을 쳐다보고 다시 율리시스를 보더니 말했다.

"안녕, 율리시스. 너 뭐 하니?"

"안녕, 오기. 잡혔어."

율리시스가 말했다.

"왜?"

"잡혔다니까!"

신문팔이 소년이 떡대 크리스를 도와주려고 했지만 오히려 방해만 되었다. 그는 겁에 질리고 당황해서 주위를 둘러보고는 잠깐 허둥지둥댄 다음에 쏜살같이 길거리로 뛰어나갔다. 그는 곧장 전신국으로 달려갔다. 호머가 그곳에 없었으므로 그는 다시 길거리로 달려나가 이리 뛰고 저리 뛰며 오늘의 주요 기사 제목을 줄곧 외쳐대고 사방에서 사람들과 부딪쳤다.

그에게 부딪친 한 여자가 혼잣말을 했다.

"미쳤구나! 신문을 파느라고 애쓰다 말야!"

오기는 한 블록을 다 뛰어가서 길거리 한가운데로 뛰어나가 호머를 찾으려고 사방을 두리번거렸다. 운이 좋게도 호머가 자전거를 타고 길모퉁이를 돌아 나타났다. 오기가 호머를 향해 달려가면서 있는 힘을 다해서 소리쳤다.

"호머! 빨리 가봐요!"

호머가 자전거에서 내렸다.

"무슨 일이야, 오기?"

"큰일 났어요!"

호머가 바로 옆에 있는데도 오기는 소리를 질렀다.

"나하고 같이 가야 해요!"

그는 호머의 팔을 잡았다.

"하지만 무슨 일인데 그래?"

"코빙턴 상점에서 일이 벌어졌어요. 어서요! 가봐야 한다니까요!"

"아, 진열창에 내놓은 새로운 낚시 장비나 총 따위를 나한테 보여주고 싶은 모양이로구나. 난 이제부터 그런 것들을 구경하며 돌아다닐 처지가 못 된단다, 오기. 이제 난 직장이 있단 말야. 난 출근을 해야 한다고."

호머가 다시 자전거에 올라타고는 가버리려고 하자 오기가 안장을 붙잡고 코빙턴의 가게 쪽으로 자전거를 밀고 옆에서 뛰며 따라갔다.

"호머, 나하고 같이 가야 해요! 그애가 걸렸어요. 그애가 빠져나올 수가 없다구요!"

"그게 무슨 소리냐?"

이제 그들은 코빙턴 상점 길 건너에 와 있었다. 가게 앞에는 사람들이 자그마한 무리를 이루었고 호머는 약간 겁이 나기 시작했다. 오기가 사람들을 가리켰다. 두 소년은 사람들을 밀치고 상점으로, 덫이 있는 곳으로 비집고 들어갔다. 그곳 덫 속에는 호머의 동생 율리시스가 갇혀 있었고, 덫 주변에는 떡대 크리스와 코빙턴 씨와 낯 모르는 남자, 여자, 소년 들이 잔뜩 둘러서 있었다.

"율리시스!"

호머가 소리쳤다.

"안녕, 호머 형."

율리시스가 말했다.

호머가 코빙턴 씨에게 물었다.

"내 동생이 왜 저 물건 속에 들어가 있나요?"

"덫에 걸렸단다."

코빙턴 씨가 말했다.

"이 사람들은 왜 모두 여기 모여 있나요? 집으로 가요!"

호머가 사람들에게 말했다.

"어린 소년이 덫에 걸렸다고 해서 온 세상 사람들이 몰려들어야만 하나요?"

"그래요. 물건을 사러 온 손님이 아니라면 이만 가주세요."

코빙턴 씨가 말했다. 코빙턴 씨는 사람들을 둘러보았다.

"윌리스 선생님, 당신은 있어도 되겠어요. 당신은 우리 가게하고 거래가 있는 분이고, 그리고 당신, 시커트 선생님도 그냥 계세요. 조지도 그렇고, 스핀들 씨도, 쇼티(땅딸보라는 별명)도."

"나도 이 집하고 거래가 있어요. 내가 이곳에서 낚싯바늘을 사 간 것이 채 일주일도 안 되었잖아요."

어떤 남자가 말했다.

"그래요. 낚싯바늘을 사셨죠. 나머지 사람들은 가주셔야겠어요."

코빙턴 씨가 말했다. 두 사람만이 약간 뒤로 물러섰다.

호머가 말했다.

"걱정하지 마라, 율리시스. 이제 모든 일이 잘될 테니까. 오기가 나를 찾아내서 다행이었어. 오기, 넌 전신국으로 달려가서 스팽글러 씨한테 내 동생 율리시스가 코빙턴 씨의 상점에서 덫에 걸려 있기 때문에 내가 풀어내려고 애쓰는 중이라는 얘기를 전해줘. 벌써 늦어버리기는 했지만 율리시스를 풀어내기만 하면 당장 전신국으로 가겠다고 전해. 어서 서둘러."

오기가 몸을 돌려 달려가는데 마침 상점으로 들어오던 경찰관과 부딪쳐 경찰관이 자빠질 뻔했다.

"왜들 이 야단이죠?"

경찰관이 물었다.

"여기 이 덫에 어린 소년이 물렸어요. 저애를 풀어놓을 수가 없군요."

코빙턴 씨가 말했다.

"어디 내가 한번 해봅시다. 당신들은 모두 어서 가요. 이런 일은 늘 벌어지는 것이니까요. 덫에 걸린 어린 소년을 구경하느라고 모여 멀거니 서 있는 것보다는 훨씬 좋은 일들이 있을 텐데요."

경찰관이 말했다. 경찰관은 사람들을 상점에서 몰아낸 다음에 앞문을 잠갔다. 그는 코빙턴 씨와 떡대 크리스에게로 갔다.

"자, 우리 이 소년을 이놈의 물건에서 풀어주어 집으로 보내도록 합시다."

"그래요. 그리고 이왕이면 빨리 풀어낼수록 더 좋죠. 당신은 내 상점을 오후 네 시 반에 닫아버렸잖아요."

코빙턴 씨가 말했다.

"그래, 이 덫은 어떻게 조작하죠?"

호머가 물었다.

"이건 새 덫이란다. 프라이언트의 윌프레드 새퍼티 씨가 최근에 발명한 것이지. 그는 이것을 넘기며 20달러 받아달라고 했고, 특허 신청도 냈어."

코빙턴 씨가 말했다.

"그야 어쨌든 내 동생을 거기서 풀어줘요. 아니면 그 일을 해낼 수 있는 다른 사람을 불러오든지요. 새퍼티 씨를 불러오세요."

"벌써 새퍼티 씨에게 전화를 걸었지만, 전화가 고장이었어."

코빙턴 씨가 말했다.

"고장이라구요?"

호머가 소리쳤다. 그는 모든 일 때문에 무척 화가 난 상태였다.

"전화가 고장이니 어쩌겠다는 소리예요? 그 사람을 이리 데리고 와서 내 동생을 덫에서 풀어놓으란 말예요."

"그래요, 그렇게 하시는 것이 좋겠어요."

경찰관이 코빙턴 씨에게 말했다.

"경찰관 선생, 난 합법적인 사업을 운영하려고 노력하는 사람입니다. 나는 법을 준수하는 시민이고 세금도 꼬박꼬박 내며, 이 말도 해두고 싶은데, 당신은 그 세금에서 봉급을 탑니다. 나는 이미 전화로 새퍼티 씨에게 연락을 취하려고 해보았습니다. 전화가 고장인 것 같아요. 난 한낮에 가게 문을 닫아 걸고 그를 찾아 나설 수는 없어요."

코빙턴 씨가 말했다.

호머가 코빙턴 씨의 눈을 빤히 노려보고는 그의 코 밑에서 손가락으로 삿대질을 했다.

"당신은 어서 가서 이 고문하는 기계를 발명한 사람을 데리고 와야 합니다. 그리고 내 동생을 풀어주고요. 할 얘기는 그것뿐예요."

"저것은 고문하는 기계가 아냐. 저건 시장에 나온 가장 개량된 짐승잡이 덫이야. 저게 있으면 털이나 몸을 상하지 않고 짐승을 공중에 들어올려서 잡을 수 있지. 꽉 누르지도 않고, 베거나 으스러뜨리지도 않고. 이것은 짐승을 땅으로부터 떼어놓아 무력하게 만든다는 원칙에 따라 작동하지. 그건 그렇고, 새퍼티 씨는 집에 없을지도 몰라."

코빙턴 씨가 말했다.

"아, 도대체 그게 무슨 소리예요?"

호머가 말했다.

경찰관이 덫을 살펴보더니 제안했다.

"톱으로 잘라서 소년을 풀어내는 수밖에 없겠군요."

"강철을 톱으로 잘라요? 어떻게요?"

코빙턴 씨가 물었다.

"율리시스, 너 뭐 필요한 것 없니? 너 괜찮니?"

덫을 열심히 주물럭거리던 떡대 크리스는 덫에 걸린 소년의 침착함과 형의 열정적인 헌신에 깊이 감동해서 두 형제를 번갈아 쳐다보았다.

"율리시스, 내가 너한테 갖다 줄 건 없겠니?"

호머가 말했다.

"아빠."

율리시스가 말했다.

"아, 아빠 말고 다른 건 안 되겠니?"

"마커스 형."

"마커스 형은 군대에 가 있잖아. 아이스크림이나 뭐 그런 거 먹고 싶지 않니?"

"아니, 마커스만 데려다 줘."

"글쎄, 마커스는 군대에 가 있다니까."

호머가 말했다. 그는 코빙턴에게로 시선을 돌렸다.

"내 동생을 이 물건에서 꺼내줘요, 어서요!"

"잠깐 기다려. 애야, 네 동생을 꼭 잡고 있어! 떨어뜨리면 안 된다!"

떡대 크리스가 말했다. 떡대 크리스는 이제 아주 분주하게 덫을 주물렀다.

"당신 그러다가 덫을 망가뜨리고 말겠어요!"

코빙턴 씨가 말했다.

"이런 덫은 세상에 이것 하나밖에 없어요. 그걸 망가뜨리면 안 돼요! 내가 가서 새퍼티 씨를 데리고 오죠. 당신은 위대한 발명품을 부수는 중입니다. 새퍼티 씨는 노인이에요. 그는 이런 덫을 다시는 만들 수 없을지도 모릅니다. 이 소년은 무사해요. 그는 다친 곳이 없어요. 내가 가서 새퍼티 씨를 데리고 오겠어요. 한두 시간이면 됩니다."

"한두 시간이라구요!"

호머가 소리쳤다. 그는 세상에서 가장 지독한 경멸을 담은 표정으로 코빙턴 씨를 쳐다보았다. 그러고는 상점을 천천히 둘러보았다.

"난 이 상점을 모조리 때려부수겠어요."

호머가 말했다. 그는 다시 떡대 크리스를 쳐다보았다.

"어서 일을 계속하세요, 아저씨. 덫을 부숴요. 덫을 부수란 말예요!"

떡대 크리스는 손가락과 팔과 어깨와 등의 모든 근육을 동원해서 덫을 잡아당겼고, 조금씩 조금씩 덫은 그의 힘을 못 이겨 풀어지기 시작했다.

율리시스는 그를 보려고 몸을 비틀어 머리를 돌렸다. 마침내 떡대 크리스가 덫을 부수었다.

율리시스가 풀려났다.

엎어진 채로 땅바닥으로 떨어지지 않도록 율리시스를 붙잡고 있던 호머는 어린 동생을 일으켜 세웠다. 가게 앞에 몰려 있던 사람들이 환호성을 올렸지만, 지휘자도 없고 계획된 것도 아니어서 그들의 환호는 제멋대로였다.

율리시스는 다리를 움직여보았다. 이제는 모든 일이 다 해결된 것 같아서 호머는 동생을 두 팔로 껴안았다. 율리시스는 떡대 크리스를 쳐다보았다. 덩치가 큰 그 남자는 거의 기진맥진한 상태였다.

"누군가 덫 값을 물어야죠. 저 덫은 망가졌어요. 누군가 그 값을 물어내야 되겠어요."

코빙턴 씨가 말했다.

떡대 크리스는 아무 말도 없이 호주머니에서 지폐를 몇 장 꺼내더니 20달러를 헤아려 계산대로 던져주었다. 그는 아버지가 가끔 그러듯이 율리시스의 머리를 잡고는 머리카락을 쓰다듬어주었다. 그러더니 그는 몸을 돌려 상점에서 걸어나갔다.

호머가 동생에게 말했다.

"너 괜찮니? 어쩌다가 이 한심한 물건에 걸려들었니?"

호머는 망가진 덫을 쳐다보다가 발로 찼다.

"조심해라, 애야. 거 참 희한한 발명품도 다 있구나. 저것이 무슨 일을 저지를지 모르겠어."

경찰관이 말했다.

코빙턴 씨가 사람들에게 얘기를 해주려고 길거리로 나갔다.

"가게는 다시 문을 열고 영업을 합니다. 코빙턴 상점은 날마다 아침 8시에 문을 열고 밤에는 7시까지 영업을 하는데, 토요일은 예외여서 10시까지 문을 엽니다. 일요일은 하루 종일 문을 닫죠. 운동과 관계 있는 상품들만 취급합니다. 낚시 도구, 총, 탄약, 그리고 운동구들요. 신사 숙녀 여러분, 상점을 열었고 영업을 하는 중입니다. 어서 들어오세요."

사람들이 천천히 흩어졌다.

호머는 상점을 나서기 전에 경찰관에게로 돌아섰다.

"제 동생을 덫에서 꺼내준 남자는 누구였나요?"

"난 지금까지 한 번도 그 남자를 본 적이 없어."

경찰관이 말했다.

"떡대 크리스야."

율리시스가 호머에게 말했다.

"그게 그 사람 이름이야? 떡대 크리스?"

"그래. 떡대 크리스."

그때 오기가 가게 안으로 달려들어왔다. 그는 율리시스를 쳐다보았다.

"너 나왔구나, 율리시스. 어떻게 나왔니, 율리시스?"

"떡대 크리스가 꺼내줬어."

율리시스가 말했다.

"저애가 어떻게 나왔어요, 호머? 무슨 일이 있었죠? 덫은 어떻게 되었나요? 수염을 기른 덩치 큰 사람은 어디로 갔어요? 내가 없는 사이에 무슨 일이 있었죠?"

"모든 일이 다 잘되었단다, 오기. 너, 내가 한 얘기를 스팽글러 씨한테 다 전해주었겠지?"

"그래요, 다 얘기했어요. 무슨 일이 있었나요, 호머? 덫이 작동이 잘 되던가요? 그것으로 짐승들을 잡을 수 있나요?"

"아, 그 덫은 정말 한심한 물건이야. 꺼낼 수도 없으면서 짐승을 잡아봤자 무슨 소용이 있겠어? 코빙턴 씨, 그런 쓰레기 같은 물건으로 떡대 크리스한테 20달러나 받아내다니 아저씨는 정말 철면피예요."

호머가 말했다.

"20달러는 표준 가격이야."

코빙턴 씨가 말했다.

"표준 가격이라구요?" 호머가 말했다. "말도 안 되는 소리예요. 가자, 오기, 여기서 나가자구."

세 소년은 상점을 나와서 전신국으로 걸어갔다.

스팽글러 씨는 카운터 위로 몸을 내밀고는 길거리를 내다보고 있었다. 그로간 씨는 전보를 발신하는 중이었다. 200미터 저장애물 경주에서 바이필드 선생과 부딪혔던 호머는 이제 더욱 심하게 다리를 절었다.

"스팽글러 선생님, 이애가 제 동생 율리시스입니다. 우린 방금 코빙턴 상점에서 어떤 이상한 덫에서 이애를 건져내었어요. 떡대 크리스가 꺼내줬죠. 그 사람은 덫을 망가뜨릴 수밖에 없었습니다. 그런 다음에 그는 덫 값을 물어줘야 했는데, 20달러였어요. 이 아이는 오기인데요, 제가 왜 늦는지 이애가 얘기를 해드렸던가요?"

호머가 말했다.

"다 괜찮다. 네가 배달해야 할 전보가 몇 장 밀리기는 했지만, 상관없어. 그러니까 저 아이가 네 동생 율리시스라는 말이지?"

스팽글러가 말했다.

율리시스는 전신 기사의 뒤에 서서 그가 일하는 모습을 지켜보았다. 탁자를 가운데 두고 전신 기사의 앞에 선 오기는 전신기에서 나는 소리에 귀를 기울였다.

"전화로 전보 신청이 몇 통 들어오기도 했지. 가까운 곳에서 들어온 신청은 내가 두어 개 직접 나가서 받아왔단다. 다른 두 가지 신청은 신청 용지에 기입되어 있어. 우선 신청부터 받아놓고, 그 다음에 전보 배달을 나가거라."

스팽글러가 말했다.

"알겠습니다, 선생님. 당장 나가보겠습니다. 이런 일이 생겨서 정말로 죄송합니다, 스팽글러 선생님. 제가 돌아올 때까지 율리시스를 좀 돌봐주실 수 없을까요? 나중에 일이 좀 정리된 다음에 제가 동생을 자전거에 태워 집으로 데리고 가겠습니다."

"네 동생은 내가 봐주마. 넌 어서 나가보도록 해."

"예, 선생님. 대단히 감사합니다. 율리시스는 조금도 폐를 끼치지 않을 거예요. 그냥 구경만 하고 있을 테니까요. 저애는 아무 짓도 안 할 거예요."

다리를 절름거리며 호머가 서둘러 전신국을 나섰다.

14. 다이애나

오기가 딸가닥거리는 전신기 소리에 귀를 기울이고 있는 동안 율리시스는 그로간 씨에게 가까이 갔다.
"저건 뭐하는 거예요?"
전신기 통을 가리키며 오기가 스팽글러 씨에게 물었다.
"그로간 선생님이 전보를 보내는 중이란다."
"어디로 보내는데요?"
"뉴욕."
"뉴욕까지요? 어떻게 전보가 거기까지 가나요?"
"전선을 타고 가지."
"전봇대의 전선 말예요? 여기서부터 뉴욕까지 있는 전봇대들 말인가요? 이타카에서 뉴욕까지 그 먼 거리를요?"
"그렇단다."
"누가 전보를 보내는데요?"
"온갖 사람들이."
신문팔이 소년이 잠깐 생각을 해보더니 말했다.
"전 지금까지 전보라고는 한 번도 받아본 적이 없어요. 어떻게 해야 전보를 받아보나요?"

"누가 보내줘야지."

"전 한 번도 못 받았어요. 누가 전보를 보내주나요?"

"친구나 뭐 그런 사람."

"내가 아는 모든 사람은 이곳 이타카에서 살아요."

중계기판 위에 푸른 불이 들어왔다.

"저 푸른 불은 뭔가요?"

오기가 물었다.

"우리에게 선을 연결시켜주겠다고 알리는 신호란다."

스팽글러가 말했다.

"무슨 선요?"

"샌프란시스코로 이어지는 선이지."

"그래요? 배달원이 되려면 몇 살이 되어야 하나요?"

"열여섯."

"전 아홉 살이에요. 왜 그렇게 오랫동안 기다려야 하나요? 열일곱 살이면 해군에 입대할 수 있는데요."

"그게 규칙이야."

"왜 사람들은 항상 그런 갖가지 규칙을 만들어놓고 야단일까요?"

스팽글러는 발송할 전보들을 분류함에다 나눠놓기 시작했다.

"음, 그 규칙은 어린 아이들이 일을 하지 않도록 하기 위해 만든 거야."

스팽글러가 말했다.

"왜요?"

"그래야 아이들이 피곤하지 않으니까. 그래야 아이들이 놀 수가 있지. 그 규칙은 아이들을 보호하기 위해서 만들었어."

"무엇으로부터 보호를 하나요?"

"아이들에게 주는 돈에 비해 일을 너무 많이 시키려는 사장들로부터 보호하기 위해서이지."

"하지만 아이가 보호받기를 원하지 않는다면 어쩌나요? 아이가 일을 하고 싶어 하면 어쩌냐고요?"

"그래도 어쨌든 법은 그 아이를 보호하지."

"나이를 얼마나 먹어야 아이가 아닌가요? 얼마나 나이를 먹어야 스스로 보호하고, 원하는 대로 무슨 일이나 할 수 있게 되나요?"

"배달원이 되려면 열여섯 살은 되어야 하지."

"호머는 배달원으로 일하잖아요, 안 그래요? 호머가 언제 열여섯 살이 되었나요?"

"그건 뭐랄까, 호머는 예외란다. 그애는 겨우 열네 살밖에 안 되었지만 튼튼하고 총명하거든."

스팽글러가 말했다.

"총명하다니, 그게 무슨 소리인가요? 배달원이 되려면 총명해야 하나요?"

오기가 물었다.

"아냐, 그런 건 아니지만, 똑똑하면 도움은 되지. 사람이란 무슨 일을 하거나 간에 똑똑하면 좋은 거야."

"그런데 어떤 사람이 총명한지 어쩐지를 어떻게 알죠?"

스팽글러는 신문팔이 소년을 쳐다보더니 빙그레 웃었다.

"몇 분 동안만 얘기를 나눠보면 알 수 있지."

"그 종이들은 왜 그 안에다 넣는 거예요?"

"이건 어제 보낸 전보들이란다. 우린 기록을 보관하고 장부에 정리하기 위해서 전보들을 도시에 따라 분류해서 이 안에다 넣어두지. 지금 이 전보는 샌프란시스코로 보낼 것이고, 그래서 여기에 넣어두는 거란다. 이곳에 넣은 모든 전보는 샌프란시스코로 가는 것들이야."

"그건 저도 할 수 있어요. 전 자전거도 탈 줄 알아요. 자전거가 없기는 하지만요. 자전거만 구한다면 말예요, 스팽글러 선생님, 저도 전보 배달원이 될 수 있을까요? 저한테 일자리를 주시겠어요?"

스팽글러는 일손을 멈추고 소년을 쳐다보았다.

"그래, 일자리는 주겠지만 말이다, 오기, 아직은 안 되겠구나. 아홉 살이라면 나이가 모자라. 열셋이나 열넷이라면 또 모르겠지만."

"열두 살이라도 될까요?"

오기가 물었다.

"글쎄. 넌 왜 배달원이 되고 싶어 하지?"

"이것저것 배우려고요. 전보를 읽고요, 여러 가지 알아보고요."

오기는 잠깐 말을 멈추었다.

"전 삼 년이나 있어야 열두 살이 되잖아요."

"삼 년은 잠시란다."

"그런 것 같지 않은데요. 전 벌써 오랫동안 기다려 왔어요."

"너도 알게 되겠지. 어느새 열두 살이 되어 있을 거야. 넌 성이 뭐라고 그랬지?"

"고틀리브요. 제 이름은 오거스트〔오기는 오거스트의 애칭이다〕 고틀리브예요."

전신국장과 신문팔이 소년은 저마다 아주 진지하고 아주 심각한 태도로 서로 쳐다보았다.

"오거스트 고틀리브, 너한테 약속하겠다. 때가 되면······."

스팽글러는 말처럼 질주해 전신국으로 들어오는 다이애나 스티드〔Steed. 군마나 준마 따위의 승마용 말이라는 뜻도 있다〕를 보고 얘기를 중단했다.

전신국 앞 길거리에는 그녀가 타고 온 자동차가 서 있었다. 자동차의 운전석에는 제복 차림의 운전수가 앉아 있었다. 독특하고도 약간 인위적이지만 매혹적인 목소리로 그녀는 스팽글러에게 소리쳤다.

"오, 여기 계셨군요, 당신!"

그녀는 달콤한 애정의 소용돌이를 과시하며 그에게 달려들어 두 팔로 껴안았다. 그리고 믿을 수 없을 만큼 굉장한 방법으로 그에게 키스했다.

"잠깐 기다려!"

스팽글러가 말했다.

그는 여자를 밀어내더니 들고 있던 철사로 엮은 바구니를 책상에 놓았다. 젊은 여자가 그에게 덤벼들었지만 또다시 그는 여자를 밀어내었다.

"잠깐 기다리라니까. 이애는 오거스트 고틀리브야."

"안녕, 꼬마야."

젊은 여자가 말했다.

"오거스트, 이 사람은 미스 스티드란다."

스팽글러가 말했다.

"안녕하세요."

오거스트가 말했다. 그러더니 또 무슨 말을 해야 할지를 몰라서 이렇게 물었다.

"신문 사시겠어요?"

"오, 그래, 물론 사야지. 얼마지?"

다이애나가 말했다.

"5센트요. 가정판입니다. 경마 성적 순위, 증권 시장 시세, 그리고 전쟁에 관한 최근 소식이 실렸어요."

"한 부 주렴."

오기는 5센트짜리 동전을 받고는 아주 능숙하고 노련한 솜씨로 신문을 무릎에 탁 쳐서 절반으로 접고, 반으로 접힌 신문을 다시 무릎에 탁 쳐서 또다시 절반으로 접어, 굉장한 요술을 부리는 마술사처럼 말끔하게 접은 신문을 돌려 미스 스티드에게 한 부 내밀었다.

"감사합니다. 전 수요일에는 《새터데이 이브닝 포스트》를 팔아요. 전 시내 전체에서 활동하죠."

"그러니? 돈 많이 벌기 바란다."

다이애나가 말했다.

"저는 신문과 잡지를 모두 파는데, 하루 평균 40센트를 벌어요. 군(郡) 박람회가 열리면 소다수를 팔 거예요."

"저런, 넌 아주 부지런하구나, 안 그러니?"

유쾌하고도 명랑한 목소리로 다이애나가 말했다.

"그럼요. 그리고 전 또 잘 배우기도 합니다. 저는 사람들을 상당히 빨리 파악할 줄 알아요."

오기가 말했다. 보아하니 오기는 미스 스티드를 파악했으며, 그가 얻은 결론에 흡족한 듯싶었다.

"그래, 그런 모양이구나. 틀림없이 그러리라고 난 생각해."

그녀가 말했다. 그녀는 스팽글러에게로 시선을 돌렸다.

"난 당신 전화를 기다렸단 말예요. 당신은 다섯 시에 전화를 걸겠다고 그랬어요, 안 그래요?"

"아, 그래. 내가 깜빡 잊어버렸어. 난 이애, 오기하고 얘기를 나누었지. 이애는 배달원이 되고 싶다고 그랬고, 난 방금 때가 되면 그에게 일자리를 주겠다고 약속했지."

스팽글러가 말했다.

"고맙습니다, 스팽글러 선생님."

오기가 말했다. 그는 가려고 했다.

"또 뵙겠습니다. 안녕히 계세요, 미스 스티드. 안녕, 율리시스."

"율리시스라니!"

다이애나가 스팽글러에게 말했다.

"세상에, 얼마나 잘 어울리는 이름인가요! 이타카의 율리시스라니![호머의 《오디세이아》에 나오는 오디세우스, 즉 율리시스가 통치한 나라의 이름이 이타카이다] 난 시간이 없어요. 저녁 식사를 하러 나갈 거죠, 안 그래요? 당신도 알겠지만, 꼭 그래야 해요."

스팽글러가 무슨 얘기를 하려고 했지만 젊은 여자가 그 말을 가로막았다.

"안 돼요, 약속했잖아요! 그래요, 당신이 약속했어요! 어머니하고 아버지는 당신을 만나고 싶어서 야단이에요! 정각 일곱 시예요!"

"아니, 잠깐만."

스팽글러가 말했다.

"당신, 나를 또다시 실망시키면 안 돼요, 알았죠?"

다이애나가 말했다.

스팽글러가 한숨을 지었다.

"난 지금까지 누구하고 저녁 식사를 나간 적이 두 번밖에 없어. 그 두 번 다 난 죽을 지경으로 겁이 났고, 전혀 즐겁지가 않았다구."

"당신은 우리 어머니하고 아버지가 마음에 들 거예요. 우린 정장을 하는 게 아니고, 그냥 야회복을 입을 거예요."

"야회복이라니? 난 늘 입는 옷을 입을 거야."

"일곱 시예요."

다이애나가 말했다. 스팽글러의 책상에 놓인 삶은 달걀이 그녀의 눈에 띄었다.

"오, 멋진 문진(文鎭)인데요! 그게 뭐죠?"

"달걀인데, 난 저걸 행운이 찾아오라고 몸에 지니고 다녀."

"정말 멋져요!"

다이애나가 말했다.

"난 어서 가봐야겠어요."

그녀는 재빨리 스팽글러에게 작별 키스를 하고는 사무실에서 나갔다.

그로간 씨가 전보의 타자를 끝냈다. 스팽글러는 율리시스를 노인에게 데리고 갔다.

"윌리, 난 코르베트 주점으로 가서 술을 한 잔 들고 오겠어요. 이 애는 호머의 동생 율리시스 매콜리예요. 이애는 희한한 일을 겪었죠. 덫 같은 데 걸렸던 모양이에요. 율리시스, 이분은 윌리 그로간 선생님이야."

"오, 우린 벌써 아는 사이예요."

그로간 씨가 말했다.

"이애는 내가 일하는 걸 구경하고 있었죠."

"한 잔만 마시고 곧 돌아오겠어요."

스팽글러가 말했다.

15. 길모퉁이의 아가씨

스팽글러가 나가려고 몸을 돌렸지만 호출기가 작동되는 바람에 그는 걸음을 멈추었다. 전문 내용은 신호를 울리면서 동시에 수신 테이프에 저절로 찍혀 나왔다. 그는 배달 책상으로 가서 기계로부터 찍혀 나온 테이프의 부호를 살펴보았다.

"이타카 포도주 회사에서 호출하는 것이로군요."

그가 그로간에게 말했다.

"무척 외딴 곳이죠. 혹시 호머가 들어오면 선라이프 건포도 회사에서 정기 야간 호출이 있을 때까지 여기 있으라고 하세요. 그애는 두 차례 있었던 그곳의 호출에서 두 번 다 웨스턴 유니언(미국의 유명한 전보 회사)을 이겼거든요. 만일 오늘도 그애가 이기기만 한다면 이 달 영업이 상당히 잘 될지도 몰라요. 어제 그들에게서 전보를 몇 통이나 접수했죠?"

"예순일곱 건요."

그로간이 말했다.

"예순여덟 건 가운데 예순일곱이죠. 먼저 도착하는 아이가 하나만 빼놓고 전보를 모조리 받게 되죠. 두 번째 아이는 한 통만 받고요. 자, 그럼 난 가서 술을 들겠어요."

스팽글러가 말했다.

하지만 그때 또 다른 호출이 들어오기 시작했다. 또또 지 또또 또. 전신국장은 처음의 짧은 두 음을 듣고는 그것이 선라이프 건포도 회사의 호출이라는 것을 알았고, 호머가 사무실에 없어서 호출에 응할 수가 없었으므로 그로간에게 소리쳤다.

"호출에는 내가 응하겠어요. 내가 직접 그곳에 제일 먼저 도착하겠단 말예요."

호출이 세 번째 반복될 무렵에 스팽글러는 다음 블록 중간쯤에 이르렀고, 미식 축구에서 공간 지역을 달리는 선수처럼 사람들 사이를 헤치고 나아가는 중이었다. 30미터쯤 떨어진 전방 길모퉁이에는 나이가 열여덟이나 열아홉쯤 된 수줍고 외로워 보이는 아가씨가 지치고 맥이 풀려, 그래서 아름다운 모습으로 서 있는 것이 눈에 띄었다. 그녀는 일을 끝내고 집으로 돌아가는 버스가 오기를 기다리는 중이었다. 비록 달려가고 있기는 해도 스팽글러는 그 여자의 외로운 모습을 의식하지 않을 수가 없었다. 비록 바쁜 경황이기는 해도 그 외로움이 그에게는 모든 것의 외로움이랄까, 서로 격리된 어떤 단절처럼 여겨졌다. 장난을 치려고 그런 것도 아니고, 미리 조금이라도 계획한 바도 아니었지만 그는 자연스럽고도 재빠르게 그녀에게로 다가가서 잠깐 멈춰 서고는 뺨에다 키스를 했다. 다시 달려가기 전에 그는 그녀에게 할 수 있는 유일한 말을 해주었다.

"당신은 세상에서 가장 아름다운 여자예요!"

그는 다시 달려갔다. 그가 선라이프 건포도 회사의 층계를 한 번에 세 개씩 달려 올라가고 있을 무렵에 웨스턴 유니언의 배달원은 배달 서무가 스팽글러처럼 호출 부호를 외고 있지 못한 탓으로 출발이 늦어 건물 앞에서 막 자전거에서 내리는 중이었고, 스팽글러가 사무실로 들어갈 때 웨스턴 유니언의 배달원은 겨우 엘리베이터를 기다리기 시작했다.

아직도 자신이 배달원이기라도 한 것처럼 스팽글러는 선라이프 건포도 회사의 책상에 앉은 노부인에게 자신의 신분을 밝혔다.

"포스탈 텔레그래프 전신국에서 왔는데요!"

"톰! 당신이 지금도 배달원 노릇을 하지야 않겠죠?"

놀라고도 기뻐서 노부인이 말했다.

"한 번 배달원은 영원한 배달원이죠."

그 무의미한 말을 전혀 창피하게 생각하지 않으며 스팽글러가 말했다. 그는 노부인에게 웃음을 보인 다음에 말했다.

"하지만 무엇보다도 나는 당신을 보려고 온 거예요, 브로킹튼 부인."

그때 웨스턴 유니언의 배달원이 사무실로 들어왔다.

"웨스턴 유니언에서 왔는데요."

"이런, 해리. 또 졌군 그래요."

브로킹튼 부인이 말했다. 그녀는 배달원에게 전보 한 장을 내주었다.

"다음에는 더 잘해 봐요."

다른 배달원도 아니고 포스탈 텔레그래프 전신국의 국장에게 이번에도 또다시 패배했기 때문에 약간 당황하고 어색해진 웨스턴 유니언의 배달원은 전보 한 장을 받아 들고 "어쨌든 감사합니다, 브로킹튼 부인"이라고 말하고는 사무실에서 나갔다.

노부인은 스팽글러에게 전보 한 뭉치를 내주었다.

"여기 있어요, 톰. 전국 각지로 가는 야간 전보가 백 스물아홉 통인데, 모두 대금을 계산한 거예요. 헌데 새로 온 배달원은 어딜 갔죠?"

"호머 매콜리 말이죠? 오늘 오후에 그애의 동생 율리시스한테 사고가 있었기 때문에 우린 일이 좀 지체되었어요. 코빙턴 상점에서 덫인가 뭔가에 물렸다는군요. 호머가 가서 그애를 꺼내줘야 했어요. 하지만 앞으로는 그애가 당신을 찾아올 거예요."

그는 노부인에게 웃음 지었다.

"전보 고마워요."

아가씨가 홀로 서 있던 길모퉁이에 이르렀을 때 그는 잠깐 발걸음을 멈추었다.

"그 여자는 바로 이 자리에 서 있었어. 다시 그녀를 만날 가능성은 적겠지. 비록 다시 만나게 된다 해도 오늘 오후의 그녀를 절대로 다시는 볼 수 없겠지."

그는 혼자 휘파람을 불며 계속해서 걸어내려갔다. 코르베트 주점의 길 건너편에 이르렀을 때 그는 자동 피아노의 음악 소리를 들었는데, 〈나에게는 오직 그대뿐〉이라는 옛날 왈츠 곡이었다. 그는 주점의 흔들이문으로 가서 잠깐 귀를 기울인 다음에 안으로 들어갔다. 바에는 코르베트가 일을 하고 있었다. 그는 스팽글러에게 늘 마시는 물을 탄 스카치를 얼른 만들어주었다. 그는 자동 연주 피아노에 귀를 기울이고 있는 세 명의 병사를 흘끗 쳐다보았다.

"장사는 어떤가요, 랠프?"

"나쁘진 않아요."

코르베트가 말했다.

"시간은 많이 남아돌아가는데 돈은 별로 없는 군인들이죠. 그들이 한 잔 내면 나는 석 잔을 낸답니다."

"그러면서도 장사가 되나요?"

스팽글러가 말했다.

"아뇨. 하지만 괜찮아요. 전쟁이 끝난 다음에 어쩌면 그 보상을 조금쯤 받을지도 모르잖아요. 술 장사만 할 수는 없어요. 난 젊으니까요."

전신국장과 직업 권투 선수 출신은 5분 가량 얘기를 나누었고, 그런 다음에 스팽글러는 사무실로 돌아갔다.

16. 집으로 가면서

스팽글러는 배달 책상에서 호머와 율리시스 매콜리 형제를 보았다. 배달원은 전보들을 접어 봉투에 넣었으며, 동생은 말없이 존경스러운 표정으로 지켜보고 있었다.

"선생님이 선라이프 건포도 회사의 전보를 받으셨나요?"

호머가 물었다.

"그래, 내가 갔었어. 백 스물아홉 건이야."

그는 전보들을 배달원에게 보여주었다.

"백 스물아홉 건이라구요! 어떻게 그곳에 먼저 도착했나요?"

"뛰어갔지."

"선생님이 뛰어가서 웨스턴 유니언보다 먼저 선라이프 건포도 회사에 도착했단 말이죠?"

"그럼, 별거 아니었어. 난 중간에 멈추기도 했어. 아름다움과 순결함에 경의를 표하기 위해서."

호머는 무슨 말인지 이해를 못했지만 스팽글러는 그냥 얘기를 계속했다.

"율리시스를 집으로 데리고 가거라."

"알겠습니다, 선생님."

호머가 말했다.

"구겐하임 댁에서 연락이 왔었어요. 우리 집으로 가는 길에 있으니까 제가 율리시스를 집에 태워다 준 다음에 구겐하임 댁에 들르고, 그곳에서 이타카 포도주 회사, 그리고 그 다음에는 폴리 댁에 들렀다가 곧장 돌아오겠습니다. 금방 돌아오겠어요."

배달원은 사무실에서 나가 스팽글러가 지켜보는 동안 동생을 자전거의 손잡이대에다 조심스럽게 올려놓았다. 형이 자전거에 올라타고 페달을 밟아 길을 내려가기 시작했다. 시내를 벗어나자 율리시스는 머리를 돌려 형을 바라보았다. 그날 처음으로 율리시스의 얼굴에는 매콜리 집안의 웃음이 번져나왔다.

"호머 형."

"뭐야?"

"나 노래할 줄 알아."

"신통하구나."

율리시스가 노래를 부르기 시작했다.

"우린 노래를 불러요."

그는 멈추었다가 다시 시작했다.

"우린 노래를 불러요."

하지만 그는 다시 중단했다.

"그건 노래가 아냐. 그건 어느 노래의 짤막한 한 대목에 지나지 않아. 자, 내가 하는 걸 들어보고, 나하고 같이 노래를 해봐."

형이 노래를 불렀고 동생이 귀를 기울였다.

그만 울어요, 우리 아가씨, 오, 오늘은 그만 울어요.
우린 켄터키 옛집을 위해
머나먼 켄터키 옛집을 위해 노래를 불러요.

"노래 다시 해봐, 호머 형."
"좋아."
호머가 다시 노래를 부르기 시작했고 이번에는 동생도 형을 따라 함께 노래를 불렀다. 그들이 노래를 부르는 사이에 무개 화차의 옆으로 몸을 내밀고 웃음을 지으며 손을 흔드는 흑인이 탄 화물차가 율리시스의 눈앞에 선하게 나타났다. 그것은 세상에 태어나서 4년을 살아가는 동안 율리시스 매콜리에게 있었던 매우 중대한 사건들 가운데 하나였다. 그는 남자에게 손을 흔들었고 남자도 그에게 마주 손을 흔들어주었는데, 그것도 한 번이 아니라 여러 번이었다. 그는 죽을 때까지 그 광경을 기억할 터였다.

매콜리 집 앞에서 호머는 자전거에서 내려 조심스럽게 율리시스를 일으켜 세웠다. 그들은 잠깐 동안 나란히 서서 어머니와 누이가 하프와 피아노를 연주하고 이웃에 사는 메리 아레나가 노래하는 소리를 들었다.

"됐어. 이제 다 왔어. 어서 들어가. 난 일하러 가야 하니까."
호머가 말했다.
"일하러 간다고?"
율리시스가 말했다.
"그래. 하지만 난 오늘밤에 집으로 올 거야. 어서 들어가, 율리시스."

　동생이 앞쪽 포치 계단을 올라가기 시작했다. 그가 문에 이르렀을 때 형은 자전거를 타고 길을 내려가기 시작했다.

17. 세 명의 병사

토머스 스팽글러를 포함한 손님들과 함께 스티드 가족이 저녁 식사를 하려고 자리에 앉았을 때, 이타카에는 심한 비가 내리기 시작했다. 베스 매콜리와 메리 아레나는 고무 덧신을 신고 우비 차림으로 호머의 도시락을 가지고 전신국으로 걸어갔다. 그들이 부엉이 약방을 지나가려니까 문간에 서 있던 젊은 남자가 늙은 늑대 같은 눈으로 그들을 쳐다보았다.

"안녕하십니까, 예쁜이 씨."

그가 베스에게 말했다.

"어쩐 일로 오셨나요?"

베스는 젊은이를 못 본 체하고는 메리에게 더 바싹 붙어서 길을 걸어 올라갔다. 그때 세 명의 젊은 병사들이 그들을 향해 내려왔다. 병사들은 시원하게 비가 내리는 바깥에서 오늘밤 자유롭게 보낼 일이 즐거워서 즉흥적으로 지어낸 놀이를 하며 길거리에서 장난을 치고 돌아다녔다. 그들은 서로 쫓아다니고 밀치며 요란하게 웃어대었고, "뚱보"니 "텍사스"니 "말대가리"니 해가면서 서로 붙여준 별명을 불렀다. 메리와 베스를 본 세 청년은 경의를 표하는 태도로 우뚝

걸음을 멈추었다. 그들은 한 사람씩 차례로 아주 낮게 몸을 숙여 절했다. 여자들은 기분이 좋았지만 어떤 태도를 보여줘야 할지 알 수가 없었다.

"그들은 군인이야, 베스. 고향에서 멀리 떠난 병사들에 지나지 않아."

메리가 나지막이 말했다.

"우리 걸음을 멈추자."

베스가 말했다.

별명이 뚱보인 병사가 그들의 공식적 대표로서 앞으로 나섰다.

"미국의 아가씨들이여. 오늘 이곳에 존재하며, 내일 또한 이곳에 존재하기를 원하는 우리, 위대한 민주주의 군대 소속이며 여러분의 겸손한 종인 우리는 지금처럼 비가 내릴 때나 마찬가지로 비가 오지 않는 시기에도 여러분의 아름다운 얼굴 때문에 여러분에게 감사를 드립니다. 여러분을 헌신적으로 흠모하는 제 전우들을 소개하겠습니다. 이 사람은 텍사스인데, 뉴저지 출신입니다. 이 사람은 말대가리인데, 텍사스에서 왔죠. 그리고 저는 뚱보인데, 굶주림 출신이고요. 지금 저는 무엇보다도 말동무 노릇을 할 아름다운 미국의 아가씨들에 가장 굶주려 있습니다."

"있잖아요, 우린 키네마 영화관으로 가던 길이에요."

베스가 말했다.

"키네마로!"

뚱보가 연극을 하듯 말했다.

"비록 오늘은 이곳에 있더라도 내일은 가버릴지도 모르는 우리 병사들이 미국의 아가씨들을 키네마로 모셔도 되겠습니까? 오늘밤은 오늘밤이고 내일은 내일이지만, 내일 우리는 병영으로, 끔찍하기는 해도 불가피한 전장이라는 일터로 돌아가야 합니다. 아늑한 집에서 멀리 떠나 외로운 우리는 오늘밤 여러분의 오빠가 되겠어요. 나는 일리노이의 유서 깊은 민족의 거리, 험악한 도시 시카고의 골목길에서 미국 병사의 이 군복을 걸치게 되었습니다. 오늘밤에는 나로 하여금 추억 속의 그 도시, 그 민족으로 되돌아갈 수 있도록 해주시고, 전쟁이 아니었더라면 절대로 만나지 못했을 내 착한 형제들이 저마다 그들의 아늑한 집을 되찾게 해주시기 바랍니다."

뚱보라는 병사가 절을 한 다음에 꼿꼿하게 몸을 일으켰다.

"당신들은 어떤 결정을 내리겠습니까?"

"이 사람 미쳤니?"

메리가 나지막이 말했다.

"아냐. 그냥 외로워서 저러는 거야. 우리 이 사람들하고 같이 영화 구경 가자."

베스가 말했다.

"좋아. 하지만 저 사람한테 얘기하는 건 네가 맡아. 난 뭐라고 얘기를 해야 할지 모르겠어."

메리가 말했다.

베스가 병사에게 미소를 지으며 말했다.

"알았어요."

"감사합니다, 미국의 아가씨들이여."

뚱보가 말했다. 그는 베스에게 팔을 내밀었다.

"우선 난 전신국에서 일하는 내 동생에게 도시락을 갖다 줘야 해요."

"전신국이라구요? 그렇다면 난 전보를 한 통 보내야 되겠군요."

뚱보가 말했다. 그는 다른 병사들에게로 돌아섰다.

"너는 어때, 텍사스?"

"뉴저지로 전보를 치려면 얼마나 들어?"

텍사스가 물었다.

"돈 값은 충분히 하고도 남아. 말대가리, 너는 어때?"

뚱보가 물었다.

"그래."

말대가리가 말했다.

"난 엄마하고 조하고 키티한테 전보를 보내고 싶어. 키티는 내 애인이죠."

그가 베스에게 말했다.

"이 세상의 모든 아가씨는 내 애인이야. 그들 모두에게 저마다 전보를 보낼 수야 없는 노릇이니까 난 꼭 한 사람에게만 전보를 보내야겠어. 꼭 한 사람에게 백만 통의 전보를 보내겠단 말야."

뚱보가 말했다.

두 젊은 아가씨와 세 명의 병사가 전신국 안으로 들어섰을 때 그곳에는 윌리 그로간 혼자밖에 없었다. 노인이 카운터 뒤에서 몸을 일으켰다.

"전 호머의 누나 베스인데요, 호머의 도시락을 가지고 왔어요."

그녀는 도시락을 카운터에 놓았다.

"동생은 곧 돌아올 거예요, 미스 매콜리. 도시락은 내가 꼭 전해 줄게요."

그로간이 말했다.

"그리고 이 청년들이 전보를 치겠다고 하는데요."

베스가 말했다.

"좋아요, 젊은이들. 전보 용지하고 연필을 사용하도록 해요."

"저지 시티까지 전보를 보내는 데 얼마예요?"

텍사스가 물었다.

"스물다섯 단어에 50센트이고 세금도 조금 붙어요. 하지만 주소하고 이름은 단어 수에 포함시키지 않아요. 전보는 내일 아침에 배달될 거고요."

"50센트요? 그만하면 괜찮은데요."

텍사스가 전보 내용을 적기 시작했다.

"산 안톤까지는 얼마죠?"

말대가리가 물었다.

"저지 시티의 절반 요금이에요. 산 안토니오(산 안톤은 산 안토니오라고도 한다. 안톤은 안토니오의 미국식 발음이다)는 저지 시티보다 이타카에서 훨씬 가까우니까요."

뚱보가 전보 내용을 부지런히 적어서 노인에게 건네주었다. 그로간이 단어 수를 헤아리며 전보를 읽었다.

일리노이 주 시카고

시카고대학교

에마 테이나

그대여, 그대를 사랑하고, 그대를 보고 싶고, 나는 항상 그대를 생각합니다. 편지 계속해요. 공부 계속하고, 계속해서 기다리고, 믿음을 간직하고, 나를 잊지 말아요. 나는 그대를 절대로 잊지 않을 테니까 그대 역시 절대로 나를 잊지 말아요.

—노먼

다음에는 텍사스가 전보 내용을 그로간에게 주었다.

뉴저지 주 저지 시티
월밍턴 스트리트 1702 1/2
이디스 앤터니 부인

사랑하는 어머니, 안녕하세요? 저는 잘 있어요. 어머니가 보내 주신 편지와 말린 무화과 잘 받았어요. 고마워요. 아무 걱정 마세요. 안녕히 계세요. 사랑합니다.

—버나드

이번에는 말대가리가 늙은 전신 기사에게 그가 쓴 전보 내용을 내주었다.

텍사스 주 산 안토니오
샌디포드 불르바드 211
하비 길포드 부인

안녕하세요, 어머니. 햇살 밝은 캘리포니아의 이타카에서 그냥 인사를 드리고 싶어서요. 헌데 비가 내리는군요. 하하. 모든 사람에게 안부를 전해주세요. 조에게 내 총과 실탄을 가져도 된다고 그러세요. 사랑합니다.

—쿠엔틴

병사들과 여자들이 전신국에서 나왔고 그로간 씨는 전보를 보내려고 책상으로 갔다.

세 명의 병사와 미국의 아가씨 두 명이 키네마 영화관의 가운데 통로를 걸어 내려가려니까, 스크린에서는 1942년 당시 영국의 수상인 윈스턴 처칠이 캐나다 국회에 들어서는 장면이 나왔다. 젊은이들이 자리에 앉았을 때쯤에는 처칠이 세 가지 얘기를 했는데, 그 내용은 캐나다의 국회의원뿐 아니라 이타카의 키네마 영화관 관람객들에게도 마찬가지로 점점 더 기쁨을 주었다. 뚱보라는 병사가 베스 매콜리에게로 몸을 기대며 말했다.

"우리 시대의 위대한 인물들 가운데 한 사람이 저기 있습니다. 또 그는 위대한 미국인이기도 하죠."

"난 처칠이 영국 사람인 줄 알았는데."

말대가리가 말했다.

"물론 그렇지. 하지만 그는 미국인이기도 해."〔미국에는 윈스턴 처칠이라는 유명한 소설가가 있었다.〕

뚱보가 말했다. 그는 그의 다른 쪽 옆에 앉은 아가씨 메리 아레나에게로 조금 더 가까이 몸을 움직였다.

"아가씨들하고 영화 구경을 같이 오게 해주어서 감사합니다. 여자들이 가까이 있으면 기분이 훨씬 좋아지죠. 그냥 병사들하고만 같이 있을 때보다는 냄새도 좋아요."

"우리는 안 그래도 영화를 보러 오던 길이었어요."

메리가 말했다.

이제는 아메리카합중국의 대통령인 프랭클린 딜라노 루스벨트가 뉴스 영화에 나타나 하이드파크에 있는 그의 집에서 전 국민에게 라디오를 통해 연설을 했다. 그는 늘 그러듯이 유머와 엄숙한 분위기를 섞어가며 얘기했다. 다섯 명의 젊은이는 주의 깊게 귀를 기울였다. 연설이 끝난 다음에는 화면에 미국 국기가 나타났고, 영화관의 모든 사람이 박수를 치기 시작했다.

"나는 국기를 볼 때마다 목구멍에서 무엇이 치밀어오르는 기분을 느껴요."

베스가 말했다.

"전에는 국기를 볼 때면 워싱턴과 링컨이 생각났지만 이제는 우리 오빠 마커스가 머리에 떠오르죠. 마커스도 군인이에요."

"아, 당신 오빠도 군대에 가 있나요?"

뚱보가 말했다.

"마지막으로 우리가 소식을 들었을 때는 오빠가 노스캐롤라이나 어디엔가 있었어요."

베스가 말했다.

그 순간에 마커스는 노스캐롤라이나의 어느 소도시에서 '급강하 폭격기'라는 이름을 붙인 술집의 바에 있었다. 그의 친구 토비 조지와 세 명의 다른 병사가 바에서 그와 어울렸다. 마커스는 〈꿈〉이라는 노래를 연주했고, 토비가 노래를 불렀다. 노래가 끝난 다음에 토비는 마커스 옆에 앉아서 이타카와, 그곳에 사는 매콜리 집안 사람들에 관한 얘기를 또 물어보았다.

마커스가 토비에게 이타카에 관한 얘기를 시작하는 동안 토머스 스팽글러와 다이애나 스티드가 키네마 영화관의 통로를 걸어 내려왔다. 이제는 스크린에 극영화가 나오기 시작했다. 그들이 자리에 앉았을 때는 그림이 아니라 글자들이 화면을 가득 채웠다. 그 글자들은 영화 제목과 영화를 만드는 데 도와준 사람들의 이름이었다. 굉장히 많은 글자들이 나왔고, 굉장히 많은 사람들이 굉장히 많은 일을 했다고 알려주었다. 이 명단과 더불어 이 장면을 위해서 특별히 작곡된, 어울리지 않을 만큼 웅장한 주제 음악이 나왔다.

스팽글러와 다이애나는 베스와 메리와 세 명의 병사보다 열 줄 앞에, 스크린에서 세 번째 줄에 앉았다. 그들이 앉은 자리는 어린 사내아이들 이외에는 아무도 없는 줄의 한가운데였다. 곧이어 화면에 번쩍거리는 리놀륨을 마룻바닥에 깐 어느 병원의 홀이 나타났다. 홀의 끝에 설치된 확성기에서 지나치게 과장해가며 얘기하는 앙칼진 간호사의 매정한 목소리가 들려왔다.

"닥터 캐바노!"

간호사가 불렀다.

"수술실입니다! 닥터 캐바노! 수술실입니다!"

이 말을 듣자마자 스팽글러는 몸을 일으켰다. 그는 그날 저녁, 즐겁지만 상당히 거북한 시간을 보내며 술을 여러 잔이나 마셨다.

저녁 내내 계속되던 복잡한 가능성들이 이제는 저절로 현실이 되어 가는 듯싶었고, 그래서 그는 같은 줄에 앉은 아이들보다 나이를 더 먹지 않은 것처럼 행동해야 할 필요성을 전혀 느끼지 않았다.

"이런! 이 영화가 아닌데!"

그는 다이애나의 손을 잡고 말했다.

"이리 와."

"하지만 영화가 아직 끝나지 않았는데요!"

다이애나가 귓속말을 했다.

스팽글러가 그녀를 끌어당겼다.

"나한테는 이 영화가 끝난 거야. 어서 가자구."

그러더니 그들은 완전히 매혹되어 화면을 지켜보고 있던 어린 소년의 옆을 지나갔다.

"넌 천당으로 갈 거야."

스팽글러가 소년에게 말하고 나서 다이애나에게 말했다.

"소년의 앞을 가로막지 말고 어서 가자구."

"뭐라고 그러셨나요, 아저씨?"

소년이 말했다.

"천당 말야! 넌 그곳으로 갈 거라고 내가 말했어."

"시계 있으세요?"

"아니, 없어. 하지만 아직 이른 시간이야."

"알겠습니다, 아저씨."

잠시 후 스팽글러와 다이애나는 통로로 나왔다.

"우리 코르베트 주점으로 가자."

스팽글러가 말했다.

"술을 두어 잔 들고, 자동 피아노 연주를 들은 다음에 당신은 집으로 가라구."

그는 화면 쪽으로 얼굴을 돌리더니 뒷걸음질을 치기 시작했다.

"닥터 캐바노를 좀 보라구. 플라이어로 앞니를 뽑으려고 그래."

스팽글러가 말했다.

극장 로비에서 다이애나가 말했다.

"당신은 날 사랑해요, 안 그래요?"

"당신을 사랑하냐고?"

"난 당신에게 영화 구경을 시켜주었어, 안 그래?"

그들은 길거리로 나가 비를 맞지 않으려고 건물 가까이 붙어서 코르베트 주점을 향해 서둘러 걸어가기 시작했다.

18. 전보

스팽글러와 다이애나가 비를 맞으며 코르베트 주점을 향해 달려가는 사이에, 온몸이 흠뻑 젖은 호머 매콜리가 전신국 앞에다 자전거를 세우고 안으로 들어갔다. 그는 배달 책상의 상황을 살펴보았다. 전보 내용을 받으러 갈 호출은 없었지만 배달할 것이 한 건 있었다.

그로간 씨는 타자를 치던 전보를 끝내고는 자리에서 일어섰다.

"네 누이 베스가 도시락을 가지고 왔단다."

"아, 그럴 필요 없었는데요. 전 우리가 먹을 파이 두 개를 사올 생각이었죠."

호머가 도시락을 받으며 말했다.

"먹을 게 넉넉하군요. 저하고 같이 식사하시겠어요?"

"고맙구나, 얘야. 난 배가 고프지 않아."

"좀 잡수시기 시작하면 입맛이 날지도 몰라요, 그로간 선생님."

"아냐. 아주 고맙구나. 그런데 너는 흠뻑 젖었구나. 이것 봐, 이곳에는 비옷이 비치되어 있어."

"도중에 비를 만났어요."

호머가 샌드위치를 한 입 베어물었다.

"이 샌드위치를 먹은 다음에 전보를 배달하겠습니다."

그는 잠깐 우물우물 씹은 다음에 늙은 전신 기사를 쳐다보았다.

"그건 무슨 전보인가요?"

그로간 씨가 대답을 하지 않는 것으로 미루어보아 호머는 또 다른 죽음의 전갈이라는 사실을 알았다. 그는 샌드위치를 씹는 것을 멈추고 깔깔한 채로 그냥 꿀꺽 삼켰다.

"전 이런 전보들은 전해주지 않았으면 좋겠어요."

"그래, 나도 알아."

그로간 씨는 한참 동안 다시 얘기를 하지 않았고, 그 사이에 배달원은 먹다 만 샌드위치를 집어들었다.

"네 누나가 아주 예쁜 어떤 아가씨하고 같이 왔더구나."

"그 여자는 메리예요. 마커스 형의 애인이죠. 전쟁이 끝난 다음에 결혼할 거예요."

"전보를 친 세 병사와 같이 왔지."

"그래요? 그 전보 제가 봐도 될까요?"

그로간 씨는 발송한 전보들을 걸어놓는 고리를 가리켰다. 호머는 고리에서 전보들을 꺼내 하나씩 읽어보았다. 전보들을 읽어본 다음에 그는 늙은 전신 기사를 쳐다보았다.

"어떤 사람이 그런 식으로 죽으면 말예요, 그로간 선생님. 우리가 아는 어떤 사람, 우리가 알지 못하는 어떤 사람, 우리가 한 번도 본 적조차 없는 어떤 사람, 그들은 그냥 헛되이 죽어가는 건 아니겠죠, 안 그래요?"

늙은 전신 기사는 한참 기다린 다음에야 입을 열었는데, 마치 할 말이 너무나 많아 혼자서는 그 얘기를 다 할 수가 없다는 듯 책상 서랍으로 가서 술병을 꺼냈다. 그는 길게 한 모금 주욱 들이켜고는 자리에 앉아 무슨 말을 할까 결정하느라고 애를 썼다.

"난 이 세상을 오랫동안 살아왔단다."

그가 말했다.

"하지만 나는 그 질문에 대한 해답을 알 수가 없단다, 애야. 난 그 대답이 존재하는지조차도 자신이 없구나. 그것은 젊은 질문이고 나는 늙은 사람이니까."

그로간 씨는 그 어느 때보다도 깊은 한숨을 내쉬고는 잠깐 시간이 흐른 다음에 조끼 호주머니에서 쪽지 한 장을 꺼내 배달원에게 주었다.

"너 약방으로 내 심부름 한 번 더 다녀오지 않겠니?"

호머는 머리를 끄덕이고 얼른 사무실에서 나갔다.

그로간 씨는 전신국 안에 홀로 서서 사랑의 분노가 뒤섞인 이상한 애정을 느끼며 모든 것을 둘러보았다. 더 이상 그를 놀라게 할 수 없는 재빠른 공격을 너무나 오랫동안 기다리기라도 한 것처럼, 아주 천천히 그는 목을 움켜잡았다. 그는 의자로 물러서서 가장 심한 통증의 공격이 가라앉을 때까지 굉장히 뻣뻣한 상태로 자리에 앉았다.

배달원이 약방에서 돌아와 전신 기사에게 작은 갑을 건넸다.

"물."

노인이 말했다.

호머는 종이 컵에다 물을 가득 채워서 노인에게 가져다 주었고, 노인은 작은 갑에서 알약 세 개를 꺼내 입 안에 털어넣고는 호머에게서 컵을 받아 약을 삼켰다.

"고맙다, 애야."

호머는 노인이 아무 일 없는지 지켜본 다음에 배달 책상으로 가서 죽음의 전보를 집어들었다. 그는 전보를 들고 잠깐 쳐다보며 서 있기만 하다가는, 봉투를 열고 내용을 읽어보려고 꺼냈다. 그는 새 봉투에 전보를 다시 넣고 봉한 다음에 비가 내리는 밖으로 나섰다. 늙은 전신 기사가 의자에서 일어나 소년을 따라 길거리로 나갔다. 그는 인도에 서서 바람과 비를 헤치고 나아가는 소년을 지켜보았다. 사무실 안에서 전신기가 딸각거리기 시작했지만 노인은 그 소리를 듣지 못했다. 전화가 울렸지만 노인은 그 소리도 듣지 못했다. 그는 전화가 일곱 번이나 울린 다음에야 사무실로 되돌아가려고 돌아섰다.

19. 앨런

15분 후에 호머는 파티가 한창인 크고 멋지고 오래된 집 앞에서 자전거를 멈추었다. 창문을 통해서 그는 춤을 추는 네 쌍의 남녀를 보았다. 소년은 겁이 났고 속이 울렁거리는 기분을 느꼈다. 그는 문까지 걸어올라가서 음악 소리를 들으며 서 있었다. 그는 초인종을 향해 손가락을 내밀다가 손을 떨구었다.

"사무실로 되돌아가야겠어. 난 이 직장을 그만둬야 해."

그가 혼잣말을 했다.

호머는 생각을 해보려고 집 앞 층계에 앉았다. 한참 시간이 지난 다음에 그는 다시 문으로 가서 손가락으로 초인종을 눌렀다. 문이 열리자 젊은 여자가 보였고, 호머는 자신이 하는 행동을 미처 의식하지도 못하면서 몸을 돌려 자전거를 향해 달려갔다. 젊은 여자가 포치로 나와서 소리쳐 불렀다.

"아니, 무슨 일이에요?"

호머는 자전거에서 내려 다시 포치로 달려갔다.

"미안합니다. 클로디아 보프레르 부인에게 전보를 가지고 왔는데요."

그가 빠른 어조로 말했다.

"그래요? 오늘이 어머니 생신이거든요."

젊은 여자가 말했다. 그녀는 집 안쪽을 향해 소리쳤다.

"어머니, 어머니한테 전보가 왔어요."

그녀의 어머니가 문간으로 나왔다.

"보나마나 앨런에게서 온 전보야."

그녀가 말했다.

"들어와요, 젊은이. 내 생일 케이크 한 조각 꼭 먹고 가요."

"아닙니다, 아주머니. 사양하겠습니다. 전 직장으로 돌아가야 합니다."

호머가 전보를 내밀었고, 여자는 그것이 생일 축하 인사이기라도 한 듯 받아들었다.

"케이크 한 조각하고 펀치 한 잔을 꼭 들고 가야 한다니까요."

그녀는 호머의 팔을 잡아 방으로 끌고 들어가서 케이크와 샌드위치와 펀치가 잔뜩 얹힌 탁자로 이끌고 갔다. 음악과 춤이 계속되었다.

"오늘은 내 생일이에요."

그녀가 말했다.

"맙소사, 내가 이렇게 늙었다니. 어쨌든 총각은 나에게 행복을 빌어줘야 해요."

그녀는 호머에게 펀치 한 잔을 주었다.

"저는 아주머니의 행복을……."

말문을 열었지만 얘기를 계속할 수가 없었다. 호머는 펀치 잔을 탁자에 놓고는 문으로 냅다 달려갔다. 어머니는 주위를 둘러본 다음에 남들 눈에 띄지 않는 한쪽 옆으로 갔고, 그녀를 지켜보고 있던 딸은 다른 쪽으로 물러났다. 호머는 자전거를 타고 전신국을 향해 빗속에 달려갔다.

어머니가 서 있는 홀 맞은편 벽에는 붉은 머리 미남 소년의 사진이 사진틀에 끼워져 걸려 있었다. 그 사진에는 이런 글이 적혀 있었다.

"열두 번째 생일을 맞은 앨런이 어머니에게 사랑하는 마음과 함께 드립니다."

어머니가 전보를 뜯어 읽어보는 동안에 축음기에서는 〈갈색 머리 그녀를 위하여〉라는 노래가 계속해서 흘러나왔고, 행복한 사람들은 계속해서 춤을 추었다. 딸은 복도에서 방 건너편의 어머니를 쳐다보았다. 그녀는 마치 이성을 잃은 사람처럼 달려가서 축음기를 꺼버렸다.

"어머니!"

그녀가 소리치며 어머니에게로 달려갔다.

20. 영화가 끝나고

이제 키네마 영화관에서는 마지막회 상영이 끝나고 손님들이 나오는 중이었다. 길거리로 나온 베스가 뚱보라는 병사에게로 돌아서더니 말했다.

"자, 이제 우리는 집으로 가야겠어요."

"감사합니다, 미국의 아가씨들이여."

뚱보가 말했다.

작별 인사를 나눌 시간이 되기는 했어도 그들은 왠지 멋진 사건이 당장이라도 벌어질 것처럼 기다리며 어정쩡하게 서 있었다. 뚱보라는 병사가 베스와 메리를 쳐다보더니 느긋하고도 순진하게 베스에게, 그러고는 메리에게 키스를 했다.

그러자 말대가리라는 병사가 소리를 질렀다.

"아니, 그럼 우리는 뭐예요? 우리도 인간이라는 말씀이에요. 우리도 군대에 입대했고요."

그래서 그 병사도 여자들에게 키스를 하게 되었다. 그리고 그 다음에는 텍사스가 여자들에게 키스했다. 길거리에서 어떤 여자가 매우 못마땅한 표정으로 그 광경을 지켜보았다. 아가씨들은 얼른 몸을 돌려 서둘러 길을 내려갔다. 말대가리가 뛰어올라 텍사스를 밀었고, 텍사스는 뛰어올라 뚱보를 밀었다. 그들은 서로 소리를 질러대며 골목을 내려갔다.

"야—호! 넌 말도 잘하더구나!"

말대가리가 소리쳤다.

텍사스가 뚱보에게 소리쳤다.

"너 말솜씨 한번 기찼다구!"

뚱보는 기분이 좋아서 키득거렸다.

"신나는구나! 만일 내가 하원의원이 된다면! 나도 할 말을 하겠다구."

그가 소리쳤다.

"야아호오오! 어서 꺼지시라, 이 녀석들아! 너희 신세는 안됐지만 내 신세는 다르니까."

말대가리가 소리쳤다.

세 명의 병사는 등짚고 넘기 장난을 치느라고 정신없이 서로 뛰어넘으며 어둡고 비 내리는 길거리를 자꾸만 내려갔다. 다음에 어떤 지옥이 그들을 기다리고 있는지는 하느님밖에 모를 일이었다.

21. 밸리 아이들의 수호자

배달원이 보프레르 댁에서 전신국 사무실로 돌아왔을 때쯤에는 비가 멎었고 달이 빛났으며, 이제는 하얀 빛깔이 된 속이 비고 지친 구름 한 무더기가 하늘을 가로질러 지나갔다.
"너 다리가 왜 그러냐? 하루 종일 다리를 절더구나."
그로간 씨가 말했다.
"아무것도 아녜요. 전보 또 있어요?"
호머가 말했다.
"아무것도 없으니까 넌 집으로 가서 자도 되겠어. 그러니 이제 얘기를 하라구. 다리가 어떻게 된 거냐?"
"오늘 오후에 200미터 저장애물 경주를 뛰다가 인대가 뒤틀렸거나 뭐 그런 모양이에요. 스팽글러 선생님은 그 경기에서 밸리의 챔피언이었는데, 저도 언젠가는 밸리의 챔피언이 되고 싶어요. 하지만 금년에는 가망이 없을 것 같군요."
호머는 다리를 두어 번 구부려보았다.
"오늘밤에 다리에다 슬로운 도포제를 발라봐야겠어요. 다리를 저는 게 눈에 띄던가요?"

"글쎄. 매우 심하지는 않지만 약간 눈에 띄기는 하지. 자전거를 타는 데는 무리가 안 가냐?"

"그럼요. 다친 다리를 들어올리면 약간 아파서 오른쪽 다리만 움직여 자전거를 타려고 애쓰죠. 때로는 왼쪽 다리를 페달에서 내려 그냥 늘어뜨리고 다녀요. 그러면 다리를 쉴 수가 있으니까요. 아마 인대가 잘못된 것 같은데, 도포제를 발라볼 생각이에요."

잠깐 침묵이 흐른 다음 늙은 전신 기사가 말했다.

"얘기를 계속하거라."

"아, 그야 얘기는 하고 싶지만요, 무슨 얘기부터 시작해야 할지를 모르겠어요."

호머가 말했다.

"저는 이 직장을 얻을 때까지는 아무것도 몰랐습니다. 저는 많이 알기는 했지만 사실은 절반도 몰랐고, 앞으로도 절대로 다 알게 되지는 못할 거예요. 어쩌면 어느 누구도 알지 못하는지도 모르죠. 하지만 혹시 알게 되는 사람이 있게 된다면 그 사람은 바로 저예요. 저는 알기를 원하고, 항상 알기를 원할 것이며, 아마도 영원히 알려는 노력을 계속하겠지만, 도대체 인간이 어떻게 알 수가 있을까요? 어떤 인간이 정말로 모든 것을 똑바로 이해해서 정말로 합리성을 찾을 수가 있겠어요?"

"글쎄. 나도 모르겠지만, 네가 노력을 계속하겠다고 결심했다니 기쁘구나."

"저는 노력을 계속할 수밖에 없습니다. 저로서는 다른 사람들의 경우에는 어떤지 알 길이 없지만, 또 제가 선생님에게 이런 얘기를 해도 괜찮은지 어쩐지도 모르겠습니다만, 저는 사람들이 겉으로 보는 그런 시시한 사람이 아니에요. 저는 다른 어떤 사람, 훨씬 훌륭한 어떤 사람이라고 생각해요. 때때로 저는 뭐가 뭔지 도대체 갈피를 잡을 수가 없습니다. 저는 선생님이 아닌 다른 어떤 사람에게라도 이 말을 하기가 창피하지만, 그로간 선생님, 저는 언젠가는 모든 곳의 아이들을 위해 일하고 그들을 위해 무엇이든지 하겠어요. 온갖 계층의 아이들이 온갖 종류의 문제에 시달리고 있습니다. 그것이 무엇이 될지는 모르지만 저는 무엇이든지 하겠습니다. 보람 있는 어떤 일 말이에요."

호머는 얘기를 하는 동안 다리가 나았는지 움직여보았다. 나아지지를 않았다.

"저는 지금의 현실이 마음에 들지 않아요, 그로간 선생님. 왜 그런지는 모르겠지만 저는 현실이 더 좋아지기를 바랍니다. 아마도 그건 현실이 더 좋아져야 옳다고 제가 생각하기 때문인지도 모르죠. 학교에서 저는 웃기는 소리를 많이 하지만, 선생님들을 괴롭히고 싶어서 그런 소리를 하는 건 아녜요. 그래야만 하기 때문에 그러는 거예요. 모든 사람이 뭐가 뭔지를 너무나 모르고 모든 일이 너무나 잘못되어 있어서 가끔 한번씩 우스갯소리를 하지 않을 수가 없습니다. 저는 삶에서 사람들이 즐거움을 좀 누려야 한다고 생각해요. 저는 비록 그러고 싶다고 해도 점잖게 행동할 수가 없을 것만 같아요. 진정으로 겸손해지려고 하기 전에는 겸손해지지도 못해요."

호머는 다시 다리를 구부려보고는 그것이 자신의 다리가 아니기라도 한 것처럼 말했다.

"뭔가 탈이 난 것 같군요."

그는 시계를 흘끗 올려다보았다.

"자, 그로간 선생님. 자정하고도 5분이 지났군요. 전 집으로 가 봐야겠어요. 하지만 전 별로 졸리지도 않고 내일은 토요일이죠. 전에는 토요일이라면 저한테는 가장 좋은 날이었어요. 하지만 이제는 그렇지 않아요. 봐서 사무실로 내려올까 하는데요. 제가 도움이 될지도 모르니까요."

그는 도시락통을 배달 책상에서 집어들었다.

"그래도 샌드위치 안 드시겠어요, 그로간 선생님?"

"글쎄. 생각해보니까, 그래, 얘야, 먹고 싶구나. 이젠 나도 배가 고파졌어."

늙은 전신 기사가 말했다. 그로간 씨는 열린 통에서 샌드위치를 꺼내 베어물었다.

"어머니에게 내 대신 고맙다는 말을 전해다오."

"아, 이건 아무것도 아녜요."

"아니다. 고맙다는 말을 전해줘."

"그러죠, 선생님."

호머는 대답을 하고 사무실에서 나갔다.

22. 강도

한때는 젊었고, 한때는 세계에서 가장 빠른 전신 기사였던 그로간 씨는 전신국 사무실에 혼자 남아서 천천히 책상을 치우기 시작했다. 그는 아주 어렸을 때부터 기억에 남아 있던 곡조를 혼자 콧노래로 나지막이 불렀다. 노인이 그의 일을 하고 있으려니까, 코르베트 주점에서 방금 술을 마셔 약간 취기가 돌아 어지러우면서도 엄숙한 행복에 잠긴 토마스 스팽글러가 사무실로 들어왔다. 그는 자신의 책상으로 갔다.

스팽글러는 늙은 전신 기사를 흘끗 쳐다보기는 했지만 아무 말도 하지 않았다. 그들은 서로 이해했으며, 한마디 말도 주고받지 않은 채 한두 시간 동안 일을 계속한다는 것은 아주 흔한 일이었고, 전혀 문제가 되지 않았다. 스팽글러는 행운을 가져다 주는 달걀을 전보 더미에서 집어들고는 그 놀라운 균형미를 찬찬히 살펴보았다. 그러더니 달걀을 다시 전보 더미 위에다 놓았다. 그는 다이애나가 머리에 떠올라 기분이 좋아져서 그녀의 말버릇을 흉내 내서 얘기하려고 입술을 오므렸다.

"당신은 나를 사랑하시죠, 안 그래요?"

늙은 전신 기사가 전신국장을 흘끗 쳐다보았다.

"뭐라고 그랬나요, 톰?"

"윌리, 만날 때마다 '당신은 나를 사랑하시죠, 안 그래요?'라고 말하는 젊은 여자를 어떻게 생각해요?"

"그 여자가 도대체 어떻게 눈치챘는지 의아하게 생각하겠죠."

"나도 마찬가지예요."

스팽글러는 행복감을 가라앉히려는 듯 얼굴을 문지른 다음에 말했다.

"오늘밤엔 일이 어떤가요?"

"거의 비슷해요. 비가 내린다는 것 이외에는."

"새로 채용한 배달원은 어때요? 일을 잘하나요?"

"난 그렇게 일을 잘하는 애는 여지껏 본 적이 없어요. 당신은 어떻게 생각해요?"

"나를 찾아와서 일자리를 달라고 부탁하던 그 순간부터 그애가 마음에 들었어요."

스팽글러가 말했다.

"당신은 나를 사랑하시죠, 안 그래요?"

다이애나 스티드가 그 시시한 말을 전하던 그 특이한 방법이 그의 머리에서 떠나지를 않았다.

"이제 집으로 가도 됩니다, 윌리. 사무실 문은 내가 닫겠어요. 난 할 일이 조금 있어서요."

"집이라구요? 당신만 개의치 않는다면 말예요, 톰, 난 잠시 당신하고 같이 있고 싶은데요. 근무가 끝난 다음에 난 잠을 자는 것 이

143

외에는 아무것도 할 일이 없고, 또 잠이 오질 않아요. 아마 겁이 나는 모양이에요."

그로간 씨가 말했다.

"겁을 낼 필요는 없어요, 윌리. 난 당신이 없으면 이 사무실에서 아무 일도 못하니까요. 당신은 백 살까지는 살 것이고, 죽는 마지막 날까지 일을 할 겁니다."

"고마워요."

늙은 전신 기사가 말했다. 그는 잠깐 침묵을 지킨 다음에 부드럽게 말했다.

"오늘밤에도 또다시 약간 마비 증상이 있었어요. 아, 전혀 심각한 건 아니고요. 얼마 전부터 그 증상이 나타나리라는 것을 알고 있었어요. 그애가 여기 있었죠. 아이를 보내서 약을 지어오게 했어요. 날마다 의사를 찾아가야 하지만, 의사를 만나기가 두려워요. 그리고 난 휴식을 취해야 합니다."

"의사라고 해서 모든 것을 다 알지는 못하지만, 당신은 어쨌든 얼마 동안 휴식을 취해야 할지도 모르죠."

"아, 난 쉬겠어요. 아주 푹 쉬겠어요, 톰."

"길모퉁이에 있는 코르베트 주점에 가서 술 한 잔 드세요. 자동 피아노도 듣고요. 그리고 돌아와서 옛날 얘기를 나누죠. 윌린스키와 톰린슨과 데이븐포트 영감이라든가, 보선공 해리 불, 미치광이 프레드 매킨타이어, 그리고 멋진 제리 베이티. 어서 가봐요, 윌리. 술 한 잔 드시고, 당신이 돌아온 다음에 우리 옛 시절이나 되새겨 보자구요."

"난 술을 마시면 안 되는데요, 톰."

"술을 마시면 안 된다는 것은 나도 알지만, 술을 마시고 싶어 한다는 사실도 알아요. 때로는 무엇을 해야 하느냐보다 무엇을 하고 싶으냐가 훨씬 더 중요할 때도 있으니까……. 그러니까 어서 가서 한 잔 드세요."

"좋아요, 톰."

그로간 씨가 말하고는 사무실에서 나갔다.

길거리에서는 젊은 남자가 3, 4분 동안 사무실 안을 들여다보면서 몇 차례 오락가락 지나쳤다. 마침내 그는 안으로 들어와서 카운터 앞에 섰다. 스팽글러는 그를 보고 카운터로 갔다.

"안녕하세요?"

청년을 기억해내고 스팽글러가 말했다.

"난 당신이 벌써 오래전에 펜실베이니아의 고향으로 떠났으리라고 생각했는데요. 당신 어머니가 돈을 보냈군요. 그 돈을 갚으러 올 필요는 없었는데요."

"당신에게 돈을 갚으려고 찾아온 것이 아니오. 나는 돈을 더 가지러 다시 찾아왔소. 그 돈을 구걸하러 온 것도 아니오. 빼앗으려고 온 거요."

젊은이가 말했다.

"당신 왜 이래요?"

스팽글러가 말했다.

"이걸 보면 내가 왜 이러는지 알 거요."

젊은이가 말했다. 그는 저고리의 오른쪽 호주머니에서 권총을 꺼내 떨리는 손으로 치켜들었다. 아직도 약간 취한 상태였던 스팽글러는 이해가 가지 않았다.

"어서요. 이곳에 있는 돈을 모두 내놔요. 사람들은 걸핏하면 서로 죽이니까 나도 당신을 죽이는 것쯤은 아무렇지도 않소. 그리고 또 내가 죽더라도 상관없고. 나는 흥분해 있고 어떤 말썽도 원하지 않으니까 어서 돈을 몽땅 내놓으라구."

스팽글러는 현금 서랍을 열고는 몇 개로 나뉜 칸에서 돈을 꺼냈다. 그는 지폐와 동전 꾸러미 등을 청년 앞의 카운터에다 놓았다.

"어쨌든 난 당신에게 돈을 주겠어요."

스팽글러가 말했다.

"하지만 당신이 나한테 총을 겨누고 있기 때문은 아녜요. 난 당신이 돈을 필요로 하기 때문에 주는 거요. 여기 있어요. 있는 돈이라고는 이것이 전부예요. 이 돈을 받아가지고 기차를 타고는 고향으로 가요. 당신의 뿌리가 있는 곳으로 가라구요. 난 도둑이 들었다는 신고를 하지는 않겠어요. 돈은 내가 채워 넣을 테니까요. 그 돈은 75달러가량 될 거요."

그는 청년이 돈을 받기를 기다렸지만 청년은 그것을 건드리려고도 하지 않았다.

"진심으로 하는 말예요."

스팽글러가 말했다.

"돈을 가지고 가라니까요. 당신은 이 돈이 필요해요. 당신은 범죄자가 아니고, 회복이 불가능할 정도로 병든 사람도 아녜요. 어머님이 당신을 기다리고 계시죠. 이 돈은 어머니가 당신에게 주는 선물입니다. 당신은 이 돈을 가져도 도둑이 아닙니다. 그냥 돈을 받아요. 그리고 총은 치우고 고향으로 가요. 총을 치우고 나면 당신은 기분이 훨씬 좋아질 거예요."

젊은이는 권총을 도로 저고리 호주머니에 넣었다. 그는 권총을 들었던 손을 떨리는 입으로 가져갔다.

"난 밖으로 나가서 자살이라도 해야겠어요."

그가 말했다.

"바보 같은 소리 하지 말아요."

스팽글러가 말했다. 그는 돈을 주섬주섬 모아서 젊은이에게 내밀었다.

"자, 이거 받아요. 있는 돈이라고는 이게 전부니까요. 이걸 받아 가지고 고향으로 돌아가면 그만입니다. 원한다면 권총은 여기 나한테 맡겨두고 가도 되고요. 이건 당신 돈예요. 그래요, 당신 돈이죠. 비록 권총을 들이대고 얻은 것이라고 해도 이것은 당신 소유죠. 나도 똑같은 기분을 느꼈었기 때문에 당신이 어떤 기분인지를 알아요. 우리는 모두 똑같은 경험을 했어요. 무덤과 교도소는 운이 없어서 고생을 한 선량한 미국의 청년들로 가득합니다. 그들은 범죄자가 아녜요. 자."

그가 부드럽게 말했다.

"이 돈을 가지고 고향으로 가요."

젊은이가 호주머니에서 권총을 꺼내 카운터 위로 스팽글러에게 밀어주었고 스팽글러는 그것을 현금 서랍에 넣었다.

"난 당신이 누구인지 모르겠어요. 하지만 당신처럼 그런 식으로 나한테 얘기를 해준 사람은 여지껏 아무도 없었어요. 난 총도 필요 없고, 돈도 받지 않겠어요. 그리고 고향으로 돌아가겠어요. 나는 맨손으로 여기까지 굴러왔고, 돌아가는 것도 그런 식으로 돌아가겠어요."

그는 잠깐 기침을 한 다음에 말했다.

"난 우리 어머니가 어디서 30달러를 구했는지 알 수가 없어요. 난 어머니한테 돈 여유가 없다는 걸 잘 알아요. 난 술을 마시느라고 돈을 좀 써버렸어요. 도박도 좀 했고, 그리고 또……."

"이리 들어와서 앉아요."

스팽글러가 말했다. 잠시 후에 젊은이는 스팽글러의 책상 옆에 놓인 의자로 갔다. 스팽글러는 책상에 걸터앉았다.

"무슨 문제가 있나요?"

"나도 모르겠어요. 어쩌면 폐결핵인지도 모르겠어요. 잘 모르겠습니다. 폐결핵에 걸리지 않았다 하더라도 이런 식으로 살아왔으니 난 폐결핵에 걸려야 마땅할 거예요. 불평을 하고 싶지는 않아요. 불운을 많이 겪기는 했지만, 그것이 내 탓이라는 사실을 알고 있습니다. 이제 가겠어요. 대단히 감사합니다. 언젠가 당신을 기억하도록 하겠어요."

젊은이가 사무실에서 나가려고 몸을 돌렸다.

"잠깐 기다려요."

스팽글러가 말했다.

"앉아요. 마음의 여유를 가지고요. 당신은 이제 시간이 아주 많아졌잖아요. 더는 조급하게 굴 필요가 없어요. 이제부터는 약간 느굿하게 행동하라구요. 당신은 무엇에 흥미가 있나요?"

"모르겠어요. 난 어느 쪽으로 가야 할지, 목적한 곳에 다다르면 무엇을 해야 할지, 무엇을 믿어야 할지, 그 무엇도 알 수가 없습니다. 우리 아버지는 목사님이셨지만, 내가 세 살 때 돌아가셨어요. 난 어떻게 해야 할지 도대체 알 수가 없어요."

그는 스팽글러를 쳐다보았다.

"무엇을 해야 하나요?"

"해야 할 일이 따로 있는 건 아녜요. 무엇이라도 해야죠. 무엇을 하느냐 하는 것은 상관이 없어요. 선량하고 정직한 일이라면 무엇이나 다 좋아요."

"난 항상 초조하고 불만투성이예요. 왜 그런지 모르겠어요. 나에게는 그 무엇도 아무런 의미를 지니지 못해요. 난 사람들을 좋아하지 않습니다. 사람들을 가까이 하기가 싫어요. 난 그들을 믿지 않아요. 그들이 살아가는 방법이나 말투, 그들이 믿는 것들, 그리고 사람들이 서로 못살게 구는 것을 좋아하지 않아요."

"누구나 그런 기분이 들 때가 있게 마련이에요."

"나 자신을 이해하지 못한다는 그런 얘기가 아닙니다. 난 나를 이해하는 것 같아요. 나에게는 변명을 위한 구실이 없어요. 모든 책임이 나한테 있어요. 지금 나는 그냥 지치고 신물이 나고 역겨울 따름입니다. 아무것도 내 관심을 끌지 못해요. 온 세상이 미쳐버렸습니다. 난 내가 살고 싶은 그런 유형의 삶을 살 수가 없고, 다른 인생은 어떤 것도 살고 싶지 않아요. 내가 원하거나 필요로 하는 것은 돈이 아닙니다. 난 내가 일자리를 구할 능력이 있다는 사실을 알고 있어요. 특히 지금은 더욱 그렇습니다. 하지만 나는 일자리를 얻으면 내가 떠받들며 일해야 할 사람들을 싫어하게 돼요. 그들은 좋지 못한 인간들이죠. 그들에게 굽실거리기가 싫고, 어느 누구에게도 잔소리를 듣고 싶지 않습니다. 펜실베이니아 주의 요크에서는 몇 군데 직장에서 근무해보려고 노력했어요. 그러나 항상 싸움을 하고는 해고를 당했죠. 사흘이나 나흘, 일주일, 또는 일주일 반이 고작이었어요. 난 요크에서 육군에 입대하려고 그랬는데, 어디론가 가서 죽음을 당하는 편이 좋을지도 모른다는 생각이 들었기 때문이었죠. 만일 군대에서 그들이 나더러 이래라저래라 한다면 적어도 그것은 절반쯤이나마 고상한 무엇을 위해서였겠죠. 난 그것이 정말로 숭고한지 어떤지는 알지 못하지만, 적어도 사람들은 그렇게 얘기하잖아요. 군대에서는 나를 받아주지 않았어요. 신체 검사에서 떨어졌죠. 폐만 나쁜 것이 아니라, 다른 곳들도 문제였어요. 그러나 어디가 나쁜지 구태여 알아보려고도 하지 않았습니다."

젊은이가 다시 기침을 하기 시작했는데, 이번에는 기침이 거의 1분 동안이나 계속되었다. 스팽글러가 책상 서랍에서 작은 병을 꺼냈다.

"자, 이걸 마셔요."

"감사합니다."

젊은이가 말했다.

"난 술이 좀 지나치지만, 지금은 마셔야겠어요."

그는 한 모금 꿀꺽 삼킨 다음에 병을 다시 스팽글러에게 넘겨주며 "감사합니다"라고 다시 말했다.

스팽글러는 젊은이가 얘기를 계속할 수 있도록 부추겨야겠다고 작정했다.

"당신은 어떤 책들을 읽나요?"

"아, 닥치는 대로 다 읽어요. 적어도 집에서 지낼 때만큼은 그랬어요. 우리 아버지는 책이 굉장히 많았어요. 종교 서적뿐만 아니라, 훌륭한 작가들이 쓴 훌륭한 책들도 말예요. 내가 가장 좋아하던 작가는 윌리엄 블레이크(19세기 영국 시인)입니다. 아마 당신도 그 사람 작품을 알 거예요. 난 아버지가 가지고 계신 책을 모두 읽었는데, 어떤 책은 두세 번씩 읽었어요. 전에는 독서를 좋아했지만 지금은 그렇지 못해요. 요즈음엔 신문조차 거들떠보려고 하지 않아요. 난 뉴스를 너무나 잘 아니까요. 날마다 어딜 가나 부패와 살인이 판치고, 이 세상에는 그걸 해결할 만한 사람이 단 한 명도 없어요."

그는 두 손으로 머리를 받치고는 얼굴도 들지 않은 채로 나지막한 목소리로 말을 이었다.

"당신이 해준 것과 당신의 마음에 대해서 어떻게 감사를 드려야 할지 모르겠어요. 하지만 만일 당신이 두려워했거나 불친절했다면 내가 당신을 쏴 죽였으리라는 말은 꼭 해두고 싶어요. 세상의 모든 사람이 두려워하거나 불친절하죠. 내가 총을 들고 이곳으로 찾아온 이유가 돈을 위해서가 아니라는 사실을 나는 이제서야 깨닫게 되었습니다. 당신이 이해할지 어떨지는 모르겠습니다만, 내가 총을 들고 이곳으로 찾아왔던 것은 그냥 그 자체를 위해서, 다른 목적 없이 그냥 지금까지 이 세상에서 내가 알게 된 사람 중 유일하게 다른 인간을 점잖게 대해준 사람인 당신이 정말로 본성까지도 그런지를 확실히 확인해보고 싶어서였습니다. 나는 혹시 그게 우발적인 일이 아니었을까 하는 것을 알아보기 위해 찾아왔습니다. 나는 어느 누구라도 정말로 훌륭한 인간이리라고는 믿을 수가 없었는데, 그 까닭은 그런 인간이 존재한다면 모든 일과 모든 사람에 대한 내 감정, 그러니까 인류는 부패하고 희망이 없으며, 세상에는 다른 사람의 존경을 받을 만한 인간이 단 한 명도 없다고 오래전부터 내가 믿어왔던 것이 진실이 아님을 보여주기 때문이었어요. 오래전부터 나는 잘난 체하는 사람들뿐만 아니라 초라한 사람들에 대해서도 경멸을 느껴왔는데, 그러다가 갑자기 고향에서 수천 킬로미터 떨어진 어느 낯선 도시에서 훌륭한 인간을 만난 것입니다. 그것이 내 마음에 걸렸어요. 그것이 오랫동안 내 마음을 뒤숭숭하게 했습니다. 그리고 믿을 수가 없었어요. 나는 알아봐야만 했습니다. 그리고 그것이 진실이기를 바랐어요. '나 자신이 부패하지 않기 위해서, 내가 믿고 살아갈 수 있기 위해서 썩어빠지지 않은 인간을 한 명이라도 찾아내자'라고 오래전부터 다짐해왔었기 때문에 그것을 믿고 싶었어요. 우리가 처음 만났을 때만 해도 자신이 없었지만, 지금은 확신이 섰습니다. 난 당신에게서 더는 원하는 바가 없어요. 당신은 내가 원하는 모든 것을 나한테 주었으니까요. 당신은 더는 나에게 아무것도 줄 것이 없습니다. 당신도 이해하리라는 걸 난 알아요. 내가 자리에서 일어나면 그것은 작별 인사를 하기 위해서입니다. 당신은 나 때문에 걱정할 필요가 없어요. 나는 내가 마땅히 가서 살아야 할 고향으로 돌아갑니다. 나는 이 병 때문에 죽지는 않을 거예요. 나는 살 겁니다. 그리고 이제 나는 어떻게 살아가야 할지를 알게 되었어요."

젊은이는 잠깐 동안 머리를 들지 않았다. 그러더니 그는 천천히 몸을 일으켜서 스팽글러를 쳐다보았다.

"대단히 감사합니다."

스팽글러는 사무실에서 걸어나가는 그의 뒷모습을 지켜보았다. 그는 현금 서랍으로 가서 돈을 있던 자리에 도로 넣었다. 그는 젊은이의 권총을 집어 탄창을 뽑았다. 권총을 다시 서랍에 넣고는 실탄을 저고리 호주머니에 넣었다. 그러고 나서 날마다 친 전보들을 꾸러미로 묶어두는 철제 선반이 있는 곳으로 갔다. 한 꾸러미 속에서 그는 청년이 그의 어머니에게 보낸 전보를 찾아냈다. 그는 새 전보 용지를 한 장 꺼내 전문을 적어 내려가기 시작했다.

펜실베이니아 주 요크

비들 거리 1874

마거리트 스트릭맨 부인

어머니, 돈 잘 받았습니다. 곧 집으로 돌아가겠어요. 모든 일이 잘되었습니다.

그는 전보 내용을 읽어본 다음에 '잘되었습니다'를 '순조롭습니다'로 고쳤다. 그런 다음에 잠깐 젊은이를 생각해보고 '사랑합니다. 존'이라는 말을 덧붙였다.

그는 전신 탁자가 있는 그로간 씨의 자리로 가서 전신 기사를 호출했다. 잠시 후에 그의 호출에 응답이 나왔고, 스팽글러는 전문을 타전한 다음에 상대편 전신 기사와 얘기를 나누고는 웃음을 지은 채 지또또 지또또 소리에 귀를 기울이고 난 뒤 응답을 했다. 다 끝난 다음에 그는 자리에서 일어나 자기 책상으로 갔다.

그로간 씨가 들어와서 젊은이가 앉았던 의자에 앉았다.

"이제 기분이 어때요?"

스팽글러가 물었다.

"물론 좋아졌죠."

그로간 씨가 말했다.

"술을 두 잔이나 마셨어요, 톰. 난 병사들이 노래하는 걸 들었어요. 그들은 자동 피아노하고, 그들이 여지껏 한 번도 들어보지 못한 옛날 노래들을 좋아했어요."

"당신은 나를 사랑하시죠, 안 그래요?"

스팽글러가 말했다.

"그 여자는 늘 그 소리만 하는데, 바로 그런 투로 말을 하죠. 아마 난 그 여자하고 결혼할 것 같아요."

스팽글러는 다이애나 스티드의 꿈을 잠깐 중단하고 나이 많은 그의 친구의 얼굴을 찬찬히 뜯어보았다.

"옛날 노래들은 괜찮아요."

"톰, 데이븐포트 영감이 늘 부르던 그 민요들 기억나죠?"

그로간 씨가 물었다.

"그럼요. 이 전신국 사무실이 이곳에 존재하는 한, 그 노래들은 내 귓전에 울릴 테니까요. 난 지금도 그 노래가 귓가에 들려요. 하지만 옛날 민요뿐만이 아니었어요. 교회에서 부르는 노래들도 있었죠. 일요일마다 데이븐포트 영감님이 부르던 교회의 노래들을 잊지 마시라구요."

 "난 그 노래들을 잊지 않았어요. 모조리 기억해요. 물론 그는 겉으로는 무신론자인 체하곤 했지만, 일요일이면 하루 종일 찬송가를 불러댔죠. 담배를 씹고, 전보를 보내고 노래를 부르고 담뱃진을 타구에다 타악 뱉어가면서 말예요. 아침에 일어나기만 하면 그는 우선 '어서 오라, 즐거운 아침이여, 거룩한 휴식의 날이여'에서 시작했어요. 그는 대단한 사람이었어요, 톰. 그런 다음에 그는 '오늘은 광명의 날이니 오늘은 빛이 있을지어다'를 큰 소리로 노래하곤 했죠."

 "나도 기억이 나는군요."

 스팽글러가 말했다.

 "그런 다음에 그는 '주님이시여, 아침과 밤을 다스리는 하나님이시여, 당신이 주신 빛의 선물을 우리는 감사드리나이다'를 노래했어요. 대단한 비신자(非信者)였으며, 무엇보다도 빛과 삶을 사랑했어요. 하루가 다 가면 그는 의자에서 천천히 몸을 일으켜 기지개를 켠 다음에 아주 나지막한 목소리로 '이제 하루가 다 가고 밤이 가까이 오도다'라고 노래했어요. 그는 멋진 옛날 노래를 모조리 알고 있었으며 그 모든 노래를 사랑했어요. 그는 무신론자로서 조롱하는 체하면서 이렇게 소리를 질렀어요. '구세주여, 저녁의 축복을 내리소서, 우리의 영혼이 눈을 감고 휴식을 취하기 전에. 우리는 죄와 궁핍함을 고해하러 왔으니, 당신은 구원하고 아물게 하는 힘이 있나이다.'"

 전신 기사가 입을 다물고는 오래전에 죽은 옛 친구를 회상했다.

"진리였어요, 톰. 그가 노래한 것은 진리였어요."

전신 국장은 나이 많은 친구에게 웃음 짓고 어깨를 두드려준 다음에 불을 끄고 돌아서면서 사무실 문을 닫았다.

23. 악몽

 호머 매콜리는 마침내 잠자리에 들어 몸을 뒤척였다. 그는 200미터 저장애물 경주에서 달리는 꿈을 꾸었는데, 장애물에 다다를 때마다 바이필드가 기다리다가 그를 붙잡았다. 그래도 그는 장애물을 뛰어넘었고, 그들은 함께 쓰러졌다. 장애물마다 바이필드가 있었다. 결국 호머는 다리의 상처가 너무나 아팠기 때문에 달리려고 할 때마다 쓰러지곤 했다. 그는 몸을 일으켜 바이필드의 입을 후려갈겼다. 그는 바이필드에게 소리쳤다.
 "당신은 나를 붙잡을 수 없어요! 당신은 낮은 장애물이거나 높은 장애물이거나, 어떤 장애물로도 절대로 나를 막지 못해요!"
 호머는 다시 달리기 시작했고, 처음에는 절름거리다가 곧잘 뛰게 되었다. 그러나 다음 장애물이 무자비하게 높았다. 25미터는 되었을 것이다. 그리고 캘리포니아 주 이타카에서 가장 위대한 인물일지도 모르는 호머 매콜리가 완벽한 자세로 장애물을 뛰어넘었다.
 다음에 꿈속에서 그는 제복 차림으로 자전거를 타고 좁다란 거리를 빠른 속도로 내려갔다. 갑자기 바이필드가 앞에 나타나더니 길을 가로막았다. 하지만 호머는 아까보다도 빠른 속도로 밀고 나갔다.

"내가 그랬잖아요. 나를 막을 수는 없다고요!"

호머가 손잡이를 들어올리자 자전거가 하늘로 솟아오르기 시작했다. 자전거는 바이필드의 머리 위로 곧장 날아 넘어가서 다른 쪽으로 가볍게 내려갔다. 하지만 자전거가 길에 내려앉는 순간에 바이필드가 다시 앞을 가로막고 나타났다! 또다시 자전거가 공중으로 떠올라 바이필드 머리 위로 날아갔다. 하지만 이번에는 자전거가 그대로 떠 있으며 바이필드의 머리 위 6미터쯤 되는 높이에 그냥 머물렀다. 놀라고 비위가 상한 바이필드가 길거리에 서 있었다.

"그러면 못써!" 그가 소리쳤다. "넌 중력의 법칙을 깨뜨리고 있어."

"중력의 법칙 따위를 내가 알게 뭐예요?"

길거리에 서 있는 남자에게 호머가 소리쳤다.

"평균치의 법칙이나 수요와 공급의 법칙이나 다른 무슨 법칙이거나 간에 내가 알게 뭐예요? 당신은 나를 막을 수가 없어요! 버러지 같은 존재, 썩어버리거나 죽어버리거나, 난 당신 같은 인간 때문에 시간을 지체할 수가 없어요."

더는 열등할 수 없을 정도로 열등하고 추악한 인간을 길거리에 혼자 남겨두고 배달원은 자전거를 타고 공중을 날아갔다.

이제 호머는 시커먼 구름들 사이로 높이 떠서 날아갔다. 자전거를 타고 하늘을 날아가며 배달원은 그의 제복과 아주 비슷한 배달원 제복을 입고 자전거를 타고 가는 다른 사람을 보았다. 검은 구름을 뚫고 나온 그는 호머보다 훨씬 빠른 속도로 날아갔다. 이상하게도 두 번째 배달원은 호머 자신인 듯싶었지만 동시에 호머가 두려워하는 어떤 사람인 것 같기도 했다. 호머는 그가 정말로 누구인지를 알아내기 위해서 두 번째 배달원을 뒤쫓아갔다.

상당히 먼 거리를 달린 다음에야 호머는 그를 따라잡기 시작했다. 갑자기 다른 배달원이 얼굴을 돌렸는데, 호머는 배달원이 자기하고 똑같은 모습이어서 놀랐다. 동시에 그 배달원(messenger)이 죽음의 사자(使者, messenger)라는 분명한 사실을 그의 모습에서가 아니라 느낌으로 깨달았다. 그들은 빠른 속도로 자전거를 타고 이타카로 달려오는 중이었다. 호머는 더욱 빠른 속도로 죽음의 사자를 뒤따라 달려왔다. 저 멀리 아래쪽에서 시내의 외로운 불빛과 외로운 길거리와 집들이 보였다. 호머는 다른 배달원을 보기 좋게 따돌리고 이타카에 접근하지 못하도록 막을 작정이었다. 그보다 중요한 일은 이 세상에 없었다.

두 사람은 어떤 종류의 술책도 부리지 않고 열심히, 그리고 점잖게 경기를 벌였다. 이제 두 사람 다 기운이 빠져갔지만 호머는 마침내 다른 배달원과 나란히 달리며 그를 이타카로부터 멀리 방향을 돌리게 했다. 그러자 갑자기 폭발적으로 속력을 내어 다른 배달원이 떨어져 나가더니 그 작은 도시를 향해 방향을 되돌렸다. 호머는 자신에 대해서 심한 실망을 느꼈다. 그러나 있는 힘을 다해서 여전히 경기를 벌이며 자기를 멀리 뒤로 남겨두고 이타카를 향해 앞서 달려가는 다른 배달원을 지켜보았다. 이제 호머는 더는 달릴 수가 없었다. 죽음의 사자를 쫓아갈 기운이 전혀 남아 있지 않았다. 소년은 자전거를 탄 채로 쓰러질 지경이 되었다. 자전거가 떨어지기 시작했고, 호머는 다른 배달원에게 소리를 질러댔다.
 "이타카로 가지 말아요! 그들을 그냥 내버려둬요!"
 소년은 심한 슬픔에 빠져 흐느껴 울었다.
 산타클라라 거리의 집에서 꿈을 꾸는 소년의 어린 동생인 율리시스는 호머의 옆에 서서 귀를 기울였다. 그는 컴컴한 집안을 가로질러 어머니의 침대로 가서 그녀를 흔들었다. 어머니가 일어나 앉자 그는 어머니의 손을 잡았고, 그들은 아무 말도 없이 호머의 침대로 갔다. 매콜리 부인은 아들의 잠꼬대를 잠깐 들어본 다음에 율리시스를 잠자리에 다시 눕히고는 이부자리를 여미어주었다. 그러고는 흐느껴 우는 소년의 곁에 앉았다. 그녀는 아주 나지막한 목소리로 아들한테 얘기를 했다.
 "이제 진정하거라, 호머. 마음을 놓으라구. 너는 아주 지쳤어. 너는 휴식을 취해야 한단다. 어서 자야지. 마음 푹 놓고 자거라."
 배달원은 흐느낌을 그치기 시작했고, 얼마 안 있다가 고뇌에 찬 표정이 사라졌다.
 "어서 자라. 편안하게 자거라."
 어머니가 말했다.
 소년은 잠을 자기 시작했다. 어머니가 막내 아들을 넘겨다 보았더니 율리시스도 이제는 잠이 들었다. 그녀는 방의 한쪽 구석에서 웃으며 지켜보고 서 있는 매튜 매콜리의 모습이 보이는 것 같았다. 그녀는 조용히 몸을 일으켜 자명종을 집어들고는 그녀의 방으로 돌아갔다.
 배달원의 잠은 시커먼 공포의 나라에서 빛과 평화의 나라로 옮겨갔다. 이렇듯 새로운 잠 속에서 호머 매콜리는 개울가의 어느 무화과나무 밑에 누워 있는 자신의 모습을 보았다.

"여기는 유유하게 흐르는 개울가에서 내가 무화과나무를 보았던 리버뷰 바로 그곳인 모양이야. 다른 모든 것을 웃게 만드는, 그런 웃음으로 타오르던 태양 밑이었지."

그는 혼잣말을 했다.

"나는 이곳을 기억해. 때는 작년 여름이었고, 마커스와 나는 수영을 하러 이곳으로 왔었지. 우리는 헤엄을 친 다음에 강둑에 앉아 세상에 나가면 무슨 일을 해야 할지를 얘기했어."

그리고 이제 그가 도달한 곳의 쾌적함과 추억이 제공하는 따스함을 느끼면서 그는 편안하게 나무 밑 풀밭에 길게 누웠다. 그러고는 그가 잠들었다는 사실을 완전히 망각했다.

그는 마커스와 같이 놀던 그 여름날 입었던 낡은 옷차림 그대로였다. 그는 앞쪽의 푹신한 흙에 꽂힌 낚싯대를 보았지만 그것은 그 여름날의 것이 아니었고, 오래고도 오래된 옛날의 것이었다. 그러자 풀잎과 나뭇가지가 있는 황야 저 멀리 호머처럼 맨발에 수수한 깅엄(줄무늬 또는 바둑판 무늬가 있는 면포) 드레스 차림으로 그를 향해 좁다란 오솔길을 따라 걸어오고 있는 아름다운 헬렌 엘리엇의 모습이 눈에 띄었다.

"저건 헬렌 엘리엇이야. 내가 사랑하는 소녀라구."

호머가 혼잣말을 했다.

그는 미소를 지으며 몸을 일으켜 앉아서 걸어오는 그녀를 지켜보았다. 그러더니 그는 일어나서 그녀에게로 인사를 하러 갔다. 아무 말도 없이 사뭇 엄숙한 태도를 보이며 호머는 소녀의 손을 잡았고, 그들은 나란히 무화과나무가 있는 쪽으로 걸어갔다. 그곳으로 간 그는 셔츠와 바지를 벗고 포근한 물로 뛰어들었다. 소녀는 수풀 뒤로 가더니 옷을 벗었다. 호머는 강둑으로 나와서 잠깐 서 있다가 물로 뛰어드는 그녀를 지켜보았다. 그들은 부드럽게 흐르는 물속에서 헤엄쳐 돌아다녔고, 그러다가 함께 개울에서 나와 햇빛을 받으며 나란히 모래밭에 누워 잠이 들었다.

24. 살구나무

율리시스 매콜리는 아주 일찍 일어나서 동이 터오는 아침 햇살 속에서 깡충거리며, 암소 한 마리를 기르는 사람의 집 마당으로 갔다. 마당에 이르자 소가 보였다. 어린 소년은 멈춰 서서 한참 동안 소를 구경했다. 마침내 암소의 주인인 남자가 작은 집에서 나왔다. 그는 물통과 동글의자를 들고 있었다. 남자는 곧장 암소에게로 가서 젖을 짜기 시작했다. 율리시스는 가까이 다가가서 그 남자의 바로 뒤에 섰다. 그래도 아직 잘 보이지 않았기 때문에 율리시스는 거의 암소 밑까지 들어가 무릎을 꿇고 앉았다. 남자가 소년을 보았지만 아무 말도 하지 않았다. 그는 그냥 계속해서 젖만 짰다. 하지만 암소는 머리를 돌려 율리시스를 쳐다보았다. 율리시스가 암소를 마주 바라보았다. 소는 소년이 그토록 가까이 있다는 사실이 마음에 들지 않는 듯싶었다. 율리시스는 소의 밑에서 나와 가까운 곳으로 물러서서 구경했다. 암소 역시 율리시스를 구경했으므로, 어린 소년은 그들이 친구가 될 수도 있으리라고 생각했다.

집으로 가는 길에 율리시스는 걸음을 멈추고 헛간을 짓고 있는 남자를 구경했다. 남자는 신경이 곤두서 있었고, 초조해했으며 짜증을 부렸다. 그는 그런 일을 맡아서는 절대로 안 될 사람이었다. 그가 온갖 실수를 저질러가며 화를 내면서 낑낑거리는 동안 율리시스는 그를 구경하며 이해하려고 애썼지만, 결국 이해하지 못했다.

산타클라라 거리로 돌아간 율리시스는 때마침 아레나 씨가 자전거를 타고 일하러 가는 것을 볼 수가 있었다. 메리 아레나가 포치에서 아버지에게 손을 흔들어준 다음에 다시 집으로 들어갔다.

이타카에 토요일 아침이 왔다. 별로 멀리 떨어지지 않은 어느 집에서 여덟이나 아홉 살쯤 되는 사내아이가 나왔다. 율리시스가 손을 흔들자 소년도 마주 손을 흔들었다. 이 소년은 동네에서 바보라고 소문이 난 라이오넬 캐보트였는데, 정직하고 마음이 넓고 성격이 온순한 보기 드문 아이였다. 잠시 후에 라이오넬은 율리시스를 다시 한번 흘끗 쳐다보았고 달리 할 일도 없고 해서인지 다시 손을 흔들었다. 율리시스가 마주 손을 흔들었다. 이렇게 계속해서 손을 흔들어대는 사이에, 아라의 잡화상 옆집에 사는 오거스트 고틀리브가 밖으로 나왔다.

호머 매콜리가 열두 살 때 그 자리에서 물러난 이후로 오기는 이웃 아이들 사이에서 두목 노릇을 했다. 새로운 지도자가 추종자들을 둘러보았다. 그는 라이오넬은 너무 우둔하고 율리시스는 너무 어리다고 거들떠보지도 않는 터였지만, 그래도 그들에게 인사 삼아서 손을 흔들어주었다.

그러더니 그는 길 한가운데로 나가서 신문팔이 스타일로 휘파람을 불었다. 그 힘찬 휘파람은 권위를 내세우고, 명령하는 듯하고, 절대적인 결정권을 과시하는 휘파람이었다. 오기는 자기가 어떤 행동을 하고 있으며 그 결과가 무엇인지를 환히 잘 아는 사람답게 자신만만한 태도로 기다렸다. 곧 창문들이 열리고 휘파람으로 응답하는 소리가 들려왔다. 잠시 후에 소년들이 길모퉁이로 달려나왔다. 3분도 채 안 되어서 두목 오기 고틀리브, 닉키 팔루타, 알프 라이프, 그리고 셰그 마누기안 등 그들 일당이 다 집합했다.

"우리 어디 가는 거야?"

닉키가 물었다.

"살구가 다 익었는지 보려고 헨더슨 씨 댁으로 가지."

"나도 가도 돼?"

라이오넬이 물었다.

"좋아, 라이오넬. 만일 살구가 익었다면 너도 좀 훔치겠어?"

"훔치는 건 나쁜 짓이야."

라이오넬이 말했다.

"살구는 그렇지 않아."

엄격하게 구별하면서 오기가 말했다.

"율리시스, 넌 집으로 가. 어린아이들은 이런 일에 끼면 안 되니까. 위험하거든."

율리시스는 세 발자국 물러나더니 멈춰 서서 구경했다. 그는 오기의 명령 때문에 기분이 나쁘거나 속이 상하지는 않았다. 그는 율법을 이해했다. 그는 아직 나이를 먹을 만큼 먹지 못했을 뿐이고, 그것이 전부였다. 하지만 율법을 존중하면서도 여전히 일당과 같이 어울리고 싶은 마음만큼은 어쩔 수가 없었다.

소년들은 헨더슨 씨 집으로 출발했다. 큰길이나 보도로 가는 대신에 그들은 뒷골목을 택하고, 공터를 지나고, 울타리를 넘었다. 그들은 어려운 방법으로 모험을 해가면서 목적지에 다다르고 싶었다. 율리시스는 안전한 거리를 지키면서 별로 멀리 떨어지지 않은 채 뒤따라갔다.

"세상에서 잘 익은 살구처럼 맛 좋은 과일은 또 없어."

오기가 부하들에게 말했다.

"살구가 3월에 영그나?"

닉키 팔루타가 물었다.

"지금은 4월이 거의 다 되었어. 햇빛만 많이 받으면 만물 살구는 금방 영글어."

오기가 말했다.

"하지만 요즈음에는 비가 왔잖아."

알프 라이프가 말했다.

"살구의 달콤한 물이 어디서 생기는 줄 아니? 빗물에서 생기지. 살구에는 비가 햇빛만큼이나 중요해."

오기가 말했다.

"낮에는 햇빛, 밤에는 빗물. 따스하게 덥혔다가 물을 주고. 난 잘 익은 살구가 나무에 잔뜩 달렸으리라고 생각해."

셰그 마누기안이 말했다.

"그래, 나도 그랬으면 좋겠어."

알프 라이프가 말했다.

"살구가 영글기에는 너무 일러. 작년에는 6월이 되어서야 영글었어."

닉키 팔루타가 말했다.

"그건 작년 얘기지. 지금은 금년이야."

오기가 말했다.

100미터쯤 떨어진 곳에서 소년들이 걸음을 멈추고는, 온통 푸르르고 아름다우며 매우 나이가 많고 우람하기로 유명한 살구나무를 감탄하며 쳐다보았다. 나무는 헨더슨 씨 집 뒷마당 한쪽 구석에 서 있었다. 10년 동안이나 동네 아이들은 헨더슨 노인의 나무에서 살구를 몰래 따 먹었다. 매년 봄이 되면 무너져가는 낡은 집에서 헨더슨 씨는 그들이 오는 모습을 지켜보고 기뻐하며 흐뭇해했고, 항상 마지막 순간에 나타나서 혼을 내며 그들을 쫓아버림으로써 소년들을 만족시켰다. 지금 그는 집 안에서 커튼을 드리운 창가에 앉아 읽고 있던 책에서 눈을 들었다.

"흠, 저 녀석들 좀 보라지!"

그는 혼잣말을 했다.

"한겨울이나 마찬가지인 3월에 살구를 몰래 따 먹으러 오다니."

그는 다시 소년들을 내다보면서 그들 가운데 한 아이에게 얘기하듯 속삭였다.

"늙은이 헨더슨의 나무에서 몰래 살구를 따 먹으러 오다니. 이 녀석들 몰려오는 꼴 좀 봐. 이제는 살금살금. 하하하."

그가 웃었다.

"저 녀석들을 보라구! 그리고 저 꼬마 녀석을 봐. 보아하니 기껏해야 네 살쯤 되었겠구만. 처음 보는 아이인걸. 어서 오너라, 얘들아. 멋지고 늙은 나무한테로 오거라. 너희가 몰래 따 먹을 수 있도록 내가 살구를 영글게 할 수만 있다면야 그렇게 할 텐데……."

그는 오기가 지시를 내리고 방향을 가르쳐주고 공격을 지휘하는 동안 소년들을 지켜보았다. 소년들은 희망과 두려움이 마음속에서 뒤엉키는 가운데, 조심스럽게 나무를 에워쌌다. 비록 살구들이 시퍼렇기는 해도 그것들은 헨더슨 씨의 나무에 달렸으며 노인의 소유였다. 따라서 그들이 살구를 몰래 따 먹으러 온다는 것은 살구가 영글었을 때와 마찬가지였고, 따라서 그들은 살구가 영글었기를 바랐다. 하지만 그들은 두렵기도 했다. 헨더슨 씨가 두려웠고, 죄를 짓는다는 것과 붙잡혀서 벌을 받을 것이 두려웠으며, 살구가 아직 영글지 않았을까 봐 걱정이었다.

"어쩌면 영감님은 집에 없을지도 몰라."

소년들이 거의 나무에 다다르자 닉키 팔루타가 속삭였다.

"영감님은 집에 있어. 항상 집에 있으니까. 숨어 있으니까 눈에 안 띨 뿐이야. 함정이라구. 영감님이 우리를 붙잡으려고 그래. 모두들 조심해. 영감님이 어디 있는지 알 수가 없어. 율리시스, 넌 집으로 가라니까."

오기가 말했다.

율리시스는 얌전히 세 발자국 뒤로 물러서서 멋진 나무와의 멋진 대결을 구경했다.

"살구가 익었나? 빛깔이 어때, 오기?"

셰그가 물었다.

"시퍼렇기만 한걸."

오기가 말했다.

"그건 잎사귀들이야. 살구들은 그 밑에 있어. 모두 이제는 침착하라구. 라이오넬은 어디 있지?"

"나 여기 있어."

라이오넬이 속삭였다. 그는 굉장히 겁을 냈다.

"좋아. 마음을 단단히 먹어야 해. 혹시 헨더슨 노인이 눈에 띄면 달아나라구!"

오기가 말했다.

"영감님은 어디 있는데?"

마치 헨더슨이 눈에 보이지 않는 인간이거나 몸집이 토끼만큼밖에 안 되어 갑자기 풀밭에서 뛰어나오기라도 할 것 같은 표정으로 라이오넬이 말했다.

"영감님이 어디 있냐니 그게 무슨 소리야? 보나마나 집 안에 있겠지. 하지만 헨더슨 노인은 통 알 수가 없는 사람이지. 우리를 덮치려고 바깥 어딘가에 숨어 있는지도 모르고."

"네가 나무에 올라갈 거니?"

알프 라이프가 말했다.

"나 아니고 누가 올라가겠어? 하지만 우선 살구가 익었는지부터 알아봐야지."

오기가 말했다.

"영글었거나 시퍼렇거나 간에 적어도 몇 개는 몰래 따 가자, 오기."

셰그 마누기안이 말했다.

"걱정하지 마. 따 가지고 갈 테니까. 영글기만 했다면 잔뜩 딸 거야."

"너 내일 일요학교에 가서 뭐라고 하겠니?"

라이오넬이 말했다.

"살구를 훔친다는 것은 성경에서 얘기하는 그런 도둑질하고 같은 게 아니라구. 이건 달라."

"그런데 왜 무서워하니?"

"누가 무서워해? 우린 조심하기만 하면 그만이야. 도망칠 수만 있다면 붙잡히는 것쯤 무슨 걱정이야?"

"내 눈에는 영근 살구가 하나도 안 보이는데."

라이오넬이 말했다.

"나무는 보이겠지, 안 그래?"

오기가 말했다.

"나무야 보이지. 하지만 온통 시퍼렇기만 한 커다란 나무, 그게 전부야. 하기야 아름다운 나무이기는 하지만, 오기."

이제 그들은 거의 나무 밑에 이르렀다. 별로 떨어지지 않은 곳에서 율리시스가 따라왔다. 그는 전혀 두렵지 않았다. 그는 전혀 이해가 가지 않았지만 이 나무와 살구에 관한 그 무엇이 틀림없이 아주 중요한 사건이라는 것만은 알았다. 소년들은 곱고 어린 잎사귀가 푸르른, 늙은 살구나무의 가지들을 살펴보았다. 살구는 모두 아주 작고, 아주 시퍼렇고, 겉으로 보기에도 아주 딱딱했다.

"아직 영글지 않았어."

알프 라이프가 말했다.

"그래."

오기가 시인했다.

"보아하니 이틀쯤 더 기다려야겠어. 아마 다음 토요일이면 될 것 같아."

"다음 토요일이라면…… 그래."

셰그가 말했다.

"하지만 달리기는 많이 달렸어."

오기가 말했다.

"빈 손으로 돌아갈 수는 없잖아. 영글었거나 시퍼렇거나 간에 우린 적어도 한 개, 어쨌든 한 개라도 따 가지고 가야 해."

셰그가 말했다.

"알았어. 내가 따지. 자, 너희는 도망칠 준비나 하라구."

오기가 말했다. 오기가 나무로 달려가서 낮은 가지에 매달려 올라가는 사이에, 아이들과 헨더슨과 율리시스는 매혹되고 놀라고 감탄하는 표정으로 그를 지켜보았다. 그러자 헨더슨 씨가 집 뒤쪽의 포치 계단으로 나왔다. 소년들은 모두 놀란 피라미 떼처럼 사방으로 도망쳤다.

"오기! 헨더슨이다!"

셰그 마누기안이 소리쳤다.

겁에 질린 밀림의 오랑우탄처럼 오기는 나무에서 몸을 굴려 나뭇가지에 매달렸다가 땅으로 떨어졌다. 그는 발이 땅에 닿기도 전에 벌써 달리다시피 했지만 율리시스가 눈에 띄자 갑자기 멈춰 서며 소리쳤다.

"도망쳐, 율리시스! 도망쳐, 도망치라구!"

하지만 율리시스는 꼼짝도 하지 않았다. 그는 무슨 일이 벌어지는지 영문을 몰랐다. 오기는 어린 소년에게로 서둘러 돌아가서 헨더슨이 지켜보는 동안 그를 번쩍 들고는 도망쳤다. 모든 소년들이 도망치고 다시 잠잠해진 다음에 노인은 웃음을 짓고 나무를 올려다보았다. 그러더니 그는 돌아서서 다시 집으로 들어갔다.

25. 아라 아저씨

헨더슨 노인에게서 도망친 오거스트 고틀리브의 비밀 결사 대원들은 아라의 상점 앞에 한 사람씩 모여 그들의 두목이 도착하기를 기다렸다. 충성스러운 부하들은 마침내 율리시스 매콜리의 손을 잡고 골목을 돌아 나타나는 위대한 지도자를 보았다. 결사 대원들은 곧 그들과 어울리게 될 지도자가 도착하기를 조용히 기다렸다. 부하들은 저마다 두목의 얼굴을 살펴보았고, 그러더니 알프 라이프라는 부하가 입을 열었다.

"살구는 따 왔어, 오기?"

두목은 믿음이 부족한 이 부하를 쳐다보고 말했다.

"그런 질문은 할 필요도 없어. 내가 나무에 올라가는 걸 봤잖아. 내가 살구를 땄다는 건 알 텐데."

그러자 모든 대원들이 한꺼번에 떠들어댔다(그러니까 진짜 대원이라고는 간주할 수가 없었던 라이오넬을 제외한 모든 대원 말이다). 그들은 무척 감탄하며 말했다.

"어디 보여줘, 오기. 살구 좀 보여줘."

어린 소년 율리시스는 그들의 관심을 끄는 미지의 가치들에 대해서 아직도 완전히 확실한 인식을 갖추지 못했지만, 그래도 그 가치들이 무엇이거나 간에 틀림없이 이 세상의 다른 어떤 것보다도, 적어도 어쨌든 그 순간에만은 훨씬 더 중요하다고 믿으며 모든 일을 지켜보았다.

"네가 훔친 살구 좀 보여줘, 오기. 어서 보여달라구."

결사 대원들이 다시 말했다.

오거스트 고틀리브는 작업복 호주머니로 말없이 손을 넣었다가 주먹을 꼭 쥐어 꺼내서 앞으로 내밀었다. 부하들이 주위로 모여들어 주먹을 빤히 쳐다보았다. 모두가 완전히 조용해지고 존경스러운 태도를 보이게 된 다음에 오거스트 고틀리브가 주먹을 폈다.

그의 손바닥에는 메추리알만 한 크기의 작고 푸른 살구가 놓여 있었다.

위대한 종교적인 지도자의 추종자들은 그의 손바닥에 놓인 기적 같은 물건을 보고 웃음을 지었다. 비록 그들의 종교를 섬기는 진실한 신자는 아니었어도 그들 가운데 가장 착했던 라이오넬은, 율리시스도 그 작고 푸른 물건을 볼 수 있도록 그를 들어 올려주었다. 푸른 살구를 보자 율리시스는 몸을 꿈틀거려 땅으로 내려서더니 집으로 달려갔는데, 그것은 실망했기 때문이 아니라 어서 누구에게 그 얘기를 해주고 싶어서였다.

그러자 7년 전 캘리포니아 주의 이타카에서 이 동네에다 '아라의 잡화상'이라는 상점을 세운 아라가 그의 가게에서 걸어나왔. 그는 키가 크고 얼굴이 홀쭉했으며, 우울하면서도 익살스러운 남자였다. 그는 수수한 양복 위에다 식료품 가게 주인답게 하얀 앞치마를 두르고 있었다.

그는 상점의 작은 포치에 잠시 서서 새로운 메시아와 그의 제자들을 내려다보면서 '거룩한 분'을 흠모하며 기뻐하는 그들의 얘기를 들었다.

"오기, 너! 셰그, 너! 닉키! 알포〔알프의 애칭〕, 너! 라이오넬, 너! 너희 여기서 뭐 하는 거야? 워싱턴 미합중국 국회 소집되었어? 이 중요한 회담 어디 다른 곳에 가서 열면 못 쓰냐? 여기는 시장이지 국회 아냐."〔라는 영어가 아주 서투르다〕

"아, 알겠어요, 아라 아저씨. 우린 길 건너 공터로 가겠어요. 아저씨, 살구 보여드릴까요?"

오거스트 고틀리브가 말했다.

"너 살구 있어? 너 살구 어디서 났는데?"

식료품 가게 주인이 말했다.

"나무에서 땄죠. 보실래요?"

"지금 살구 때가 아냐. 두 달 더 지나야 살구가 나와. 5월 달 때 돼야지."

"이건 3월에 나는 살구예요."

요란한 탁발승〔whirling dervish, 모슬렘의 한 종파로서 황홀경에 빠져 소리를 지르고 빙글빙글 돌고 춤추는 예배 형식이 특징이다〕들의 지도자가 상점 주인에게 말했다. 또다시 그는 주먹을 펴서 작고 단단하고 푸른 물건을 보여주었다.

"이걸 보세요, 아라 아저씨."

오기가 말하고는 잠깐 침묵을 지켰다.

"예쁘죠?"

"좋아, 좋아."

아라 씨가 말했다.

"예쁘다. 아주 훌륭한 살구다. 자, 워싱턴 미합중국 국회 모임은 어디 다른 곳 가서 열어. 오늘 토요일이야. 시장은 장사하기 위해서 문 열어. 아침부터 작은 가게 앞 몰려들지 말아라. 기회 줘야지. 작은 가게 겁나서 도망가."

"좋아요, 아라 아저씨."

오기가 말했다.

"아저씨네 가게 앞에서 소란 피우지 않겠어요. 우린 지금 길 건너로 가겠어요. 가자, 얘들아."

아라 씨는 종교적인 광신자들의 작은 집단이 이주하는 광경을 지켜보았다. 그가 다시 상점으로 들어가려고 하니까 그를 닮은 어린 소년이 가게에서 나와 그의 곁에 섰다.

"아빠?"

"뭐냐, 존?"

"나 사과 줘."

소년이 구슬플 정도로 진지하게 말했다.

아버지는 아들의 손을 잡고 신선한 과일이 무더기로 쌓인 좌판이 있는 가게로 함께 들어갔다.

"사과랬지?"

아버지가 아들에게 말했다. 그는 사과 무더기에서 가장 좋은 사과 한 개를 집어 아들에게 주었다.

"그래, 사과다."

아버지는 상점의 좌판 뒤로 가서 손님을 기다렸다. 그리고 나이가 적어도 마흔 살은 차이가 나지만 자기만큼이나 우울해 보이는 아들을 손님이 올 때까지 봐주기로 했다. 아들은 덥석 사과를 한입 베어 물고는 천천히 씹어 삼키더니 잠깐 사과를 생각하는 듯한 표정을 지었고, 아버지도 역시 그 생각을 했다. 사과는 소년을 즐겁게 해주지 못했다. 그는 아버지의 앞에 있는 좌판에다 사과를 놓고 아버지를 올려다보았다.

그들은 이 세상에서 몇백 년 동안 그들의 고향이었던 곳에서부터 7천 킬로미터나 떨어진 캘리포니아 주의 이타카에 와 있었다. 그들이 저마다 외로워했던 것은 당연한 일이었지만, 그들이 7천 킬로미터나 떨어진 고향으로 돌아간다고 그 외로움이 틀림없이 사라질 것인지는 아무도 확실히 알 수가 없었다. 가게 안에는 아버지의 아들이 서 있었다. 아버지는 아들의 얼굴에서 자신의 얼굴과, 자신의 눈과, 그 속에 틀림없이 담겨 있을 자신의 성격을 쳐다보았다. 나이만 어릴 뿐 그는 똑같은 사람이었다.

아버지는 아들이 먹으려고 하지 않는 사과를 집어 굉장히 요란하게 베어 물고는 우물우물 씹어 삼키며 서 있었다. 시끄럽게 씹어대는 소리와 재빠른 동작을 보면 영락없이 그는 비극적인 리어 왕이었다. 사과는 너무나 좋은 이 세상 물건이어서 낭비할 수가 없었고, 따라서 만일 아들이 먹지 않는다면 비록 사과나 그 맛을 별로 좋아하지 않더라도 자신이 먹어야만 했다. 그는 무엇이라도 낭비한다는 것은 옳지 못하다는 사실을 잘 알았다. 그는 연극에서 독백이라도 하듯 계속해서 사과를 베어 물고, 씹어 삼켰다. 하지만 결국 조금 남게 되었는데, 다 먹어치우기에는 사과가 좀 컸다. 조금은 낭비할 수밖에 없었다. 조금쯤은 아쉬움을 느끼면서도 그는 남은 사과를 아무렇게나 쓰레기통으로 던졌다.

그러자 아들이 다시 입을 열었다.

"아빠."

"왜 그러냐, 존?"

"나 오렌지 줘."

아버지는 오렌지를 산뜻하게 쌓아놓은 무더기에서 가장 큰 놈으로 골라 아들에게 주었다.

"오렌지랬지? 그래, 오렌지다."

소년은 오렌지 껍질을 베어 문 다음에 손가락으로 껍질을 벗기기 시작했다. 처음에는 천천히 능숙한 솜씨로, 하지만 잠시 후에는 손을 어찌나 열심히 점점 더 빨리 놀렸는지, 틀림없이 아들은 물론 심지어는 아버지까지도 이 열매의 껍질을 벗기면 그 속에는 오렌지 속살뿐 아니라 마음의 마지막 충일감까지도 들어 있으리라고 느꼈다. 아이가 아버지 앞에 있는 좌판에다 오렌지 껍질을 놓았고, 오렌지를 절반으로 잘라 한쪽의 껍질을 벗겨 입에 넣고 씹어 삼켰다. 하지만, 안타깝게도 그것이 아니었다. 그것은 정말로 오렌지였지만 정말로 마음을 충족시키는 것은 아니었다. 아들은 잠깐 기다렸다가 나머지 오렌지를 아버지 앞에다 놓았다. 이번에도 먹다 만 과일을 아버지가 집어 말없이 마저 먹어치우려고 했다. 하지만 얼마 안 가서 한계점에 이르렀고, 절반이 조금 못 되는 오렌지는 쓰레기통으로 들어갔다.

"아빠!"

소년이 잠시 후에 말했고 아버지가 다시 대답했다.

"왜 그러냐, 존?"

"나 사탕 줘."

"사탕이랬지? 좋아, 사탕이다."

사탕 진열통에서 아버지는 가장 인기가 좋은 5센트짜리 사탕을 골라 아들에게 주었다. 소년은 공장에서 만든 이 물건을 자세히 살펴본 다음에 왁스를 먹인 종이를 벗기더니 초콜릿을 입힌 사탕을 덥석 깨물어 또다시 천천히 씹어서 삼켰다. 하지만 이번에도 그것은 아무것도 아니었다. 사탕이어서 달콤하기는 하지만, 그렇다. 다른 면에서 보면 아무것도, 정말로 아무것도 아니었다. 또다시 아들은 그에게 충족감을 가져다 주지 못한 또 다른 세상 물건을 아버지에게 되돌려주었다. 아버지는 낭비를 피하기 위해서 참을성 있게 책임을 받아들였다. 그는 사탕을 집어 깨물어 먹으려고 하다가 생각을 고쳐먹었다. 그는 몸을 돌려 사탕을 쓰레기통으로 던져버렸다. 그는 뼈아픈 분노를 느꼈으며, 언젠가 마음속으로 비인간적이라고, 무식하다고 여겼던 7천 킬로미터 떨어진 곳의 어떤 사람들을 저주했다. 그 개자식들! 그는 생각했다.

"아빠!"

"왜 그러냐, 존?"

"나 바나나 줘."

아버지는 이번에도 한숨을 지었지만 모든 신념을 버리지는 않았다.

"바나나랬지? 좋아, 바나나다."

그는 과일 무더기들 위에 걸어놓은 바나나 다발을 살펴보고는 가장 달고 가장 잘 영글었으리라고 판단되는 놈을 찾아내었다. 그는 이 바나나를 다발에서 떼어 소년에게 주었다.

마침내 손님 한 사람이 가게로 들어왔다. 손님은 아라 씨가 지금까지 한 번도 본 적이 없는 남자였다. 가게 주인과 손님은 서로 머리를 끄덕여 인사를 나누었고, 그러고 나서 남자가 지극히 묘한 억양으로 말했다.

"과자 있어요?"

"과자요? 무슨 종류 과자 원해요?"

가게 주인이 열성을 보이며 말했다. 손님 한 명이 또 가게로 들어섰다. 이 손님은 율리시스 매콜리였다. 그는 한쪽으로 비켜서서 얘기를 듣고 구경하며 차례를 기다렸다.

"건포도 박힌 과자 있어요?"

남자가 가게 주인에게 말했다.

"건포도 박힌 과자요?"

가게 주인이 말했다. 이것은 문젯거리였다.

"건포도 박힌 과자요."

속삭이듯 그가 다시 말했다.

"건포도 박힌 과자라구요."

그가 또 한 번 말했다. 가게 주인이 상점 안을 둘러보았다. 가게 주인의 아들이 바나나를 먹지 않겠다고 아버지 앞의 좌판에다 놓았다.

"아빠!"

아버지는 아들을 쳐다보더니 아주 빠른 말투로 얘기했다.

"너 사과 달라 그랬고, 나 너한테 사과 줬어. 너 오렌지 달라 그랬고, 나 너한테 오렌지 줬어. 너 사탕 달라 그랬고, 나 너한테 사탕 줬어. 너 바나나 달라 그랬고, 나 너한테 바나나 줬어. 이제 또 뭐 달라 그래?"

"과자."

소년이 말했다.

"무슨 과자 달라 그러지?"

손님을 잊지 않고 사실상 손님에게 얘기를 하면서 동시에 아들에게 그리고 동시에 모든 곳의 모든 사람, 무엇을 원하는 모든 사람에게 얘기하듯 아버지가 소년에게 말했다.

"건포도 박힌 과자."

아이가 말했다.

분노를 억제하면서 아버지는 속삭이듯 아들에게 대답했지만, 그는 아들이 아니라 손님을 쳐다보고 있었다.

"나 과자 없어."

그가 나지막이 말했다.

"어떤 종류 과자도 없어. 왜 과자 달라고 그랬지? 나 뭐든지 다 있지만 과자는 없어. 과자가 뭐지? 무엇 달라고?"〔영어에는 존댓말이 없으므로 아러는 아들과 손님에게 동시에 같은 말을 하고 있다〕

"과자요. 어린 아이한테 줄 거요."

남자가 참을성 있게 말했다.

"나 과자 없어요. 나도 어린 아들 있어요."

주인은 그의 아들을 손으로 가리켰다.

"나 저애한테 사과하고, 오렌지하고, 사탕하고, 바나나하고, 좋은 것들 잔뜩 주었어요."

그는 손님을 빤히 쳐다보며 거의 화가 난 듯한 목소리로 다시 말했다.

"당신 무얼 원해요?"

"내 조카가 있는데, 그애가 독감에 걸렸어요. 그애가 울면서 과자를 달래요. '건포도 박힌 과자 줘요'라고 그애가 말했어요."

손님이 말했다.

하지만 모든 사람은 저마다의 삶을 살아가고 모든 삶은 나름대로 그 주제가 따로 있고, 그래서 가게 주인의 아들은 또다시 아버지를 쳐다보고 말했다.

"아빠!"

하지만 이제 아버지는 소년을 쳐다보려고 하지 않았다. 대신에 그는 조카가 병이 났으며 건포도가 박힌 과자를 먹고 싶어 한다는 남자를 쳐다보았다. 그는 이해심과 동정심을 품고, 그러면서도 이 남자가 아니라 세상 자체에 대해서, 질병에 대해서, 고통에 대해서, 고독에 대해서, 절대로 구할 수 없는 것을 원하는 마음에 대해서 일종의 촌스러운 격분을 느끼며 남자를 쳐다보았다. 비록 고향에서 7천 킬로미터나 떨어진 캘리포니아 주의 이타카에다 이 상점을 일으켜 세우기는 했어도, 그 가게에 건포도가 박힌 과자는 없었기 때문에, 병든 소년이 원하는 것을 가지고 있지 않았기 때문에 상점 주인은 자기 자신에 대해서 분노를 느꼈다. 주인은 아들을 손으로 가리키고 남자에게 말했다.

"사과에다, 오렌지에다, 사탕에다, 바나나 다 있는데 과자는 없어요."

가게 주인이 말했다.

"저애는 내 아들이에요. 세 살입니다. 병이 안 났어요. 저애는 여러 가지 원해요. 나는 저애 무얼 원하는지 알지 못해요. 저애 무얼 원하는지 아무도 알지 못해요. 저애 그냥 원해요. 저애는 하나님을 봐요. 저애가 말해요. 나 이것 줘요, 나 저것 줘요. 하지만 저애는 전혀 만족하는 것 몰라요. 저애는 항상 원해요. 저애는 항상 기분이 나빠요. 가엾은 하나님 그런 슬픔 위한 것 하나도 가지고 있지 않아요. 하나님은 세상과, 햇빛과, 어머니와, 아버지와, 형제와, 자매와, 아저씨와, 사촌과, 집과, 밭과, 화로와, 식탁과, 침대와, 모든 것을 줘요. 가엾은 하나님이 모든 것을 주지만 아무도 행복하지 않고 독감 걸린 어린 소년처럼 모두들 건포도가 박힌 과자 달라고 그래요."

가게 주인은 잠깐 얘기를 멈추고는 아주 깊이 심호흡을 했다. 숨을 내쉬면서 그는 아주 큰 소리로 손님에게 말했다.

"건포도 박힌 과자 우리 없어요."

가게 주인은 거의 위엄에 가까운 분노와 짜증을 드러내며 돌아다니기 시작했다. 우선 그는 종이 봉투를 집어 탁 펼쳤다. 그러더니 봉투에다 물건들을 집어넣기 시작했다.

"여기 오렌지 아주 예쁜 거 있어요. 이거 사과예요. 좋은 거예요. 이거 바나나예요. 맛 아주 좋아요."

가게 주인은 남자와 그의 병든 조카에 대한 깊은 동정심과 진지

한 예절을 갖추며 봉투를 손님에게 주었다.

"꼬마 아이 갖다 줘요. 돈 내지 말아요. 나 돈 원하지 않아요."

그러더니 그는 또다시 나지막한 목소리로 말했다.

"건포도 박힌 과자 없어요."

"아이가 울어요."

남자가 말했다.

"아이의 기분이 무척 상할 거예요. 그애는 '건포도 박힌 과자 줘요'라고 그랬거든요. 대단히 감사하기는 하지만, 우린 꼬마 아이한테 사과나 오렌지나 다른 것들은 벌써 주었어요."

남자는 봉투를 좌판에다 놓았다.

"병든 아이가 '건포도 박힌 과자 줘요'라고 그랬어요. 사과나 오렌지 같은 건 소용없어요. 죄송한 얘기지만 연쇄점에 가봐야겠군요. 거기 가면 건포도 박힌 과자가 있을지 모르죠."

"좋아요, 친구."

가게 주인이 나지막이 말했다.

"연쇄점에 가보는 거 좋지만 거기 가도 건포도 박힌 과자 없어요. 아무 데도 그거 없어요."

거의 수줍어하며 낯선 이가 가게에서 나갔다. 1분 동안이나 가게 주인은 좌판 뒤에 서서 아들을 물끄러미 쳐다보았다. 갑자기 그는 모국어인 아르메니아어로 얘기하기 시작했다.

"세상이 미쳐버렸단다. 우리 조국, 아름다운 우리의 자그마한 나라에서 그토록 가까운 러시아에서만 해도 몇백만 명의 사람들, 몇백만 명의 아이들이 날마다 굶으면서 지내지. 그들은 춥고, 불쌍하고, 맨발로 돌아다니고, 잠을 잘 곳도 없고, 말라붙은 빵 한 조각을 달라고 기도하고, 하룻밤의 평화로운 잠을 자기 위해 누워 쉴 곳을 달라고 기도한단다. 그런데 우리는 어떻지? 우리는 무엇을 하고 있지? 우리는 미국이라는 이 위대한 나라의 캘리포니아 주 이타카에서 살고 있어. 우리는 무슨 일을 하지? 우린 좋은 옷을 입고 살아. 우리는 아침마다 잠을 자고 일어나면 좋은 신발을 신어. 우리가 길거리에서 돌아다니더라도 총을 들고 오거나 우리 집에 불을 지르거나 아이들과 형제와 아버지를 죽이는 사람이 아무도 없어. 우리는 자동차를 타고 시골로 나가지. 우린 아주 좋은 음식을 먹고, 밤마다 잠자리에 들어. 그렇다면 우리는 무엇이지? 우리는 불만을 느껴. 아직도 우리는 불만을 느낀단 말야."

가게 주인은 그의 어린 아들에 대해서 끔찍한 사랑을 느끼며 이 놀라운 진실을 소리쳐 알려주었다.

"사과에다, 오렌지에다, 사탕에다, 바나나에다."

그가 말했다.

"이 어린것아, 정말이지 이러지 말아라! 내가 그러더라도 너는 내 아들이고, 나보다 훌륭하기 때문에 그래서는 안 되는 거야. 즐거워해야지. 행복해야 해! 나는 불행하지만 너는 행복해야 한단다."

그는 집 앞으로 통하는 가게의 뒷문을 가리켰고, 어린 소년은 아주 진지한 얼굴로 얌전히 가게에서 나가 집으로 들어갔다.

가게 주인은 마음을 가다듬느라고 시간을 좀 보냈다. 마침내 그는 가게를 찾아온 손님 율리시스 매콜리와 조용히 얘기를 나눌 수 있을 만큼 마음이 진정되었다고 생각했다. 그는 소년에게로 돌아서

서 유쾌해지려고 애썼다. 심지어 웃음까지 지었다.

"우리 꼬마 율리시스야, 너 원하는 거 뭐지?"

"옥수수죽요."

"어떤 종류 옥수수죽 원하지?"

"H-O요."

"H-O도 두 종류다, 꼬마 율리시스야. 보통 종류하고 빨리 요리되는 종류하고, 두 종류 있어. 느린 것, 빠른 것. 옛날 것, 새것. 너희 엄마 어떤 것 원하니, 율리시스 꼬마야."

율리시스는 잠깐 생각해본 다음에 말했다.

"H-O요."

"옛날 것, 새것?"

하지만 어린 소년은 알 길이 없었고, 그래서 가게 주인이 대신 결정해주었다.

"좋아, 새것, 현대식 주지. 18센트다, 율리시스 꼬마야."

율리시스는 주먹을 펼치고 팔을 가게 주인에게로 내밀었으며, 주인은 소년의 손에서 25센트짜리 동전을 집었다. 주인은 율리시스에게 잔돈을 주면서 말했다.

"18센트, 19, 20, 거기다가 5센트짜리 동전 하나면 25센트가 되지. 고맙다, 율리시스 꼬마야."

"천만에요, 아라 아저씨."

율리시스는 옥수수죽 주머니를 받아들고 가게에서 걸어나갔다. 무엇 하나 이해하기 쉬운 일이 없었다. 처음에는 나무에 달린 살구, 그 다음엔 건포도가 박힌 과자, 또 그러고는 이상한 언어로 아들에게 얘기하던 가게 주인. 하지만 그렇기는 해도 신이 났다. 길거리에서 어린 소년은 기분이 좋을 때면 항상 그러듯이 발뒤꿈치를 차며 집으로 뛰어가기 시작했다.

26. 매콜리 부인

 매콜리 부인은 호머가 아침 식사를 하러 오기를 기다리며 한 사람을 위한 식탁을 차려놓았다. 그녀가 옥수수죽 한 그릇을 자리에 놓았을 때 호머가 부엌으로 들어왔다. 그녀는 아들을 언뜻 쳐다보는 것만으로도 어젯밤 꿈속에서의 이상한 경험의 영향이 아직도 그에게 남아 있음을 알았다. 비록 호머 자신은 잠결에 흐느껴 울었다는 사실을 잘 몰랐다 하더라도, 인간의 영혼은 슬픔을 겪은 다음에는 차분해지게 마련이어서 그의 영혼이 차분해진 듯싶었다. 심지어는 그의 목소리까지도 훨씬 굵고 부드러워진 것 같았다.
 "이렇게 늦잠을 자려고 한 게 아닌데요, 9시 반이 다 되었어요. 자명종이 어떻게 된 걸까요?"
 그가 말했다.
 "넌 힘든 일을 하고 있어. 쉬기도 해야 해."
 매콜리 부인이 말했다.
 "전 별로 고생을 하지 않아요. 더구나 내일은 일요일이고요."
 그는 아침 기도를 드렸는데, 보통 때보다 시간이 두 배나 더 걸리는 것 같다. 그는 숟가락을 집어들고 식사를 시작하려다가 멈추고는, 이상하게도 숟가락을 살펴보았다. 그는 부엌의 설거지통에서 바쁘게 일하는 어머니 쪽을 쳐다보았다.

"어머니!"

"왜 그러니, 호머?"

"어젯밤 집으로 왔을 때 제가 어머니한테 얘기를 하지 않았던 까닭은 어머니 말씀 그대로였어요. 저는 얘기를 할 수가 없었으니까요. 어젯밤 집으로 오던 길에 전 갑자기 울기 시작했어요. 어머니도 잘 아시지만, 전 어렸을 때나 학교에서 곤경을 당해도 절대로 울지 않았어요. 우는 것을 항상 부끄럽게 생각했으니까요. 율리시스도 절대로 울지 않죠. 하지만 어젯밤은 견딜 수가 없었어요. 부끄러움을 느꼈는지조차 기억이 없어요. 전 부끄러움을 느끼지는 않았다고 생각해요. 그리고 곧장 집으로 오지도 못했어요. 저는 자전거를 타고 이타카 포도주 회사로 나갔다가 시내를 가로질러 고등학교로 갔어요. 학교로 가는 길에 저는 초저녁에 몇 사람이 파티를 열고 있었던 집을 다시 지나갔어요. 그땐 그 집이 캄캄하더군요. 전 그 사람들에게 전보를 전해주었어요. 그게 무슨 종류의 전보인지는 어머니도 아실 거예요. 그런 다음에 저는 시내로 돌아가서 길거리를 돌아다니며 하나같이 사람들로 가득하고 지금까지 제가 줄곧 보아온 온갖 건물들과 온간 곳들, 모든 것을 둘러보았어요. 그리고 마침내 저는 정말로 이타카를 보게 되었고, 이타카에서 살아가는 사람들을 정말로 알게 되었어요. 그들 모두가 불쌍하게 여겨졌고, 심지어는 그들에게 아무 일도 없게 해달라는 기도까지 드렸어요. 그 다음에 전 울음을 그쳤어요. 전 남자란 어른이 되면 절대로 울지 않으리라고 생각했지만, 나이를 먹어야만 사물을 터득하기 시작하기 때문에 남자는 어른이 되면 울기 시작하는 것 같아요."

그는 잠깐 말을 멈추었다. 그의 목소리는 더욱 음울해졌다.

"인간이 깨닫게 되는 거의 모든 것은 나쁘거나 슬퍼요."

그는 어머니가 무슨 말을 하지나 않을까 기다려보았지만 그녀는 얘기도 안 하고 시선도 돌리지 않은 채로 일을 계속했다.

"왜 그런가요?"

그가 물었다.

여전히 등을 돌린 채로 매콜리 부인은 얘기를 시작했다.

"너도 깨닫게 될 거야. 아무도 너한테 설명할 수가 없는 일이지. 모든 인간은 저마다 하나의 세계이기 때문에 스스로 그 해답을 찾아야 한단다."

"제가 왜 울었고, 울음을 그친 다음에는 왜 얘기를 할 수가 없었을까요? 왜 저는 어느 누구에게도 할 얘기가 전혀 없었을까요? 어머니에게나 저 자신에게 할 얘기가요?"

"연민, 내 생각엔 연민이 너로 하여금 울게 만들었을 것 같구나. 연민을 가지고 있지 않은 사람이라면 참된 인간이 아니지. 만일 세상의 고통을 보고도 울지 않는 사람이 있다면 그는 절반만 인간이야. 그리고 세상에는 항상 고통이 존재하게 마련이야. 이 사실을 안다고 해서 인간이 꼭 절망하는 것은 아니다. 훌륭한 인간은 그가 겪은 일들로부터 고통을 몰아내려고 노력하지. 어리석은 인간은 자기 내면 이외의 고통은 의식하지도 못해. 그리고 불쌍하고 불우하고 사악한 인간은 고통이 점점 더 깊이 뿌리를 내리게 만들고, 어디를 가나 그 고통을 사방에 퍼뜨리지. 하지만 사람들은 저마다 미지의 곳이나 무(無)에서부터 아주 새로운 인간으로서 온 것도 아니고, 이곳으로 오겠다고 자청하지도 않았기 때문에, 내 생각엔 그들 한 사람 한 사람은 죄가 없을 것 같아. 사람들에게서 온 셈이니까. 나는 악이 스스로 악임을 안다고는 정말 믿지 않아. 그냥 운이 나빴을 뿐, 그것이 전부란다. 지각 있는 사람답게 아침이나 먹어라."

갑자기 그는 식사를 해도 되겠다고 느꼈다.

27. 라이오넬

 율리시스와 그의 가장 좋은 친구 '위대한' 라이오넬 캐보트가 매콜리 집 부엌으로 들어왔다. 비록 라이오넬이 율리시스보다 여섯 살이나 많기는 했지만 이 우정은 틀림없는 것이었다. 그들은 말할 필요도 없이 통했다. 가장 좋은 친구들이 그러듯이, 같이 걷고 같이 서고는 했다.
 "매콜리 아주머니, 허락을 받으려고 왔는데요, 율리시스가 저하고 같이 콩콩 도서관(라이오넬은 공공 도서관(public library)이 무슨 말인지 몰라서 pubalic liberry라고 했다)에 가도 되겠어요? 전 우리 누나 릴리언이 빌려온 책을 돌려주러 가는데요."
 라이오넬이 말했다.
 "좋아, 라이오넬. 하지만 넌 오기하고 알프하고 셰그하고 그 밖의 다른 애들하고 왜 같이 놀지 않니?"
 매콜리 부인이 말했다.
 "그애들 말이죠……."
 라이오넬이 말문을 열었다가 당황해서 도로 입을 다물었다. 잠시 후에 그가 다시 입을 열었다.

"그애들이 저를 쫓아버렸어요. 그애들은 제가 바보 같다고 싫어해요."

"넌 바보가 아니란다, 라이오넬. 너는 이 동네에서 가장 좋은 아이란다. 하지만 다른 아이들이 모두 훌륭하다고 해서 그들에게 화를 내서도 못쓴다."

"전 화를 내지 않아요. 저는 그들을 모두 좋아해요. 하지만 놀다가 제가 조금이라도 실수를 하기만 하면 애들은 절 쫓아버려요. 심지어 저한테 욕까지 한답니다. 제가 조금이라도 실수를 하면 그들은 막 화를 내요. '그만두자구, 라이오넬', 그들은 이렇게 말해요. 그리고 애들이 그런 말을 하면 전 그 자리를 떠나야 한다는 걸 알아요. 어떤 때는 5분도 같이 놀지를 못해요. 때로는 전 그들과 만나자마자 실수부터 하죠. 그러면 그들은 '그만두자구, 라이오넬'이라고 말해요. 저는 제가 무슨 실수를 했는지조차도 몰라요. 그들은 제가 어떻게 하기를 원하는 걸까요? 제가 알고 싶은 건 그것뿐이지만 아무도 얘기를 해주지 않아요. 토요일마다 그들은 저를 쫓아버려요. 저하고 같이 놀아주는 아이는 율리시스 한 명뿐이에요. 저한테 남은 친구는 율리시스뿐이죠. 하지만 언젠가는 다른 아이들도 후회하게 될 거예요. 때가 되어 다른 아이들이 찾아와서 저더러 도와달라고 한다면……. 글쎄요, 매콜리 아주머니, 저는 그들을 도와줄 거예요. 그러면 그들은 걸핏하면 저를 쫓아버렸던 걸 후회하겠죠. 저 물 한 잔 마셔도 돼요?"

"물론이지, 라이오넬."

매콜리 부인은 소년에게 물을 한 잔 따라주었다. 그는 물이 세상에서 가장 훌륭한 음료수인 것처럼 소리를 내며 얼른 다 마셨다.

"너도 물 마시고 싶지 않니, 율리시스?"

라이오넬이 물었다.

율리시스는 자기도 물을 한 잔 마시고 싶다는 뜻으로 머리를 끄덕였다. 율리시스가 물을 마신 다음에 라이오넬이 말했다.

"자, 저희는 이제 콩콩 도서관으로 가봐야겠어요, 매콜리 아주머니."

두 친구가 집에서 걸어나왔다.

두 소년이 나간 다음에 호머가 말했다.

"마커스도 어렸을 때 율리시스 같았어요?"

"그게 무슨 뜻이지?"

"아시잖아요, 율리시스의 태도. 모든 일에 관심을 느끼며 지켜보고 하는 거 말예요. 거의 아무 얘기도 하지 않고 항상 모든 것에 즐거움을 느끼고요. 또 그애는 모든 사람을 좋아하고, 모든 사람이 그애를 좋아하는 것 같아요. 그애는 단어를 많이 알지 못해요. 그애는 글을 읽지 못하지만 그냥 보고만 있어도 율리시스가 무슨 생각을 하는지 거의 언제나 알 수가 있어요. 그애가 얘기를 한마디도 하지 않더라도 무슨 말을 하려는지 알 것만 같아요. 마커스도 그랬나요?"

"글쎄, 마커스와 율리시스는 형제니 좀 비슷하긴 하지만 정확히 똑같지는 않아."

"언젠가 율리시스는 훌륭한 인물이 될 거예요, 안 그래요?"

"아마 세상 사람들이 보기에는 그렇지 않을지도 모르지만, 지금도 훌륭하니까 나중에도 훌륭한 인물이 될 거야."

"마커스도 어렸을 때 훌륭한 아이였나요?"

"물론 너희는 모두 공통점이 많지만, 아주 많지는 않아. 마커스는 너처럼 불안해하지는 않았어. 그애는 수줍어했고, 율리시스처럼 사람들을 보려고 찾아 나서기보다는 혼자 있기를 더 좋아했단다. 마커스는 책을 읽고 음악을 듣고 그냥 앉아 있거나 한참씩 산책을 나가기를 좋아했어."

"율리시스는 확실히 마커스를 좋아해요."

"율리시스는 모든 사람을 좋아하지. 그애는 온 세상 사람을 다 좋아한다."

매콜리 부인이 말했다.

"그래요. 하지만 율리시스는 마커스를 특히 좋아해요. 전 그 이유를 알아요. 비록 군대에 가 있기는 해도 마커스가 아직 어린애이기 때문이죠. 제 생각에 아이는 그가 만나는 모든 사람에게서 아이를 찾으려고 하는 것 같아요. 그리고 성장한 어떤 사람에게서 아이를 찾아내면 그 사람을 다른 사람들보다 훨씬 더 좋아하는 것 같고요. 율리시스가 어린아이이듯 저도 그런 식으로 성장하기 시작했으면 해요. 전 우리 가족 이외의 세상 어떤 사람보다도 율리시스가 더 훌륭하다고 생각해요. 어제 무슨 일이 있었는지 그애가 얘기를 하던가요?"

"그런 얘기는 한마디도 없었어. 오기가 와서 얘기를 했지."

"그럼 제가 전신국에서 집으로 데려다 준 다음에 집으로 들어와서 율리시스가 무슨 말을 하던가요?"

"아무 말도 안 하더라. 그냥 자리에 앉아 음악을 들었고, 그런 다음에 우린 저녁 식사를 했지. 내가 잠자리에 눕혀주었더니 그애는 '떡대 크리스'라고 그러더라. 그게 전부였고, 그애는 잠이 들었어. 난 오기한테 얘기를 듣기 전에는 떡대 크리스가 누구인지 전혀 알 길이 없었지."

"율리시스는 누구하고 제일 비슷한가요?"

"아버지."

"어머니는 어렸을 때의 아버지를 아셨어요?"

"아니, 천만에! 내가 어떻게 알았겠니? 너희 아버지는 나보다 일곱 살 위였단다. 율리시스는 너희 아버지를 닮았는데, 너희 아버지가 평생 그러셨던 것과 똑같아. 오, 나는 하나님 덕분에 운이 좋아. 내 아이들은 어린아이일 뿐 아니라 인간이기도 하니까. 너희가 단지 어린아이들이기만 했다면 내 운이 그토록 좋지야 않았겠지. 너 다리가 왜 그러냐?"

"아무것도 아녜요. 조금 넘어졌죠. 전 전신국으로 가겠어요."

호머는 집을 나섰다. 어머니는 아들이 타이어에 바람이 충분히 들어 있는지 보려고 자전거를 몇 차례 퉁기는 소리를 들었고, 그러고는 집을 돌아 시내를 향해 자전거를 타고 가는 모습을 보았다.

28. 도서관에서

　사이 좋은 친구인 라이오넬과 율리시스는 공립 도서관으로 걸어 갔다. 그들이 도서관으로 가는 길에 이타카 제1장로교회에서 장례 행렬이 나타났다. 상주들은 낡은 패커드 영구차에 수수한 관을 싣고 갔다. 관의 뒤에서는 사내아이 둘과 조객 몇 사람이 따라갔다.
　"이리 와, 율리시스. 장례식이다!"
　라이오넬은 율리시스의 손을 잡고 반 블록을 달려갔고, 잠시 후에는 장례식 행사의 한가운데 끼어들었다.
　"저건 관이란다. 저 속에 누군가 죽은 사람이 들어 있어. 그 사람이 누구인지 알고 싶구나. 저 꽃들 보라구. 사람이 죽으면 꽃을 준단다. 저 사람들 우는 거 보라구. 죽은 사람하고 아는 사람들이지."
　라이오넬이 속삭였다.
　라이오넬은 별로 바쁘지 않은 남자에게로 시선을 돌렸다. 남자는 방금 코를 풀었고 손수건으로 눈가를 찍어냈다.
　"누가 죽었어요?"
　라이오넬이 남자에게 물었다.
　"가엾고 불쌍한 꼽추 조니 메리웨더란다."

남자가 말했다.

라이오넬은 율리시스에게로 돌아섰다.

"가엾고 불쌍한 꼽추 조니 메리웨더라는데."

"일흔 살이었지."

남자가 말했다.

"일흔 살이었대."

라이오넬이 율리시스에게 말했다.

"마리포사 거리와 브로드웨이가 만나는 길모퉁이에서 30년 동안 팝콘을 팔았어."

"길모퉁이에서 팝콘을 팔았다는데……."

라이오넬이 갑자기 말을 멈추고 남자를 쳐다보았다. 라이오넬은 소리를 지르다시피 했다.

"그럼 팝콘 장수란 말예요?"

"그래, 조니 메리웨더 말이다. 이제는 쉬게 되었지."

"저도 그 사람을 알았어요!"

라이오넬이 소리쳤다.

"전 그 사람한테서 팝콘을 여러 번 사 먹었어요! 그 사람이 죽었다는 말인가요?"

"그래, 평화롭게. 잠을 자다가 주님에게로 돌아갔어."

"전 조니 메리웨더를 알았어요! 이름이 조니 메리웨더라는 건 몰랐어도 그 사람을 알고 있기는 했다구요."

소리를 지르다시피 라이오넬이 말했다.

라이오넬이 율리시스에게로 돌아서더니 친구를 팔로 감쌌다.

"조니였어."

그는 울려고 했다.

"조니 메리웨더라구. 나하고 가장 친한 사람들 가운데 한 명이었는데, 주님에게로 돌아갔어."

영구차가 사라지자 교회 앞에는 라이오넬과 율리시스 말고는 아무도 없었다. 비록 그 남자의 이름이 조니 메리웨더라는 사실은 전혀 알지 못했다 해도, 죽은 사람이 자기가 아는 사람이었음을 알게 된 곳을 떠난다는 것이 왠지 라이오넬에게는 옳지 못한 일인 듯싶었다.

하지만 조니 메리웨더에게서 아무리 여러 번 팝콘을 샀다 하더라도 한없이 교회 앞에 서 있을 수도 없다는 판단을 내린 그는, 마침내 팝콘을 생각하면서 그 맛을 다시 입 안에 느끼기라도 하듯이 율리시스와 함께 계속해서 길을 내려갔다.

두 소년이 공립 도서관에 들어섰을 때는 마치 장례식이 아직도 계속되는 듯 엄숙하고도 깊은 침묵이 가득한 장소로 들어가는 기분이었다. 노인들이 신문을 읽고 있었다. 이 마을의 철학자들이 어마어마하게 큰 책들을 들여다보며 앉아 있었다. 남녀 고등학교 학생들이 공부를 하고 있었는데, 지혜를 추구하는 중이었기 때문에 모두 숨을 죽였다. 그들은 책 가운데 자리를 잡고 무엇인가 알기 위해서 노력했다.

라이오넬은 목소리를 낮춰 얘기했을 뿐 아니라 발꿈치를 들고 걸었다. 라이오넬은 책을 읽는 사람들을 생각해서가 아니라 책을 존경하는 분위기에 압도되었기 때문에 소근거렸다. 율리시스 역시 발꿈치를 들고 그를 뒤따라왔다. 그들은 도서관을 탐험하며 저마다 많은 보물을 발견했으니 라이오넬은 책을, 율리시스는 사람들을 발견한 셈이었다. 라이오넬은 책을 읽지 않았고, 책을 빌리기 위해 공립 도서관으로 온 것도 아니었다. 그는 책을, 몇천 권의 책을 그냥 구경하고 싶을 따름이었다. 그는 책이 가득 담긴 책장 한 줄 전체를 손으로 가리킨 다음에 속삭였다.

"이거 모두, 그리고 이것들도. 그리고 이것들. 이건 빨간 책이로구나. 이 모든 책 좀 봐. 저건 초록 빛깔 책이야. 이 모든 책들."

마침내 나이 많은 도서관 사서 갤러거 부인이 두 소년을 보고 다가갔다. 하지만 그녀는 속삭여 말하지 않았다. 그녀는 전혀 도서관에 와 있지 않은 것처럼 그냥 큰소리로 말했다. 이것이 라이오넬에게 충격을 주었고, 책을 읽던 몇 사람이 머리를 들었다.

"얘야, 넌 무엇을 찾고 있니?"

갤러거 부인이 물었다.

"책이오."

라이오넬이 나지막이 속삭였다.

"무슨 책을 찾는데?"

"전부요."

"전부라구? 그게 무슨 소리냐? 대출증 한 장으로는 네 권밖에 빌려갈 수 없어."

"전 책을 한 권도 빌려가고 싶진 않아요."

"그럼 도대체 왜 책들을 원하는 거냐?"

"전 그냥 구경만 하고 싶어요."

"구경을 한다고? 공립 도서관은 그런 곳이 아냐. 넌 책을 읽고, 책에 실린 그림을 볼 수는 있지만, 도대체 책의 겉모양은 봐서 뭘 하겠다는 얘기냐?"

"전 구경하는 게 좋아요. 그러면 안 되나요?"

라이오넬이 속삭였다.

"글쎄. 그러면 안 된다는 법은 없지."

도서관 사서가 말했다. 그녀는 율리시스를 쳐다보았다.

"그럼 이애는 누구니?"

"여기 이애는 율리시스예요. 이애는 글을 못 읽어요."

"너는 읽을 줄 아니?"

"아뇨. 하지만 이애도 읽을 줄 몰라요. 그래서 우리는 친하죠. 내가 아는 사람들 가운데 글을 읽을 줄 모르는 건 이애뿐이니까요."

나이 많은 도서관 사서는 두 친구를 쳐다보았다. 이것은 공립 도서관에서 그 오랜 세월을 보내는 동안에 난생 처음으로 경험하는 새로운 일이었다.

"좋아."

그녀가 마침내 말했다.

"네가 글을 못 읽는다는 것도 상관없는 일이겠지. 나는 글을 읽어. 지난 60년 동안 책을 읽어왔는데, 그것이 어떤 대단한 변화를 가져왔는지 전혀 알 길이 없구나. 그럼 얼마든지 책 구경을 하거라."

"그럴게요, 아주머니."

라이오넬이 말했다.

두 친구는 더욱 위대한 신비와 모험의 세계로 들어갔다. 라이오넬은 율리시스에게 더 많은 책을 손으로 가리켜 보여주었다.

"이 책들, 그리고 저기 저 책들, 그리고 이 책들. 온통 책투성이야, 율리시스."

라이오넬은 잠깐 걸음을 멈추고 생각에 잠겼다.

"이 모든 책에 무슨 얘기가 담겨 있는지 모르겠어."

그는 책이 가득 담긴 다섯 선반을, 넓은 공간 전체를 가리켰다.

"이 모든 책들. 난 이 책들이 무슨 얘기를 하는지 알고 싶어."

마침내 라이오넬은 싱싱한 풀처럼 초록빛인 책을 찾아내었다.

"그리고 이 책, 이 책은 예뻐, 율리시스."

자신이 하는 행동을 약간 두려워하면서 라이오넬은 선반에서 그 책을 꺼내 잠깐 두 손으로 들고 있다가 펼쳤다.

"이것 봐, 율리시스! 책이야! 이걸 보라구. 알겠지? 여기에는 무슨 얘기가 담겨 있어."

그러더니 그는 책에 인쇄된 무엇을 가리켰다.

"이것은 A야. 바로 이것이 A라는 글자라구. 여기 또 무슨 글자가 있어. 이것은 무슨 글자인지 모르겠구나. 모든 글자가 서로 다르고, 모든 단어가 서로 달라."

그는 한숨을 짓고 모든 책들을 둘러보았다.

"난 결코 글을 깨우치지 못할 것 같지만, 정말이지 책에 무슨 얘기가 담겨 있는지는 알고 싶어. 이런, 여기 사진이 하나 있구나. 여기 젊은 여자의 사진이 실렸다구. 이 여자 보이지?"

그는 책을 여러 장 넘기고 말했다.

"책이 끝날 때까지 계속해서 더 많은 글자와 단어들이 나와. 여긴 콩콩 도서관이라구, 율리시스. 어디를 보나 온통 책투성이야."

그는 글을 읽으려는 듯이 혼자 속삭이며 일종의 존경심을 드러내고 책에 인쇄된 글씨를 쳐다보았다. 그러더니 그는 머리를 저었다.

"글을 읽을 줄 모르면 책에 무슨 얘기가 담겨 있는지 알 수 없는데, 율리시스, 난 글을 못 읽어."

그는 천천히 책을 덮어 다시 제자리에 놓았고, 두 친구는 발꿈치를 들고 도서관에서 나왔다. 바깥으로 나온 율리시스는 무엇인지 새로운 것을 배운 기분이어서 발뒤꿈치를 찼다.

29. 강연회장에서

호머 매콜리는 식민지풍의 저택과 뉴잉글랜드 교회 양식을 섞어 지은 하얀색 이타카 강연회관 앞에서 자전거를 세웠다. 지금은 2시 30분이었고, 토요일 오후 강연이 막 시작되려는 참이었다. 그래서인지 대부분 어머니들인 중년 여인들 여럿이 유쾌하게 건물로 들어가는 중이었다. 배달원은 모자에서 전보를 꺼내 훑어보았다. 전보는 캘리포니아 주 이타카의 이타카 강연회관 로잘리 심스-피바디가 수취인이었다. 본인에게 직접 전달 요망.

배달원이 홀로 걸어 들어가려니까, 50대 초반의 살진 여자인 강연회 회장이 강사를 소개하기 시작했는데, 강사는 눈에 띄지도 않았다. 협회 회장이 작은 호두까기 망치로 책상을 두드리자 홀의 청중이 잠잠해지기 시작했다.

"로잘리 심스-피바디에게 온 전보가 있는데요. 직접 전해줘야 해요."

호머가 어느 여자에게 귓속말을 했다.

"로잘리 심스-피바디가 아니라 피비티야."

여자가 바로잡아주었다.

"그래, 로잘리 심스-피비티는 전보가 오기를 기다리고 있어. 넌 그 여자가 나타나면 연단으로 나가 그녀에게 전보를 전해줘야 해."

"그게 언제인데요?"

"금방 나타날 거야. 그냥 앉아서 기다리기만 하라구. 로잘리 심스-피비티가 나타나면 곧장 무대로 뛰어올라가서 아주 분명하게 '로잘리 심스-피비티 여사에게 전보입니다!'라고 소리를 지르라구. 피바디가 아니고."

"알겠습니다, 아주머니."

호머가 자리에 앉았고, 여자는 자기가 해놓은 중대한 일을 생각하고 자랑스럽게 미소를 지으며 발끝으로 걸어가버렸다.

"이타카 강연회 회원 여러분."

강연회 회장이 말했다.

"오늘 오후에 우리는 대단한 즐거움을 누리게 되었습니다. 우리의 연사가 로잘리 심스-피비티 여사이기 때문입니다."

관습에 따라 박수 칠 시간을 주려고 강연회 회장이 잠깐 말을 멈추었다. 박수가 나온 다음에 그녀가 말했다.

"로잘리 심스-피비티 여사가 누구인지는 제가 여러분에게 구태여 설명할 필요도 없습니다. 그분은 국제적으로 유명한 여성이고, 우리 시대의 위대한 여성들 가운데 한 분이니까요. 우리는 누구나 그분의 이름을 알고 있으며, 그분이 유명한 여성이라는 사실도 누구나 압니다. 하지만 왜 그분이 유명한지를 우리가 제대로 알고 있는지는 궁금하군요."

이 질문에 대한 대답은 강연회 회장이 했다.

"아마 그러지 못한 것 같습니다. 로잘리 심스-피비티 여사의 얘기로 말할 것 같으면……."

오디세우스의 전설 못지않은 얘기를 하려는 듯한 어조로 그녀가 말했다.

"그분의 얘기는 특히 여성들을 감격시킵니다. 이제는 심스-피비티라는 이름으로 알려지기를 더 좋아하는 그분은 모험과 낭만과 위험과 아름다움으로 넘치는 삶을 살았고, 그러면서도 오늘날 그분은 날씬하고도 아름다운 영국 아가씨 모습을 그대로 간직하고 있는데, 강철처럼 단단하고 여느 남자보다 강한 여성이죠. 사실상 심스-피비티 여사보다 모험이 가득 찬 삶을 살아온 남성은 거의 없어요."

이제는 부드러운 슬픔의 어조가 그녀의 목소리에서 드러났다.

"집에 틀어박혀 살면서 어머니로서, 말하자면 자식들이나 키우기가 고작인 우리에게는 심스-피비티 여사의 삶이란 하나의 꿈, 아이나 낳고 집안 살림을 꾸려온 우리가 이룩하지 못한 그런 꿈이나 마찬가지입니다. 우리에게 그럴 용기가 있었다면 아름다운 삶을 살았을 수도 있었겠지만, 운명은 우리에게 그런 모험을 허락하지 않았고, 온 세상을 뒤져도 심스-피비티는 오직 한 사람뿐입니다. 오직 한 사람뿐이죠!"

강연회 회장은 잠깐 얘기를 멈추고 청중 속에 있는 오랜 친구들의 얼굴을 둘러보았다.

"심스-피비티 여사는 어떤 일을 했기에 여성들 중에서 그토록 보기 드문 인물이 되었을까요?"

그녀가 말했다.

"그래요, 그분이 거친 모험들의 목록은 아찔할 정도이고, 그 목록을 제가 읽어드리면 여러분은 도대체 어떤 여성이 그런 일들을 하고 아직도 살아 있을 수 있는지 잘 믿어지지 않을 것입니다. 그러나 그분은 살아 있으며, 이곳에 와 있습니다. 심스-피비티 여사는 평범한 언어로, 어쩌면 우리 가운데 몇몇 사람에게는 충격적일지도 모르는 언어로 얘기를 할 것입니다. 우선 저는 모험들을 소개하고 싶은데, 심스-피비티 여사에게는 하루하루가 새로운 모험이었기 때문에 제대로 얘기하려면 너무 오래 걸릴 테니까 간단하게만 얘기를 하겠어요. 그분은 어디를 가거나 모험을 만들어냈고, 우리가 살고 있는 이 작은 도시 이타카를 떠나기 전에 우리 자신이 모르고 있던 일을 그분이 발견하리라고 믿어도 좋을 겁니다.

1915년부터 1917년까지 1차 세계대전 중 심스-피비티 여사는 구급차를 운전하며 전선에서 활약했습니다. 1917년에서 1918년 사이에 그분은 다른 젊은 여인과 부정기 화물선이나 가축 운반선을 타기도 하고, 걷거나 차를 타기도 하면서 여러 곳을 찾아다녔는데, 심지어는 원주민의 움막에서도 지냈습니다. 그분은 27개국을 방문했습니다. 그분은 강의 정크배와 가마를 타고 광둥(廣東)에서 한커우(漢口)까지 대륙 횡단을 하려고 하다가 중국의 남부군에게 포로로 붙잡히기도 했습니다."

강연회 회장은 그 매력적인 말을 되새겨보느라고 잠깐 멈추었다가 되풀이해서 말했다.

"광둥과 한커우요. 심스-피비티는 물살이 위험해서 아무도 배를 띄우려고 하지 않는 우기에 샹장(湘江)의 폭포를 타고 내려와 그녀를 포로로 잡은 자들로부터 탈출했습니다. 1919년에 그분은 모로코에서 아비시니아까지 북부 아프리카를 횡단했습니다. 1920년에 그분은 시리아에 고용되어 비밀 첩보원으로 활동했습니다. 다마스커스에서 그분은 파이잘 왕을 만났고, 왕은 그분으로 하여금 리비아 사막의 심장부 깊은 곳에 있는, 광신적인 세누시 종파의 성스럽고 은밀한 중심지이며 그때까지 백인이 한 번도 발을 들여놓은 적이 없었던 쿠파라 탐험을 하도록 도와주었습니다. 심스-피비티는 이집트 여자로 변장하고 낙타 등에 올라앉아 1600킬로미터를 갔는데, 그분의 동행인이라고는 영어를 전혀 할 줄 모르는 지저분한 원주민 남자뿐이었어요."

이타카 강연회의 회장은 이 말을 한 다음에 눈을 들어 가장 친한 그녀의 두 친구를 쳐다보았다. 호머 매콜리는 그 시선이 무엇을 의미하는지 궁금했고, 이 믿어지지 않을 정도로 멋진 인물에 관한 얘기를 그녀가 얼마나 오랫동안 계속할지 궁금했다.

회장이 얘기를 계속했다.

"1923년에 심스-피비티 여사는 아랍인 선원들과 함께 14일 동안 20톤짜리 다우〔홍해와 인도양에서 쓰는 삼각돛의 연안 무역선〕를 타고 홍해를 내려가 금단의 항구 제이산에 상륙했습니다. 그분은 이번에는 아랍 여자로 변장했습니다. 1925년에 그분은 모로코의 아틀라스 산맥을 올랐습니다. 1926년에 그분은 1600킬로미터를 걸어서 아비시니아를 횡단했는데 아마도 그것은 세계 기록일지도 모릅니다."

그러더니 이타카 강연회 회장은 자신과 친구들을 굉장히 경멸하는 투로 말했다.

"제가 궁금하게 생각하는 것은 과연 우리가 고트샬크에서 뢰딩 파크까지의 짧은 거리나마 즐거움을 누리며 거닐어본 적이 있기나 하느냐 하는 것입니다."

그녀는 한숨을 지었고, 그러더니 이 질문에 어떤 대답을 해야 할지 몰라서 제안 비슷하게 말했다.

"아마도 그러면 참 좋을 것입니다."

그녀는 손에 들고 있는 작은 책자에서 그녀가 얘기하던 부분을 찾아 오늘의 강사를 소개하는 의무로 되돌아갔다.

"1928년에 심스-피비티 여사는 이 나라의 원주민 여자로 변장을 하기도 하고 또 저 나라의 원주민 여자로 변장하기도 하면서 런던의 어느 신문을 위해 발칸제국을 취재했습니다."

따분해진 나머지 어서 사무실로 돌아가 일을 하고 싶어서 초조하게 기다리던 호머는 의아한 생각이 들었다. 왜 그 여자는 항상 변장만 하고 돌아다닐까?

"1930년에 심스-피비티 여사는 터키를 횡단하는 흥미진진한 여행을 했으며, 터키인 무스타파 케말을 만났습니다. 그곳에서 심스-피비티 여사는 산골의 젊은 터키 처녀로 변장했습니다. 그분은 말을 타고 몇천 마일이나 여행해서 근동(近東)을 거의 다 돌아보았습니다. 아제르바이잔에서 그분은 공산당 붉은 군대와 카프카스 농민들 사이에서 벌어진 민란을 보았습니다. 1931년에 그분은 남아메리카를 여행하며 주민 남자들만이 동행한 가운데 브라질의 밀림을 탐험했는데, 제가 알기로는 심스-피비티 여사가 그 원주민 가운데 한 사람에게 막스라는 이름을 직접 지어주었다고 합니다. 하지만 심스-피비티 여사의 모험은 끝이 없으며, 여러분이 얘기를 듣고 싶고, 보고 싶은 사람은 그분이지 제가 아닐 것입니다."

이 애교 있는 겸손함과 더불어 강연회 회장은 불안하게 킬킬 웃었으며, 그녀의 친구들은 공감한다는 듯 유쾌한 폭소를 뒤따라 터뜨렸다. 청중이 적절히 조용해진 다음에 회장은 단호하고도 극적인 목소리로 말했다.

"이타카 강연회의 회장인 저로서는 여러분에게 로잘리 심스-피비티 여사를 소개하게 된 것을 대단한 자랑으로 생각합니다!"

재빠르고 요란한 박수가 터져나왔다. 강연회 회장은 고명한 초청 인사에게 인사를 하려고 무대의 끝 쪽을 향해서 돌아섰지만, 연사는 그곳에 없었다. 이렇게 지연되는 틈을 타서 청중은 더욱 열심히 박수를 쳤고, 아마도 꼬박 2분가량 손뼉을 치느라고 많은 여자들이 손바닥이 아파오기 시작한다고 고백한 다음에야 위대한 여성이 마침내 모습을 나타내었다.

호머는 그가 지금까지 한 번도 보지 못했던 어떤 다른 여자를 보게 되기를 기대했다. 그는 이 인물이 어떤 모습일지 상상할 수는 없었지만, 적어도 홍미있게 생겼으리라고는 확신했는데, 사실이 그러했다. 로잘리 심스-피비티는 늙은 여자였고, 말대가리 얼굴에, 삐쩍 마르고, 키가 크고, 헬쑥하고, 남자인지 여자인지 구별이 어려웠다. 전보를 전해줘야 할 시간이 되었기 때문에 호머는 몸을 일으켰지만, 얼이 빠져서였는지 그는 지시를 받은 대로 무대로 뛰어올라가지 않았다.

그러자 호머에게 지시를 내렸던 멋진 여자가 황급히 달려오더니 그가 미처 정신을 차릴 겨를도 없이 호머를 통로로 밀어대면서 모든 사람에게 다 들릴 만큼 큰 소리로 귀엣말을 했다.

"어서, 얘야! 전보를 전하라구!"

무대 위에 있던 위대한 여성은 이 소동을 눈치채지 못한 체했다.

"여러분."

그녀가 얘기를 시작했다.

"이타카 강연회의 회원 여러분."

그녀의 목소리는 그녀의 외모와 더할 나위 없이 잘 어울렸다. 찢어지는 듯한 고음의 목소리였다.

호머는 서둘러 무대로 올라가서 아주 또렷한 목소리로 외쳤다.

"로잘리 심스-피비티 선생님한테 전보가 왔는데요."

위대한 여성이 연설을 중단하고는 마치 그의 출현이 전혀 아무런 계획에 따른 것이 아닌 듯한 표정으로 배달원을 향해 돌아섰다.

"여기예요. 내가 심스-피비티인데요."

그녀는 다시 청중을 흘끗 쳐다보고 말했다.

"미안합니다, 여러분."

그녀는 영수증에 서명을 하고는 배달원에게서 전보를 받은 다음, 10센트짜리 동전을 주면서 말했다.

"그리고 이건 수고비예요."

호머에게는 고통스러운 일이었지만, 모든 일이 워낙 한심하고 종잡을 수 없었던 터라 굳이 사양할 생각조차 못했다. 그는 작은 동전을 집으려다 떨어뜨렸다가는 다시 주운 다음에 무척 당황해서 허둥지둥 무대에서 내려왔고, 그 사이에 여자가 연설을 시작했다.

211

"그런데 1939년의 일이었어요."

그녀가 말했다.

"새로운 전쟁이 터지기 직전이었는데, 나는 우유를 배달하는 알사스의 여자로 변장해서 비밀 임무를 띠고 마침 바바리아에 가 있었어요."

길거리로 나온 호머는 젊었을 때 열차 사고에서 두 다리를 잃은 헨리 윌킨슨이 땅바닥에 앉아 있는 것을 보았다. 그 후 30년이 지난 지금 그는 연필을 담은 모자를 무릎에 놓고 살아가는 데 길이 들었다. 호머는 그의 이름은 몰랐지만 이 남자를 늘 보면서 살아왔다. 어쩌다 보니 호머는 그에게서 연필을 사거나 모자에 동전을 넣어준 적이 한 번도 없었다. 호머는 헨리 윌킨슨의 모자에 10센트짜리 동전을 넣고는 자전거가 있는 곳으로 서둘러 갔다.

30. 베델 호텔에서

반 시간 후에 배달원은 아이 스트리트에 있는 베델 호텔의 문간에다 자전거를 세워놓고 기다란 층계를 올라갔다. 널찍한 홀의 한쪽 구석에는 카운터뿐이었고, 책상도 없었다. 카운터에는 손으로 누르는 종 하나만 덩그러니 놓여 있었고, 종 위쪽의 벽에는 '누르시오'라는 표지판이 걸려 있었다. 배달원은 주위를 둘러보았다. 작은 호텔에는 닫힌 문이 여럿 눈에 띄었다. 그리고 그는 수신인이 달리 호손이라고 되어 있는 전보를 훑어보았다.

어느 방에서 흘러나오는지 축음기 소리와, 젊은 두 남자와 두 여자의 웃고 떠드는 소리가 들렸다. 잠시 후에 마흔 살쯤 되어 보이는 남자가 어느 방에서 나와 문간에 서서, 머리만 밖으로 내민 젊은 여자와 얘기를 주고받았다. 그러더니 얼른 문이 닫히고 남자가 층계를 내려갔다. 호머는 카운터의 종을 눌렀다. 방금 닫힌 문이 다시 열리더니 젊은 여자가 소리쳤다.

"금방 나갈게요."

여자가 나오자 배달원은 그녀가 어찌나 아름답고 젊은지 깜짝 놀랐다. 그녀는 메리나 베스와 별로 달라 보이지 않았다.

"달리 호손에게 전보가 왔는데요."

호머가 말했다.

"지금은 외출했는데요. 내가 대신 서명해줘도 돼요?"

"예, 그럼요."

젊은 여자가 전보를 받았다는 서명을 해주고는 묘한 눈으로 호머를 쳐다보았다.

"잠깐만 기다려줄래요?"

그녀는 기다란 복도를 달려 내려가 다른 방으로 들어갔다. 그녀가 자취를 감춘 사이에 한 남자가 층계를 올라오더니 카운터 앞에 섰다. 그와 호머는 서로 몇 차례씩 쳐다보았다. 다시 뛰어서 돌아와 남자를 본 젊은 여자는 호머의 손을 잡아 끌었고, 그들은 그녀가 처음 나왔던 방으로 들어갔다. 방에서는 배달원이 여지껏 한 번도 맡아보지 못했던 이상한 냄새가 났다.

젊은 여자가 배달원에게 편지 한 통을 주었다.

"이 편지 좀 내 대신 부쳐주겠어요?"

그녀는 배달원의 눈을 빤히 쳐다보았다.

"우리 언니한테 보내는 건데, 아주 중요한 편지예요. 우체국으로 가지고 가서 항공 등기 속달로 해줘요. 편지 속에는 돈이 들었어요. 나한테는 우표가 하나도 없어요."

그러더니 편지를 제대로 발송하는 것이 얼마나 중요한지 이해할 시간을 호머에게 주려는 듯, 젊은 여자가 잠깐 말을 멈추었다.

"나를 위해서 이 일을 해주겠어요?"

왠지 이유를 알 수 없었지만 배달원은 불쾌감을 느꼈다. 그것은 전쟁에서 아들이 죽은 멕시코 여자의 집에서 느꼈던 바로 그런 불쾌감이었다.

"예, 그러죠. 곧장 편지를 가지고 우체국으로 가서 항공 등기 속달로 부쳐드리겠어요."

호머가 말했다.

"여기 1달러 있어요. 편지는 모자에 넣고 가세요. 아무도 그 편지를 보지 못하게 하고, 어느 누구에게도 이 얘기를 하면 안 돼요."

"예, 알겠어요. 누구한테도 얘기하지 않겠어요."

그는 편지를 모자 속에 넣었다.

"편지는 곧장 우체국으로 가지고 가겠어요. 그런 다음에 거스름돈을 갖다 드리죠."

"아녜요, 돌아오지 말아요. 어서 서둘러요! 그리고 잊지 말아요. 누구도 알면 안 돼요."

"조심할게요."

호머가 말하고는 방에서 나왔다.

그가 층계에 이르렀을 때쯤에 여자는 카운터 앞에 있는 남자에게로 갔다. 첫 번째 층계참에서 호머는 나이가 쉰이나 쉰다섯 살쯤 되었으며 몸집이 어마어마하게 크고 옷차림이 멋진 여자와 정면으로 마주쳤다. 배달원을 보자 여자는 걸음을 멈추고 빙그레 웃었다.

"나한테 전보 왔어요? 달리 호손에게?"

그녀가 물었다.

"예, 왔습니다. 위층에 맡겼어요."

호머가 말했다.

"잘했어요."

달리 호손이 말했다. 그녀는 잠깐 호머를 쳐다본 다음에 말했다.

"새로 온 배달원이로군요, 안 그래요? 오, 난 배달원을 모두 알아요. 웨스턴 유니언도 그렇고 포스탈도 그렇고. 하나같이 착하고 싹싹한 소년들이죠. 모든 소년들이 나한테 잘해주고 나도 그들에게 잘해줘요."

달리 호손은 보석이 박힌 비싼 손가방을 열고 명함 몇 장을 꺼냈다.

"이거 받아요."

그녀는 호머에게 명함을 스무 장가량이나 주었다.

"총각은 전보를 배달하느라고 여러 곳을 돌아다니잖아요. 술집이라든가 뭐 그런 곳들요. 있잖아요, 나올 때 그냥 명함을 놓고 나오기만 해요. 하룻밤 방이 필요할지도 모르는 군인들이나 뱃사람들처럼, 여행하는 사람들 근처에 남겨두라고요. 이렇게 끔찍한 전쟁이 계속되고 있으니까, 그들이 우리 근처에 있는 동안은 우리 젊은이들을 즐겁게 해주도록 노력해야 해요. 다음에는 무슨 일이 벌어질지 전혀 모르고, 내일 죽을지 살아 있을지도 모르는 병사가 얼마나 외로운지 나보다 잘 아는 사람도 없어요."

"예, 그렇겠죠."

호머가 말했다. 그는 층계를 내려가 길거리로 나갔고, 달리 호손은 베델 호텔을 올라갔다.

31. 미스터 메커노

공립 도서관에서의 모험을 마친 라이오넬과 율리시스는 계속해서 이타카를 탐험했다. 해질 녘에 그들은 허름한 약방의 진열창 안에 있는 남자를 구경하는 한가한 사람들과 통행인들로 이루어진 작은 집단에 끼어들었다. 남자는 진짜 사람이기는 하지만 기계처럼 움직였다. 그의 몸은 살이 아니라 밀랍으로 이루어진 것 같았다. 그는 사람 같지 않았으며 무덤에서 파내어 꼿꼿하게 세워놓은, 움직일 수 있는 시체로만 보였다. 세상에 태어나서 4년을 살아오는 동안 율리시스는 이 남자만큼 희한한 것을 여지껏 본 적이 없었다. 남자의 눈에서는 결코 빛이 발산되지 않았다. 그의 입술은 결코 떨어지지 않을 듯 굳게 다물어져 있었다.

남자는 '닥터 브래드포드의 강장제'를 선전하는 일을 맡았다. 그는 두 개의 이젤[畵架] 사이에서 일했다. 한쪽 이젤 위에는 다음과 같은 글을 써놓은 게시판이 걸려 있었다.

"미스터 메커노[기계라는 암시를 주는 단어] — 기계 인간 — 반은 기계, 반은 인간. 살아 있다기보다는 죽어 있는 상태에 가까움. 그로 하여금 웃음 짓게 할 수 있는 분에게는 50달러, 웃음을 터뜨리게 할 수 있는 분에게는 5백 달러 드리겠음."

미스터 메커노는 지극히 기계 같은 동작으로 작은 탁자에서 집어든 마분지 카드들을 다른 이젤에 얹어놓았다. 그 카드들에는 사람들에게 닥터 브래드포드가 발명해서 특허를 낸 약이 있으니 그 약으로 생동감을 더 찾으라고 권하는 갖가지 글들이 적혀 있었다. 이젤에 새로운 카드를 올려놓을 때마다 미스터 메커노는 막대기로 카드에 적힌 단어를 하나씩 가리켰다. 열 장의 카드를 모두 이젤에 올려놓은 다음에 미스터 메커노는 그것들을 모두 치우고 다시 탁자에 올려놓고는, 그 과정을 처음부터 다시 시작했다.

"저건 사람이야."

라이오넬이 말했다.

"난 저 사람을 볼 수가 있어. 저건 기계가 아니라구, 율리시스. 저건 사람이라구! 저 사람의 눈이 보이지? 저 사람은 살아 있어. 저 사람 보이지?"

미스터 메커노가 방금 이젤에 올려놓은 카드에는 이런 내용이 있었다.

"당신은 반쯤 죽은 사람들과 어울려 비실비실하며 돌아다녀서는 안 됩니다. 삶을 즐기세요. 닥터 브래드포드의 강장제를 들고 새로운 인간이 된 기분을 느끼세요."

"카드가 또 있구나. 저 카드에 무슨 글이 적혀 있어."

라이오넬이 말했다. 그러나 갑자기 그는 싫증을 내더니 어서 집으로 가고 싶어 했다.

"가자, 율리시스. 가야겠어. 저 사람이 카드를 놓는 걸 세 번이나

보았으니까 집으로 가자구. 이제는 밤이 다 되었어."

그는 친구의 손을 잡았지만 율리시스가 손을 뺐다.

"가자구, 율리시스! 난 이제 집으로 가야겠어. 배가 고파."

하지만 율리시스는 가려고 하지를 않았다. 그는 라이오넬의 말이 들리지도 않는 것 같았다.

"난 가겠어, 율리시스."

라이오넬이 윽박질렀다. 그는 율리시스가 돌아서서 그를 따라오기를 바랐지만 소년은 꼼짝도 하지 않았다. 친구의 배반에 약간 기분이 상하고 놀라기도 한 라이오넬은 집을 향해 걸어가기 시작하면서, 서너 발자국 걸음을 옮겨놓을 때마다 결국 친구가 그와 같이 가지 않을까 해서 머리를 돌리고는 했다. 하지만 아니었다. 율리시스는 그냥 남아서 미스터 메커노를 좀 더 구경하고 싶어 했다. 무척 기분이 상한 라이오넬은 계속해서 집으로 갔다.

"난 저애가 세상에서 제일 친한 친구인 줄 알았는데."

마침내 율리시스와 어느 노인 한 사람만 남아 미스터 메커노를 구경했다. 미스터 메커노는 계속해서 카드들을 집어 이젤 위에다 올려놓았다. 그는 계속해서 카드마다 적힌 단어들을 하나씩 가리켰다. 얼마 안 있다가 노인도 가버렸고, 이제 율리시스 혼자 길거리에 서서 약방의 진열창에 있는 이상한 인간을 올려다보았다. 가로등이 켜진 다음에야 율리시스는 미스터 메커노의 모습 때문에 빠져들었던 매혹의 황홀경으로부터 깨어났다. 그는 남자를 구경하다가 최면이라도 당한 것 같았다. 몽롱한 상태에서 깨어난 율리시스는 이제 주위를 둘러보았다. 날은 저물었고 모든 사람이 자취를 감추었으며, 남아 있는 것이라고는 그가 알지 못했던 어떤 단어, 죽음뿐이었다.

어린 소년은 갑자기 기계 인간을 다시 쳐다보았다. 그러자 처음으로 남자가 율리시스를 뚫어져라고 쳐다보는 듯한 기분이 들었다. 어느새 전율과 공포가 소년의 마음에 스며들었고, 소년은 갑자기 도망쳤다. 길거리에서 그가 보았던 몇 명 안 되는 사람들도 이제는 미스터 메커노처럼 죽음으로 가득 찬 듯싶었다. 율리시스는 거의 기진맥진해질 때까지 달렸다.

그는 숨을 헐떡이며 마침내 멈춰 섰다. 그는 모든 사물의 주변에 도사린 깊고도 조용하고 끈질긴 공포를, 미스터 메커노의 공포를, 죽음을 느끼며 사방을 둘러보았다. 그는 사실상 여지껏 이런 두려움은커녕 도대체 어떤 종류의 두려움도 의식했던 적이 전혀 없었다. 두려움은 그가 이 세상에서 어떻게 처리해야 할지 이해하기가 가장 힘든 대상이었다. 그의 침착성은 그를 쫓아오는 두려움으로 인해 산산이 부서져 모두 사라졌고, 그는 다시 도망치기 시작했다. 이번에는 울부짖듯이 달리면서 자신에게 소리쳤다.

"아빠, 엄마, 마커스, 베스, 호머!"

세상은 보고 또 봐도 멋지고 훌륭한 것들로만 가득 차 있었는데, 이제는 세상이 도망쳐야만 하는 곳으로 변했고, 그는 어느 방향으로 가야 할지를 알 길이 없었다. 그는 얼른 식구들 가운데 아무라도 만나고 싶었다. 그는 겁에 질렸다. 그래서 이쪽으로 몇 발자국 가다가 다시 저쪽으로 몇 발자국 가면서 불가사의한 재앙이, 아버지나 어머니나 형이나 누나를 만나지 못하면 벗어날 수가 없는 재앙이 그의 주변 어디에나 존재한다는 기분을 느끼며 허둥지둥 헤매기 시작했다.

율리시스는 식구 한 사람을 만나는 대신에 길거리 저 아래쪽에서 동네 아이들의 두목인 오거스트 고틀리브를 보았다. 신문팔이 소년은 한적한 길모퉁이에 서서 마치 오늘 세상에서 어떤 사건이 벌어졌는지를 전해줘야 할 사람들이 그 부근에 잔뜩 몰려 있기라도 한 듯 신문 기사의 제목을 외쳐대었다. 신문 기사의 제목들이란 항상 갖가지 살인 사건에 관한 것이 고작이고, 또 이타카의 길거리에서 언성을 높이며 사람들 사이로 돌아다닌다는 행동이 어쩐지 무례한 짓이라는 생각이 들었기 때문에 오거스트 고틀리브는 신문 기사의 제목들을 외쳐대는 것이 조금쯤은 우스꽝스럽다고 느꼈다. 그래서 신문팔이 소년은 길거리가 마침내 한산해지는 것을 보면 기분이 좋아졌다. 이타카의 사람들이 길거리에서 사라진 다음이면 오거스트 고틀리브는 도시를 거의 독차지하게 된 상황이 고맙다는 듯, 자신이 그렇게 행동하고 있다는 사실을 의식하지도 않으면서, 그 어느 때보다도 목청을 돋우어 오늘의 비참한 신문 기사 제목들을 외쳐대고는 했다.

뉴스를 가지고 인간은 무엇을 할 수가 있었던가? 신문을 팔아 몇 푼의 돈을 버는 정도일까? 그가 할 수 있는 일이 그것이었던가? 마치 그것이 즐거운 소식이라는 듯 날마다 저질러지는 실수를 큰 소리로 외쳐 알려준다는 행위는 어리석은 짓이 아니었을까? 날마다 벌어지는 새로운 범죄들에 대해서 사람들이 그토록 변함없이 무관심하다는 것은 수치스러운 일이 아니었을까?

때로는 잠을 자면서도 신문팔이 소년은 세계 뉴스의 제목들을 외쳐대는 꿈을 꾸곤 했다. 그러나 그 내면 세계에서도 그는 뉴스의 본질에 대해 혐오감을 느꼈다. 소리칠 때면 그는 항상 굉장히 높은 곳에 있었고, 저 아래는 언제나 오류와 그릇된 광적인 행동을 저지르는 무수한 군중이 깔려 있었다. 하지만 그의 목소리를 듣는 순간에 군중은 하던 동작을 멈추고 그를 올려다보았으며, 그러면 그는 항상 이렇게 소리쳤다.

"이제는 돌아가요, 여러분이 마땅히 가 있어야 할 곳으로 모두들 돌아가요! 살인을 중단해요! 그 대신에 나무를 심어요!"

그는 항상 나무를 심는다는 생각을 사랑했다.

길모퉁이에서 오거스트 고틀리브를 보자 율리시스의 마음속에서는 공포가 조금씩 사라졌다. 그는 소리쳐 오기를 부르고 싶었지만 입에서 아무 소리도 나오지 않았다. 대신에 있는 힘을 다해서 신문팔이 소년에게로 달려가 몸을 던져 오기가 거의 자빠질 지경으로 냅다 껴안았다.

"율리시스! 왜 이러니! 왜 울고 야단이야?"

오기가 말했다.

율리시스는 신문팔이 소년의 눈을 빤히 올려다보았지만 아직도 말이 나오지 않았다.

"넌 무엇 때문인지 겁에 질렸구나. 그래, 겁내지 마라. 무서워할 게 없으니까. 자, 그만 울어."

오기는 기다렸고, 율리시스는 울음을 그치려고 무척 애를 썼다. 얼마 안 있다가 흐느낌이 수그러들어 딸국질 소리처럼 되었다. 그러자 오기가 말했다.

"따라와, 율리시스. 또 호머 형한테 데려다 줄 테니까."

그 이름, 형의 이름을 듣고 율리시스는 마침내 웃었고, 그러더니 딸꾹질처럼 다시 한번 흐느꼈다.

"호머 형?"

"그럼. 따라와."

그것은 어린 소년으로서는 믿어지지 않을 정도로 너무나 좋은 일이었다.

"호머 형 보러 가?"

"그래. 전신국은 아주 가까운 곳에 있어."

오거스트 고틀리브와 율리시스 매콜리가 전신국으로 들어섰다. 그들은 배달 책상에 앉아 있는 호머를 보았다. 형의 모습을 보자 율리시스의 얼굴에서는 멋진 변화가 일어났다. 이제는 집으로 돌아왔기 때문에 모든 공포가 그의 눈에서 사라졌다.

동생을 보고 호머는 오기에게로 시선을 돌렸다.

"이 시간에 율리시스가 시내에서 무얼 하고 있었지?"

"아마 길을 잃어버린 모양이야. 울고 있던데."

"울어?"

호머는 또다시 딸꾹질처럼 흐느끼는 율리시스를 들어올려 끌어안았다.

"좋아, 내가 자전거에 태워서 집으로 데려다 줄게."

토머스 스팽글러는 전신국장 책상에 앉아서 세 소년을 지켜보았고, 늙은 전신 기사 윌리엄 그로간도 일손을 멈추고 그들을 지켜보앉다. 그들은 몇 차례 서로 쳐다보았다. 호머가 동생을 내려놓았다. 그는 율리시스가 배달 책상으로 가서 그곳에 있는 것들을 살펴보자 동생이 다시 괜찮아졌음을 알았다. 호머는 오거스트를 한 팔로 끌어안고 말했다.

"고마워, 오기."

스팽글러가 몸을 일으켜 소년들에게로 갔다.

"신문 한 장 다오, 오기."

"예, 그러세요."

오기가 신문을 접어 파는 규칙적인 동작을 시작하려고 했지만 스팽글러는 그러지 말라고 하고는 신문을 펼쳐 들었다. 전신국장은 기사 제목을 훑어본 다음에 신문을 쓰레기통에 던져 넣었다.

"잘 팔리냐?"

"지금까지 55센트를 벌었어요. 하지만 오후 한 시에 일을 시작한걸요. 75센트를 벌면 전 집으로 갈 생각이에요."

"왜? 왜 75센트를 벌려고 그러지?"

스팽글러가 물었다.

"저도 모르겠어요. 그냥 토요일에는 75센트를 벌어야겠다는 생각이 들었어요. 시내에 별로 사람이 없기는 하지만 한두 시간 안에 나머지 신문을 다 팔 수 있으리라고 생각해요. 조금 있으면 사람들이 저녁 식사를 하고 다시 시내로 나오기 시작할 거예요. 영화 구경 가는 사람들요."

"그래, 영화 구경 가는 사람들 신경 쓰지 마라. 네가 가지고 있는 나머지 신문들은 나한테 주고 지금 당장 집으로 가. 여기 25센트 받아라."

신문팔이 소년은 전신국장의 이런 선심이 고맙기는 했어도 어쩐지 그것이 옳지 못하다고 여겨졌다. 누가 뭐라고 해도 신문은 정말이지 한 번에 한 장씩 각기 다른 사람에게 팔아야만 하고, 길모퉁이에 서서 기사 제목을 소리쳐 알려주어 사람들로 하여금 신문을 사서 기사를 읽고 싶은 마음을 느끼게끔 만들어야 했다. 그는 피곤했고, 집으로 가서 저녁을 먹고 싶었고, 여지껏 스팽글러 같은 사람을 한 명도 알았던 적이 없었지만, 그래도 그것은 어쩐지 옳지 못하다고 생각되었다.

"전 선생님한테서 25센트를 벌고 싶지는 않아요."

"거북하게 생각하지 마라. 신문은 나한테 주고 집으로 가."

스팽글러가 고집했다.

"예, 알겠어요. 하지만 언젠가는 저도 선생님을 위해서 무슨 일이건 해드릴 수 있으면 좋겠어요."

"그래."

스팽글러가 말하고는 신문들을 쓰레기통에 버렸다.

오기가 집으로 가려고 돌아섰지만 호머가 그를 잡았다.

"내가 자전거로 태워다 줄 테니까 잠깐 기다려. 그래도 되겠죠, 스팽글러 선생님? 전 이타카 포도주 회사에서 받아올 전보가 있는데 그곳은 집으로 가는 도중이거든요. 그러니까 괜찮으시다면 제가 율리시스와 오기를 집으로 태워다 준 다음에 이타카 포도주 회사로 가서 전보를 받아오겠어요. 그래도 괜찮겠어요?"

"그럼."

스팽글러가 말하고는 자기 자리로 돌아갔다.

"날 집까지 태워다 줄 필요는 없는데. 한꺼번에 두 사람을 태우는 건 부담이 너무 많아. 걸어가도 시간이 얼마 안 걸려."

오기가 말했다.

"걸어서는 그렇게 빨리 갈 수가 없어. 거의 3킬로미터나 되는 거리니까 말야. 난 두 사람 다 태우고 가도 정말 힘이 안 들어. 넌 짐 싣는 데 앉고 율리시스는 손잡이대에다 앉히면 돼. 자, 가자."

세 소년은 호머의 자전거를 세워둔 바깥으로 나갔다. 호머는 한쪽 다리까지 다쳤기 때문에 힘이 들기는 했지만 그들을 안전하게 집으로 데려다 주었다. 그들은 우선 아라의 잡화상과 나란히 붙은 오기의 집부터 들렀다. 아라는 어린 아들의 손을 잡고 가게 앞에 서 있었다. 그들은 하늘을 올려다보는 중이었다. 길거리 아래쪽 공터 옆에서는 매콜리 부인이 마당의 늙은 호도나무 밑에 서서 빨랫줄에 걸린 옷을 거두어들였다. 메리와 베스는 응접실에서 노래를 부르고 연주를 했다. 피아노 소리와 메리의 목소리가 희미하게 들려왔다.

오기가 자전거에서 내려 집으로 들어갔다. 호머는 잠깐 자전거를 붙잡고 길거리에 서서 하늘과 매콜리의 집을 쳐다보았다. 그러자 오기가 집에서 나와 가게 주인 아라에게로 갔다.

"오늘 많이 팔았어요, 아라 아저씨?"

"고맙다, 오기. 나 만족해."

"전 돈이 75센트 있어요. 전 내일 쓸 것들을 많이 사고 싶어요."

"좋아, 오기."

가게 주인이 말했다. 그는 돌아서서 다시 상점으로 들어가기 전에 하늘의 구름을 손으로 가리키고는 아들을 쳐다보았다.

"보이지, 존? 지금 밤 시간 되었고, 금방 우리 잠자리에 들어 잠자야 한다. 밤 동안 내내 자야지. 낮 시간 되면 우리 다시 일어나. 새로운 날 되는 거야."

가게 주인과 아들과 이웃집 소년이 상점으로 들어갔다. 그 사이에 형의 자전거 손잡이대에 올라앉은 율리시스는 그의 어머니를 지켜보고 있었다. 그러자 호머가 다시 자전거에 올라앉아 집을 향해 가기 시작했다.

마당 나무 밑에 있는 어머니에게 가까이 갈수록 어린 동생의 얼굴은 광채로 가득 찼지만, 그와 동시에 이제는 깊은 슬픔도 나타났다.

호머는 자전거를 타고 공터를 곧장 가로질러 호도나무 밑 뒷마당으로 들어갔다. 그는 자전거에서 내려 율리시스를 내려놓았다. 율리시스는 어머니를 쳐다보고 서 있었다. 미스터 메커노 때문에 생겼던 공포는 이제 완전히 사라진 듯싶었다.

"애가 길을 잃어버렸어요. 오기가 애를 발견하고는 전신국으로 데려다 주었죠. 전 지체할 수는 없지만 안으로 들어가 베스하고 메리한테 인사라도 하겠어요."

호머가 말했다.

호머는 집으로 들어가 컴컴한 식당에 서서 누나와, 형이 사랑하는 여자가 노래를 부르는 소리를 들었다. 노래가 끝난 다음에 그는 응접실로 들어갔다.

두 여자가 돌아섰다.

"오늘 마커스한테서 편지 받았단다."

메리가 말했다.

"어떻게 지낸대요?"

"잘 있대. 곧 멀리 떠난다지만 어디로 가는지는 모르나 봐. 당분간 편지를 한 통도 받지 못하더라도 걱정하지 말라는구나."

"우리 모두에게 편지를 했어. 엄마한테, 나한테, 그리고 율리시스한테도."

베스가 말했다.

호머는 자기에게도 편지가 왔다는 말이 나오기를 기다렸는데, 혹시 그런 말이 없을까 봐 두렵기도 했다. 결국 아주 조용한 목소리로 그가 물었다.

"나한테 온 편지는 없어?"

"오, 물론 있지. 네 편지가 그 중에서도 제일 두툼하더구나. 우리 모두에게 편지를 썼다면 당연히 너한테도 마커스가 편지를 보냈으리라는 건 너도 알리라고 생각했지."

베스가 말했다.

호머의 누이는 탁자에서 편지 한 통을 집어 그에게 넘겨주었다. 호머가 한참 동안 편지를 쳐다보았다. 그러자 그의 누이가 말했다.

"얘, 넌 왜 편지를 뜯어 읽어보지 않니? 우리한테 읽어줘."

"아냐, 베스, 난 지금 가야 해. 난 편지를 사무실로 가지고 가서 오늘밤 시간이 많을 때 읽겠어."

"우린 하루 종일 일자리를 찾으러 돌아다녔어. 하지만 직장을 못 구했단다."

베스가 말했다.

"그래도 아주 재미있었어. 그냥 찾아들어가 물어보고 다니는 것도 굉장히 재미있어."

메리가 말했다.

"글쎄, 재미있었거나 없었거나 간에 일자리를 구하지 못했다니까 난 기뻐."

호머가 말했다.

"난 우리 식구들이 필요로 하는 돈을 다 벌고 있고, 메리의 아버지는 이타카 포도주 회사에 훌륭한 일자리가 있으니까. 두 사람은 직장을 찾아 나설 필요가 없어."

"아냐, 우린 찾아 나서야 해. 그리고 머지않아 우린 직장을 구할 거야. 두 곳에서 우리더러 다시 와보라고 그랬어."

베스가 말했다.

"직장을 구할 생각은 하지도 말라니까."

호머가 말했다. 그는 이제 화가 났다.

"이곳에서 처리해야 할 일들이 있다면 남자들이 알아서 처리할 테니까. 여자들은 남자들 뒷바라지나 하면서 집에서 지내면 다 되는 거야."

그는 베델 호텔에서 만났던 아름답고 젊은 여자를 생각하고 있었다.

"이 세상에서 전쟁이 벌어지고 있다고 해서 모든 사람이 제 정신을 잃어도 좋다는 이유는 되지 못해. 마땅히 있어야 할 집에 그냥 남아 있으면서 어머니를 도와드리고, 메리 누나는 아버지를 도와드려요."

 호머는 너무나 어른스러웠고, 그가 무슨 일에 관해서든 그토록 관심을 나타내는 것을 지금까지 한 번도 본 적이 없었던 터라 베스는 동생이 자랑스럽다는 생각까지 들 정도였다.

 호머는 컴컴한 식당으로 돌아갔다.

 베스가 피아노를 연주하기 시작했고, 잠시 후에는 메리가 노래를 부르기 시작했다. 배달원은 컴컴한 방에 서서 귀를 기울였지만, 노래가 절반도 끝나기 전에 조용히 집에서 나왔다. 마당으로 나온 그는 닭장에서 달걀 하나를 내려다보고 서 있는 율리시스를 보았다.

 "달걀아."

 마치 그 말이 하나님을 의미하기라도 하는 듯 율리시스가 말했다.

 호머는 자전거를 타고 이타카 포도주 회사로 향했다.

32. 기차에서

 호머가 자전거를 타고 가는 동안, 머나먼 곳에서는 열차가 밤의 어둠 속을 달려가고 있었다. 기차는 군복을 입은 미국 청년들로 가득 찼다.
 어떤 사람들은 마흔 살이 넘기도 했지만, 대부분은 큰 도시와 작은 읍내에서, 밭이나 사무실에서, 부유한 집안이나 가난한 집안에서 온 청년들이었다. 어떤 사람들은 위대한 업적을 남기려는 꿈을 안고 왔으며, 또 어떤 사람들은 평화라는 소박한 꿈을 안고 온 청년들이었다. 총명하고 머리가 잘 돌아가는 청년들이나 우직하고 끈기 있는 청년들이었다. 소음과 웃음소리, 흥분감, 두려움, 회의, 혼란, 열성, 그리고 심한 무지와 심오한 지혜가 멋지게 어울린 속에서 마커스 매콜리와 그의 친구 토비 조지는 조용히 얘기를 나누었다.
 "그래, 우리도 드디어 가긴 가는구나."
 토비가 말했다.
 "정말 그래."
 마커스가 말했다.
 "자네는 어떤지 잘 모르겠지만 말야, 마커스, 만일 이 전쟁이 터져 징병당하지 않았더라면 난 자네를 만나지 못했을 것이고, 자네 가족에 관해서 알게 되지도 못했을 테니까, 난 운이 좋았다는 생각이 들어."

마커스는 거북한 기분을 느꼈다.

"나도 자네에 대해서 똑같은 생각을 해."

마커스는 잠깐 말을 멈춘 다음에 미지의 위험에 노출된 모든 사람이 거듭거듭 자신에게 묻는 질문을 했다.

"난 자네가 솔직하게 얘기해주었으면 좋겠어. 죽을까 봐 두렵지 않아?"

상대방은 얼른 대답을 하지 않았지만, 결국 말했다.

"그야 물론 두렵지. 하기야 난 큰소리를 치고 무섭지 않은 체할 수도 있을 거야. 하지만 겁이 나. 자네는 안 그래?"

"무척 두려워. 하지만 만일 운이 좋아서 살아난다면 자넨 무엇이 자네를 기다려주기를 바라나?"

마커스가 물었다.

"모르겠어."

정말로 모르기 때문에 토비가 그렇게 말했다.

"아마 난 무엇이건 간에 혹시 나를 기다려주는 것이 있다면 그것에게로 돌아가겠지. 난 자네처럼 가족이 있는 것도 아냐. 나는 찾아서 돌아갈 사람이 아무도 없지만 무엇이라도 난 다 괜찮아. 메리가 자네를 기다리듯이 나를 기다려줄 사람은 없지만, 난 그래도 마찬가지로 돌아가고 싶어. 혹시 살아남는다면 말야."

"그래야지."

마커스가 말했다.

"그런데 자넨 어쩌다가 노래를 좋아하게 되었어?"

"그걸 내가 어떻게 알아? 난 그냥 노래를 좋아하고, 그게 전부야."

그들은 기차 소리와 기차 안에서 떠드는 소음에 귀를 기울였다. 토비가 물었다.

"자네 무슨 생각을 하고 있나?"

마커스는 대답을 하기 전에 잠깐 동안 잠자코 있었다.

"이타카."

마침내 그가 말했다.

"이상한 일이지." 토비가 말했다. "아마 자넨 이런 거 이해가 안 갈지 모르지만 난 이타카가 내 고향이라는 기분이 들어. 만일 우리가 별일 없이 이 고비를 넘긴다면, 날 이타카로 데리고 가지 않겠나?"

"그러지. 난 자네가 우리 가족을 만났으면 해. 난 우리 아버지가 대단히 훌륭한 분이었다고 생각해. 성공이나 출세를 했다거나 뭐 그런 얘기가 아냐. 아버지는 재주나 변변한 직업조차 없었어. 그냥 먹고 살기 위해 일을 하셨지. 아무 일이나 닥치는 대로. 아버지는 필요 이상으로 많은 돈을 벌지는 않으셨지만, 그래도 어쨌든 난 아버지가 대단한 분이셨다고 생각해."

"매튜 매콜리라고 그랬지?"

토비가 물었다.

"아버지는 포도원에서도 일했고, 통조림 공장에서도 일했고, 양

조장에서도 일하셨어. 평범하고 시시하고 하찮은 일이었지. 길거리에서 혹시 만났다면 자네는 아버지를 보잘것없는 사람이라고 생각했겠지만, 우리 아버지였기 때문에 난 그렇게는 생각하지 않아. 아버지는 오직 집안 식구들, 어머니하고 아이들만 걱정하셨어. 아버지는 몇 달 동안이나 저축해서 하프를 사기 위한 보증금으로 내놓으셨지. 생각해보게나, 하프 말야. 지금은 아무도 하프를 연주하질 않지만, 그건 우리 어머니가 원하던 것이었지. 그 하프 값을 아버지가 치르는 데는 5년이나 걸렸어. 그렇게 비싼 하프는 또 없을 거야. 우린 집에 하프가 있었기 때문에 남들도 집집마다 하프가 있는 줄 알았어. 그러다가 아버지는 누이 베스를 위해 피아노를 사 들여놓으셨는데, 그건 돈이 별로 많이 들지 않았어. 난 모든 사람이 우리 아버지하고 똑같은 줄 알았지만, 집을 나와 다른 아버지들을 만나보니까 그렇지도 않았지."

"나도 그런 사람을 알았더라면 좋았을 텐데." 토비가 말했다. "꼭 우리 아버지가 아니어도 좋고, 어느 누구라도 좋으니까 어쨌든 그냥 내가 아는 사람이기만 하면 좋지."

"자네 아버지도 훌륭한 분이었는지 모르잖아."

"글쎄, 우스운 얘기 하나 해줄까? 난 학교에 가서 다른 아이들이 하는 얘기를 듣기 전에는 아이들에게 아버지와 어머니가 있다는 사실을 몰랐어. 온 세상 사람들이 나와 마찬가지로 혼자뿐이어서 완전히 혼자 힘으로 시작하는 줄만 알았지. 어쩌면 난 그래서 노래 부르는 걸 좋아하게 되었는지도 몰라. 노래를 부를 때는 그런 기분, 모든 것으로부터 동떨어졌고 외톨박이라는 기분을 느끼지 않게 돼."

그러고 나서 소심하다고 할 만큼 수줍어하며 그가 말했다.

"베스는 어떤 여자야?"

마커스는 친구가 이 질문을 하면서 거북해한다는 것을 알았다.

"자네, 내 여동생 얘기를 물어봐도 괜찮아. 난 자네가 언젠가는 내 누이를 만나기를 바라니까. 아마 동생은 자넬 좋아할 거야."

"나를?"

"그래, 난 동생이 자네를 아주 좋아하리라고 생각해. 난 자네가 우리 집에서 지내기를 원해. 만일 두 사람이 서로 좋아하게 된다면, 글쎄, 난 그냥 누이가 자네를 아주 좋아하리라고만 생각해."

그런 얘기를 하기란 적절하지 않다는 사실을 알고 있었고, 한편으로는 그런 얘기를 하려고 노력하는 것이 필요하다는 것도 알고 있었기 때문에, 마커스는 이제 빠른 속도로 얘기하기 시작했다.

"혹시 어쩌다가 자네가 베스를 좋아하게 된다면…… 그러니까, 내 얘긴 말야, 베스하고 결혼해서 이타카에서 살아도 되지 않겠느냐 이거야. 이타카는 좋은 고장이지. 살기 좋은 곳이라구. 자, 이것 봐. 자네한테 베스의 사진을 줄 테니까 몸에 지니고 다니지 그래?"

그는 토비에게 여동생의 작은 사진을 주었다.

"내가 메리의 사진을 간직하듯 자네도 신분증을 넣는 지갑에 이 사진을 넣고 다녀. 알았지?"

마커스가 쳐다보고 있는 사이에 토비 조지는 한참 동안 사진을 들여다보았다. 마침내 그가 말했다.

"베스는 정말 미인이야. 만나보지도 않고 남자가 한 여자를 사랑하게 될 수가 있는지 어쩐지는 잘 모르겠지만, 난 벌써 베스를 사랑한다는 기분이 들어. 기분이 이상해. 솔직하게 얘기하겠어. 난 지금까지 자네한테 베스에 관한 얘기를 하기가 두려웠어. 하지만 내 생각엔, 뭐랄까, 이왕 같이 여행을 하는 중이니까, 하기야 자네가 별로 개의치 않을지도 모르리라는 기분이 들었지. 나로서는 어쩔 수도 없는 노릇이지만 난 항상 다른 사람들과 똑같은 그런 권리가 내겐 없다고 생각했지. 자네도 알겠지만, 어머니와 아버지가 아니라 고아원에서 이름을 지어주고, 어머니와 아버지가 누구인지조차 모르고, 부모의 국적이, 그리고 자신의 국적도 어디인지 모르는 그런 사람에게는 다른 사람들과 똑같은 권리들이 없으리라고 항상 느껴지지. 어떤 사람들은 내가 스페인계나 프랑스계라고 하고, 또 어떤 사람들은 내가 영국과 에이레 혈통이라고 하더군. 거의 모든 사람이 내 국적에 대해서 견해가 달라."

"자넨 미국인이야. 그게 전부지. 그건 누구라도 알 수 있어. 그리고 그 사진은 자네가 가져. 우린 이타카로 돌아갈 것이고, 자네도 나도 가족을 이룰 것이고, 우린 서로 가끔 찾아가서 음악도 좀 듣고 노래도 부르고, 그렇게 살아가는 거지."

마커스가 말했다.

"난 자네 말을 믿어. 하나님께 맹세컨대 난 자네 말을 믿는다구. 난 우리가 어쩌다 보니 같은 길을 가는 친구가 되었다는 그런 단순한 이유 때문에 자네가 이런 말을 하고 있다고는 생각하지 않아. 난 자네 말을 믿고, 이 세상의 무엇보다도 이타카로 가게 되기를 원해. 나는 그곳에서 살고 싶고, 자네가 얘기한 모든 것을 하고 싶어."

토비는 만일 일이 잘못되는 경우를 상상해보려고 잠깐 얘기를 중단했다가 말을 이었다.

"만일 베스가 나를 좋아하지 않는다면, 만일 그녀가 다른 남자를 사랑하게 된다면, 만일 우리가 돌아갔을 때 그녀가 결혼해 있다면…… 그래도 어쨌든 난 이타카에서 살겠어. 나로서는 잘 모르겠지만, 이타카는 내 고향이기도 한 것 같아. 평생 처음으로 나는 어딘가 소속되어 있다는 기분을 느껴. 그리고 내가 이런 소리 하는 거 불쾌하게 생각하지 않기를 바라는데, 난 매콜리 가족이 내 가족처럼 느껴져. 만일 나한테 선택권이 있다면 그런 가족과 같이 살게 되기를 원해. 난 내가 베스를 좋아하게 되리라는 걸 알기 때문에 베스가 나를 좋아하고 다른 사람과 사랑에 빠지지 않도록 하나님에게 기도하겠어."

이제 그는 아주 나지막한 목소리로 얘기했고, 기차 안이 비록 소음으로 가득하기는 했지만 마커스는 그 말을 들을 수가 있었다.

"이타카는 내 고향이야. 내가 사는 곳은 그곳이지. 그럴 수만 있다면 난 죽을 때도 그곳에서 죽고 싶어."

그때 다른 청년들이 이 친구들에게 인사를 했다. 그들은 다른 사람들과 같이 소리를 지르고, 거리의 여자들이 무엇 때문에 좋은지에 관해서 몇 명의 청년이 스스로 지어낸 노래를 부르기까지 했다.

한참 노래를 부르던 중에 토비가 말했다.

"고아원에서 우린 억지로 기도를 드려야 했어. 그곳의 규칙이었기 때문이지. 우리는 좋건 싫건 간에 기도를 해야만 했어."

"그건 별로 나쁜 규칙도 아냐. 하지만 물론 기도라는 건 강제로 시킬 수가 없는 것이긴 해."

마커스가 말했다.

"아마 그 이유 때문에 고아원을 떠난 다음에 기도를 안 하게 되었는지도 몰라. 난 열세 살 이후에 단 한 번도 기도를 드리지 않은 것 같아. 하지만 난 지금부터 당장 다시 기도를 시작할 생각이고, 이것이 바로 내 기도야."

토비는 잠깐 기다린 다음에 눈을 감지 않고, 머리도 숙이지 않고, 두 손을 맞잡지도 않은 채로 기도를 드리기 시작했는데, 그가 한 말은 틀림없는 기도였다.

"그럴 수만 있다면 저를 이타카로 보내주세요. 뭐라고 해서도 좋습니다만 가능하다면 저를 이타카로 보내주세요. 저를 고향으로 보내주세요. 모든 사람을 보호해주세요. 모든 사람을 고통으로부터 건져주세요. 집이 없는 사람들에게 집을 찾아주세요. 나그네를 안전하게 고향으로 보내주시고, 저를 이타카로 보내주세요. 아멘!"

"훌륭한 기도야. 그 기도에 응답이 있었으면 좋겠어."

마커스가 말했다.

이제 군인들은 다른 노래를 부르는 중이었다. 그 노래는 모든 것, 특히 여자의 사랑이 덧없다는 내용이었으며, 청년들은 그 노래에 담긴 냉소적인 지혜를 좋아했다. 토비와 마커스도 노래를 같이 불렀고, 그러다 갑자기 토비가 말했다.

"자넨 어떤 기도를 드리지?"

"자네가 한 기도하고 같아. 똑같은 내용이지."

그 노래가 끝나자 모두들 잠잠해졌다. 침묵을 지켜야 할 이유가 없었는데도 갑자기 무슨 까닭에서인지 기차에 탄 모든 사람이 입을 다물어버렸다. 마침내 조 히긴스라는 병사가 마커스와 토비에게로 오더니 말했다.

"도대체 무슨 이유로 모두들 이렇게 잠잠해졌지? 진짜 노래 한 곡 부르는 거 어때, 토비? 우리를 위해서 손풍금이라도 연주해주면 어떠냔 말야, 마커스?"

"무슨 노래를 듣고 싶지?"

마커스가 물었다.

"아, 난 모르겠어. 우린 지저분한 노래는 모조리 불렀으니까. 무슨 옛 노래라도 불러야 할 것 같은데. 자네도 알잖아, 좋은 노래 말야! 우리 교회에서 부르는 좋은 옛 노래를 부르면 어떨까? 어릴 때 우리가 모두 알았던 노래 같은 거."

"자넨 무슨 찬송가를 알고 있나, 조?"

"글쎄. 웃지 말라구, 이 친구들아. 난 〈안기세〉를 알아. 자네들도 알잖아? 〈영원한 팔에 안기세〉 말야."

조가 말했다.

"그 노래의 가사를 알아, 토비? 모른다면 내가 도와주지."

"그 가사를 아느냐고? 난 아마 그 노래를 거의 10년 동안 일요일마다 부른 것 같아."

토비가 말했다.

"좋아. 조를 위해서 불러주지. 같이 부르고 싶다면 말야. 조, 노래를 부를 줄 몰라도 상관없어. 그냥 같이 어울리면 그만이지."

마커스가 말했다.

"아, 나도 그 노래는 알아."

마커스가 옛 찬송가를 연주하기 시작했고, 곧 토비가 노래를 부르기 시작했다.

얼마나 화목하고, 얼마나 거룩한 기쁨인가.
영원한 팔에 안기세.
얼마나 축복되고, 내 평화 얼마나 큰가.
영원한 팔에 안기세.

그러자 음악적인 소질은 없지만 힘차고 쾌활한 목소리로 조는 토비와 함께 노래를 부르기 시작했고, 곧 기차에 탄 모든 사람이 노래에 귀를 기울였다. 잠시 후 모든 사람이 음악에 더 가까워지고 싶어서 마커스와 토비와 조의 곁으로 모여들었고, 조와 토비는 노래를 불렀다.

안기세, 안기세, 모든 고난에서 안전하게
안기세, 안기세, 영원한 팔에 안기세.

이제는 모든 사람이 노래를 불렀다.

33. 마커스

　이번 토요일은 호머 매콜리의 삶에 있어서 가장 길고 가장 사건이 많은 날들 가운데 하루였다. 작은 일들이 새로운 중요성을 지니고, 그가 이해할 수 있는 무엇인가를 의미하기 시작했다. 불안하고 슬픔으로 가득했던 어젯밤의 잠은 이제 영원히 그의 각성을 이루는 의식의 한 부분이 되었다. 그는 죽음의 사자가 이타카와 그곳 사람들에게 접근하지 못하도록 막기 위해 있는 힘을 다해서 노력했다. 그가 꾼 꿈은 이제 더는 꿈이 아니었다.
　형 마커스에게서 온 편지는 뜯겨 읽혀지기를 기다리며 배달원의 푸른 저고리 호주머니 속에 들어 있었다.
　그는 지친 몸을 어서 쉬고 싶은 생각으로 다리를 절며 전신국으로 들어섰다. 그는 호출 용지를 보았지만 받으러 갈 전보가 없었다. 들어온 전보를 걸어놓는 고리를 살펴보았지만 배달해야 할 전보도 없었다. 거추장스러운 일이 하나도 없었다. 그는 늙은 전신 기사에게로 가서 말했다.
　"그로간 선생님, 하루 묵은 파이 두 개, 사과와 코코넛 크림 파이를 돈을 같이 내서 사 드시지 않으시겠어요?"

"돈은 내겠지만 말이다, 애야, 난 파이는 먹고 싶은 생각이 없다. 어쨌든 고맙다."

"선생님이 파이를 드시고 싶지 않으시다면, 저도 먹고 싶지 않은데요. 전 선생님이 배가 고프실 줄 알았죠. 전 조금도 배가 고프지 않아요. 하루 종일 쉴 틈이 없었지만 배가 고프지는 않습니다. 우습다는 생각이 드는군요. 하루 종일, 그리고 저녁 내내 일을 하면 사람이란 당연히 배가 고파지리라는 생각이 들지도 모르지만, 때로는 그렇지 않기도 해요."

"다리는 어떠냐?"

"괜찮아요. 다리는 완전히 잊어버리고 있었어요. 돌아다니기에는 아무 무리가 없어요."

그는 묘한 표정으로 노인을 쳐다본 다음에 아주 부드러운 목소리로 말했다.

"술 취하셨나요, 그로간 선생님?"

호머가 진지하게 물었고, 노인은 기분이 상하거나 불쾌감을 느끼지는 않았다.

"그래, 술 마셨단다, 애야."

그로간 씨는 그의 의자로 가서 앉았다. 잠시 후에 그는 자리에 앉지 않고 책상 맞은편에 그냥 서 있는 소년을 건너다보았다.

"난 술이 취해야 훨씬 기분이 좋아져."

그러더니 그는 술병을 꺼내 길게 주욱 들이켰다.

"난 너더러 절대로 술을 입에 대지 말라는 소리는 하지 않겠다. 나는 많은 멍청한 늙은이들이 그러듯이 '나를 보고 교훈을 얻도록 하라. 술을 마셔서 내가 어떤 꼴이 되었는지를 보라'고는 말하지 않겠어. 너는 이제야 여기저기 돌아다니며 지금까지 한 번도 본 적이 없는 많은 것들을 보게 되었지. 그래, 난 너한테 해주고 싶은 얘기가 있단다. 사람들이 얽혀 있는 모든 일, 그런 일은 아주 조심하도록 해라. 만일 무엇이 확실히 잘못이라고 생각되는 경우에도, 그것을 틀림없다고 믿지 말아라. 사람들을 판단할 때는 아주 조심해야 해. 그래, 네가 날 용서해주길 바라면서도, 너는 내가 존중하는 사람이기 때문에 꼭 얘기를 해줘야겠다. 사람들이 어쩌다가 어떤 면을 드러냈다고 해서 그들은 비판한다는 것은 올바른 일이 아니라는 얘기를 해줘도 괜찮을 것 같구나. 사람은 삶이 끝나갈 때가 점점 가까워지면, 자신이 죽은 다음에도 그가 아는 사람들이 계속해서 살아갈 것이라는 데 대해서 기쁘게 생각하지. 내 얘기 알아듣겠니?"

"잘 모르겠어요, 그로간 선생님."

"술이 취하지 않은 상태에서는 할 수 없는 어떤 얘기를 해주마. 너 자신에 대해 고맙게 생각하거라. 나는 이 얘기를 해주고 싶구나. 그래, 너 자신에게 말이다. 고마워해야지. 한 인간이 어떤 사람이 되었느냐 하는 데 대해서 우리는 고마워해야 하고, 또 마땅히 고마워해야 한다는 점을 이해해라. 전혀 낯도 모르는 사람들이 있는 그대로의 너를 믿어주리라는 데 대해서 고마워해야 한다."

또다시 호머는 베델 호텔에서 만난 젊은 여자를 생각했다. 마치 오래 알았던 친구에게 그러듯이 절박하게 얘기하던 그녀의 태도가 머리에 떠올랐다.

"그들은 네가 그들을 배반하거나 마음의 상처를 주지 않으리라는 걸 알게 되지. 그들은 네가 그들을 경멸하지 않으리라는 걸 알게 돼. 다른 사람이 그들에게서 발견하지 못한 면을 네가 발견하게 되리라는 사실을 알게 돼. 너는 자신을 알아야만 한단다. 그것 때문에 거북해해서는 안 돼. 넌 열 네 살이니까, 한 사람의 남자야. 누가 너를 이런 남자로 키워놓았는지 모르겠지만, 네가 그런 사람인 것은 사실이니까 그것이 사실이라는 것을 알고, 너 자신에 대해서 고마움을 느껴야 한단다. 알겠느냐?"

배달원은 걱정스럽게 침을 꿀걱 삼켰다.

"이해가 가는 것 같아요, 그로간 선생님."

"그렇다면 고맙구나. 너 손에 들고 있는 게 뭐냐? 편지잖아? 내 얘기는 끝났다. 어서 읽어. 네 편지를 읽으라구."

"우리 형 마커스한테서 온 편지죠. 아직 편지를 뜯어볼 틈이 없었어요."

"그렇다면 뜯어봐. 네 형에게서 온 편지를 읽거라. 소리를 내서 읽으라구."

"소리를 내서요?"

"그래, 괜찮다면 나도 들어보고 싶구나. 무척."

호머는 봉투를 뜯어 열고는 편지를 꺼내 펼쳐 들고 아주 천천히 읽기 시작했다.

"사랑하는 호머에게. 우선 해주고 싶은 얘기가 있는데, 집에 있는 내 물건은 모두 네 것이다. 내 책들, 축음기, 레코드, 네 몸에 맞을 때 입게 될 내 옷들, 자전거, 현미경, 낚시 도구, 피에드라에서 내가 수집한 수석들, 집에 있는 다른 모든 내 물건 말이다. 네가 가졌다가 더는 필요가 없어지면 율리시스에게 주거라. 그것들을 너한테 주는 이유는 이제 네가 이타카의 매콜리 집안에서 가장이 되었기 때문이란다. 작년에 통조림 공장에서 내가 벌어놓은 돈은 물론 살림에 보태 쓰시라고 어머니에게 드렸단다. 하지만 그 돈으로는 넉넉하질 못하겠지. 네가 어떻게 우리 식구들을 부양하면서 동시에 고등학교도 다닐 수 있을지 나로서는 알 수가 없지만, 난 네가 무슨 방법을 찾아내리라고 믿는다. 군대에서 내가 타는 봉급은 내가 꼭 쓸 돈 몇 달러 이외에는 어머니에게 보내드리지만, 그것도 역시 충분하지 못하구나. 나 자신도 열아홉 살이 되기 전에는 돈벌이를 하지 않았던 터라 너한테 그토록 많은 기대를 한다는 것은 쉬운 일이 아니지만, 웬일인지 나는 내가 못했던 일을 너는 할 수가 있으리라고 믿어지는구나.

네가 보고 싶고, 항상 네 생각을 한단다. 나는 잘 지내고 있다. 비록 전쟁을 믿었던 적이 전혀 없으며, 아무리 필요한 경우라고 해도 전쟁이 어리석은 짓이라고 믿기는 하지만, 그래도 이왕 벌어진 일이고 그토록 많은 사람들이 뛰어들었으니까 나도 이 전쟁에 참가한다는 것이 자랑스러워. 어떤 인간도 나에게는 적이 될 수가 없기 때문에 나는 어떤 적도 인간이라고는 인정하지 못하겠어. 그가 누구든 인간이라면 내 친구이니까. 내가 치르는 싸움은 인간과의 싸움이 아니라, 나 자신의 내면에서 내가 먼저 파괴하기를 원하는 그런 달갑지 못한 인간의 요소하고의 싸움이야.

난 영웅이 된 기분은 느끼지 않아. 그런 감정에 대한 소질은 전혀 없어. 나는 아무도 증오하지 않아. 항상 내 나라, 조국의 사람들,

도시들, 우리 집, 내 가족을 사랑했기 때문에 따로 애국심도 느끼지 않아. 군대에 들어오지 않았더라면 더 좋았으리라는 생각이 드는구나. 전쟁이 없었더라면 더 좋았을 것을. 나의 앞에 무엇이 기다리고 있는지 나로서는 전혀 알 길이 없지만, 그것이 무엇이건 간에 체념하고 그것을 맞이할 각오를 했지. 너한테는 이 얘기를 꼭 해둬야 되겠구나. 난 굉장히 두렵지만, 그래도 때가 되면 마땅히 해야 할 행동을 하게 되리라고 믿어. 난 내 마음이 내리는 명령 이외에는 어떤 명령도 따르지 않겠어. 나는 이타카 같은 몇천 곳의 도시에서, 미국 각처에서 온 청년들과 같이 지낸단다. 물론 나는 죽을지도 몰라. 우리는 누구나 그 사실을 알고 있지. 그런 생각을 하면 기분이 언짢아. 나는 무엇보다도 이타카로 돌아가는 것을 가장 원한단다. 나는 메리와 집과 가족이 있는 곳으로 돌아가고 싶어. 우리는 곧 떠나서 전투지로 가겠지만, 어디서 전투를 겪게 될지는 아무도 몰라. 그러니까 당분간은 이것이 너한테 보내는 마지막 편지가 될 것 같구나. 이것이 최후의 편지가 아니길 바라지만, 만일 그렇게 되더라도 이 편지가 우리 마음을 더욱 가깝게 해주었으면 좋겠다. 난 내 친구 토비 조지에게 이타카와 우리 가족에 관한 얘기를 해주었어. 나중에 그를 이타카로 데리고 가고 싶어. 난 매콜리 집안에서 내가 이 전쟁에 끼어들게 되었다는 것이 기쁜데, 그 까닭은 만일 네가 참전했다면 그것은 한심하고 그릇된 일이었을 테니까 말이다.

 말로는 전혀 할 수 없는 얘기를 편지에서는 할 수가 있단다. 너는 매콜리 집안에서 가장 훌륭한 사람이야. 그 어떤 것도 너를 좌절시켜서는 안 돼. 이제 나는 너에게 상기시켜주기 위해서 여기에다 네 이름을 써놓겠다, 호머 매콜리. 그것이 너란다. 네가 보고 싶어. 어서 너를 다시 만나고 싶어 기다릴 수가 없을 지경이야. 너에게 하나님의 은총이 내리길 바란다. 잘 있어라. 형 마커스가."

편지를 읽어 내려가던 중에 배달원은 의자에 앉았다. 그는 멕시코 여인의 집에서 그랬듯이 여러 차례 속이 울렁거려 침을 삼키며 아주 천천히 읽었다. 이제 그가 몸을 일으켰다. 그의 두 손이 떨렸다. 그는 아랫입술의 끝을 깨물고는 늙은 전신 기사를 쳐다보았다. 그는 아주 부드럽게 말했다.

"만일 우리 형이 이 바보 같은 전쟁에서 죽는다면, 난 세상을 혐오할 거예요. 세상을 영원히 증오할 겁니다."

그의 눈에는 눈물이 고였다. 그는 전신 중계기판 뒤에 있는 탈의실로 서둘러 가서 제복을 벗고는 평상복으로 갈아입었다. 그는 미처 옷을 제대로 여미기도 전에 사무실을 뛰쳐나왔다.

늙은 전신 기사는 한참 동안 앉아 있었다. 마침내 그가 몸을 부르르 떨고 병에 남은 술을 마저 마시고 자리에서 일어서서 사무실을 둘러보았을 때는 아주 조용했다.

34. 교회에서

따지고 보면 세상 어디에 사는 사람들이나 다 마찬가지겠지만 이타카의 삶이 거쳐가는 과정은 설계를 따라 이어졌다. 처음에는 무의미하고 심지어는 미친 짓처럼 여겨지기까지 하지만, 밤과 낮이 모여 여러 달과 해가 이루어지는 사이에 어떤 형태와 의미가 비슷한 요소가 드러났다.

전신기가 딸그락거리고 그로간 씨가 타자기 앞에 앉아 세상이 아이들에게 보내는 사랑이나 희망, 또는 고통이나 죽음을 알리는 글을 토닥거리며 쳐놓은 것도 여러 번이었다. "저는 고향으로 돌아가겠습니다." "생일을 축하합니다." "전쟁성은 귀하의 아드님이 전사했다는 소식을 알려드리게 된 것을 안타깝게 생각합니다." "서던 퍼시픽 정거장으로 마중을 나와주세요." "키스를 보냅니다." "저는 무사합니다." "하나님의 은총이 있으시기를 바랍니다." 호머 매콜리가 그런 전보를 배달하기도 여러 번이었다.

매콜리 댁 응접실에서는 하프의 줄을 퉁기고 노래를 부르는 소리가 들려왔다. 병사들은 땅 위로, 물 위로, 공중으로, 물 밑으로, 새로운 곳과 새로운 날과 새로운 밤과 새로운 잠으로 계속해서 이

동했고, 믿어지지 않는 소음과 위험으로 가득 찬 새롭고도 이상한 순간들을 맞았다. 마커스, 토비, 호머, 스팽글러, 그로간, 매콜리 부인, 율리시스, 다이애나, 오기, 라이오넬, 베스, 메리, 베델 호텔의 젊은 여자, 로잘리 심스-피비티, 아라 씨, 그의 아들 존, 떡대 크리스, 미스 힉스, 그리고 심지어는 미스터 메커노까지도 눈에 띄지 않기는 했지만, 살아 있는 자들의 얼굴은 변해갔다.

무개 화차의 옆으로 몸을 내민 흑인을 태운 화물차도 계속해서 달려갔다. 뒤쥐가 땅 속에서 바깥을 내다보았다. 헨더슨 씨의 나무에 달린 살구들이, 빙그레 미소를 짓는 태양 빛깔과, 살구를 몰래 따 먹으러 온 소년들의 주근깨 빛깔을 띠었다. 새끼들을 잔뜩 거느린 암탉 한 마리가 의젓하게 나들이를 나섰다. 율리시스가 구경했다. 호머의 절름거리던 다리가 아물었다. 부활절 일요일이 이타카를 찾아왔다. 그러고는 부활절 다음 일요일이, 그러고는 또다시 일요일, 그리고 또, 그리고 또, 그리고 또.

이타카의 매콜리 집안 가족 모두가 이번 일요일에는 이타카 제1장로교회에서 메리 아레나와 자리를 같이했다. 율리시스는 통로 옆에 앉았다. 종교적인 우연에서였는지는 몰라도 그의 바로 앞에는 대머리 남자가 앉았다. 눈에 보이는 그 남자의 대부분을 형성한 이 살아 있는 동그란 공을 보고 율리시스는 매혹을 느꼈는데, 달걀과 생김새가 비슷한 그 모양만 해도 충분히 관찰할 만한 대상이 되었다. 머리에서 돋아나 외로운 집단을 이루며 자라던 대여섯 가닥의 머리카락은 부끄러워하지도 않고 영웅적이기까지 했다. 적도가 지구를 나누듯 머리를 갈라놓은 주름살은 디자인의 기적이었다.

홀리 목사와 신자들은 '은총을 받은 삶'이라는 주제를 놓고 교독을 했다. 먼저 홀리 목사가 성경 구절을 하나 읽으면 신자들이 이구동성으로 그에 대한 응답을 했다.

홀리 목사가 말했다.

"그리고 예수께서 무리를 보시고 산에 올라가 앉으셨을 때에 제자들이 그 곁으로 왔습니다." 〔《마태복음》 5장에 나오는 산상 설교의 내용〕

"그리고 예수께서 입을 열어 그들을 가르치기 시작하셨습니다."

신자들이 응답했다.

"마음이 가난한 사람들은 복이 있나니, 하늘나라가 그들의 것이니라."

"애통하는 사람들은 복이 있나니, 그들은 위안을 얻으리라."

"온유한 사람들은 복이 있나니, 그들은 대지를 얻을지니라."

"의에 주리고 목마른 사람들은 복이 있나니, 그들은 만족하리라."

"자비로운 사람들은 복이 있나니, 그들은 자비를 받으리라."

"마음이 깨끗한 사람들은 복이 있나니, 그들은 하나님을 볼지니라."

"평화를 위하여 일하는 사람들은 복이 있나니, 그들은 하나님의 자식이라는 말을 들으리라."

"기뻐하고 즐거워하라. 너희는 세상의 소금이니라. 너희는 세상의 빛이니라."

"너희 빛을 사람들 앞에 비추어 사람들이 착한 너희 행실을 보고 하늘에 계신 너희 아버지께 영광을 돌리게 하여라."

율리시스가 대머리를 관찰하는 사이에 교독이 시작되었다. 이

관찰의 대상은 갑자기 파리 한 마리로 장식이 되었는데, 방금 잃어버린 무엇을 찾아내려는 듯 파리가 머리를 탐험하기 시작했다. 율리시스는 파리를 구경하다가 그것을 잡으려고 손을 뻗었지만, 매콜리 부인이 그의 손을 막아 붙잡고는 놓아주지를 않았다. 특별히 아무런 생각도 하지 않으면서 대머리와 파리를 뚫어져라고 계속해서 응시하다가 공상에 빠져들게 된 율리시스는, 이제 머리의 매끄러운 살갗이 사막으로 보였다. 그의 눈에는 머리를 가로지른 주름살이 개울이요, 무리를 지은 일곱 가닥의 머리카락이 종려나무요, 파리가 사자로 보였다. 그러더니 그는 개울의 한쪽에 일요일 외출복 차림을 한 자신의 모습과 건너편에 있는 사자를 보았다. 그는 개울의 둑에 서서 건너편의 사자를 쳐다보았고, 사자도 그를 마주 빤히 노려보았다. 성경 교독이 계속되었다.

  율리시스는 멀리서 치렁치렁한 옷을 걸치고 모래밭 위에서 잠든 아랍인을 보았다. 아랍인의 옆에는 만돌린 비슷한 악기와 물 주전자가 놓여 있었다. 율리시스는 잠든 사람처럼 평화롭고 순진한 모습의 사자가 남자의 머리 쪽으로 가서 남자를 해치지는 않고 고개를 수그린 채 냄새를 맡아보는 광경을 보았다. 사실은 공립 도서관에서 라이오넬이 펼쳐보았던 책에 실린 그림을 눈앞에 보고 있는 것이었다.

  성경 강독이 끝났다. 교회 풍금이 은은하게 울렸고 성가대와 신자들이 노래를 부르기 시작했는데, 그 노래에서 율리시스는 이런 말을 들었다. '그리고 나와 함께 걷고, 나와 함께 얘기하도다.' 물론 사막의 사자 얘기였다. 그러고는 '만세반석'.

사막에서 걸어다니고 얘기하는 사자의 환상이 어린 소년의 꿈에서 사라졌다. 그 대신에 망망대해가 나타났다. 이 황막한 바닷물의 수면 위로 솟아오른 바위에 율리시스가 매달려 있었다. 그의 머리와 두 손만이 물 위로 나왔다. 그는 피신하거나 구조를 받을 수 없을까 해서 사방을 둘러보았지만 눈에 띄는 것이라고는 물뿐이었다. 그렇기는 해도 그는 신념이 가득한 마음으로 인내했다. 마침내 율리시스는 저 멀리서 물 위로 걸어오는 위대한 인간 뗏대 크리스를 보았다. 뗏대 크리스는 율리시스에게로 와서 아무 말도 없이 손을 뻗어내리더니 율리시스의 손을 잡아 물에서 끌어올려 수면 위에다 올려놓았다. 하지만 잠시 후에 율리시스는 다시 물속으로 빠져 허우적거렸고, 또다시 뗏대 크리스가 그를 건져내어 일으켜 세웠다. 뗏대 크리스는 율리시스의 손을 잡고 함께 물 위로 걸어갔다. 저 멀리 하얗고 커다란 도시의 탑들이 시야에 들어왔으며, 도시 주변을 땅과 수목이 둘러쌌다. 남자와 소년은 도시를 향해서 걸어갔다.

노래가 끝났다. 갑자기 누군가 율리시스를 흔들었다. 그는 깜짝 놀라서 잠이 깨었다. 감사 헌금 그릇을 들고 있는 라이오넬이었다. 율리시스는 5센트짜리 동전을 찾아내어 그릇에 넣고는 헌금 그릇을 어머니에게 넘겼다.

경건하고 신비한 분위기가 담긴 목소리로 라이오넬이 율리시스에게 속삭여 말했다.

"구원을 받았니, 율리시스?"

"뭐?"

"이걸 읽어봐."

라이오넬이 말하고는 친구에게 종교를 다룬 소책자를 주었다.

율리시스가 책자를 살펴보았지만 물론 다음과 같은 단어들을 형성하는 큼직한 글자들을 읽을 수가 없었다.

"당신은 구원을 받으셨습니까? 지금도 늦지는 않았습니다."

통로의 다른 쪽에 앉아 있는 나이 많은 신사에게 라이오넬이 똑같은 질문을 했다.

"선생님은 구원을 받으셨습니까?"

남자는 준엄한 눈초리로 소년을 쳐다보더니 나지막이 말했다.

"저리 가거라, 이 녀석아."

하지만 가기 전에 라이오넬은 아프리카의 족장(族長)에게 멸시를 당한 선교사와 같은 태도로 노인에게 소책자 한 권을 내밀었다. 짜증이 난 노인이 라이오넬의 손에서 책자를 낚아채었다.

노인의 아내가 속삭였다.

"왜 그래요, 여보?"

"저 녀석이 나더러 구원을 받았느냐고 묻잖아. 그러더니 나한테 이걸 주려고 하는구먼."

남자가 아내에게 소책자를 건네주었더니 그녀는 남편의 손을 토닥거리며 말했다.

"당신이 중국에서 30년 동안 선교사 생활을 했다는 걸 저애가 어떻게 알겠어요?"

헌금을 걷는 예식이 계속되는 동안 줄곧 풍금이 나지막이 연주되었고 소프라노가 노래를 불렀다. 라이오넬, 오기, 셰그, 그리고 이타카의 여러 소년들이 저마다 헌금 그릇을 들고 음악이 끝날 때

253

까지 가운데 통로의 뒤쪽에 서 있었다. 그러고 나서 예식적인 침묵과 진지함이 깃든 분위기 속에서 소년들은 통로를 따라 곧장 설교단 바로 밑에 있는 탁자까지 씩씩하게 걸어 내려와서는 헌금 그릇들을 차곡차곡 쌓아놓은 다음에 부모 옆의 그들 자리로 돌아갔다.

35. 그물에 걸린 사자

예배와 일요일 저녁 식사가 끝난 다음에 오거스트 고틀리브는 그의 집 앞마당에서 낡은 테니스 그물을 손질하고 있었다. 쓸 만한 물건으로 만들어놓을 생각이었다. 오기 또래의 소년 에녹 호퍼가 분주히 오더니 분주히 걸음을 멈추고는 분주히 구경했다. 그는 껍질이 벗겨진 낡은 야구공을 가지고 있었는데, 그 공을 맹렬히 땅바닥에 후려 던져 아주 높이 튀어오르게 했다. 그는 공을 잡아 다시 후려 던졌다. 에녹 호퍼는 이타카에서 가장 신경이 곤두서고, 가장 초조하고, 가장 빨리 돌아다니고, 가장 참을성이 없고, 가장 시끄럽게 떠드는 소년이었다.

"뭐 만드니, 오기?"

"그물."

"뭘 하려고? 고길 잡으려고?"

"아냐. 짐승을 잡지."

에녹은 벌써 싫증이 났다.

"우리 야구 시합을 하거나 구겐하임 댁 물탱크에 기어오르자."

"그물 고쳐야 해."

"야, 그물은 고쳐서 뭘 하지?"

"짐승을 잡아."

"이 근처 어디서 짐승 구경을 하겠다고 그러니? 야, 우리 같이 가자. 말라가로 가서 헤엄 치자구."

"내가 이 그물로 짐승을 잡을 테니까 두고봐."

"그 테니스 그물로는 벼룩 한 마리도 못 잡겠다. 야, 우리 무슨 장난 치자. 비주 극장으로 가서 몰래 들어가 타잔 영화나 보자구."

"난 그물이 얼마나 쓸모가 있는지 알아보기 위해 개부터 한 마리 잡을 생각이야. 그 다음에는, 조심하시라구!"

"아, 그건 낡은 테니스 그물이야, 오기. 너 아무것도 못 잡을 거야. 우리 재판소 공원으로 내려가서 그곳 시립 형무소에 찾아가 죄수들하고 얘기를 나누자구."

"난 이 동물잡이 그물을 손질해야 한다니까. 오늘은 이 그물을 실험해보기만 하고, 그리고, 아, 내일만 되어보라구!"

오기가 말했다.

"아, 맙소사, 뭐가 어째? 이 부근에는 짐승이 없다니까. 암소 한 마리, 개가 두어 마리, 토끼가 예닐곱 마리, 닭이 몇 마리 있겠지만. 넌 뭘 잡겠다는 얘기야?"

"이 그물은 훌륭하다구. 곰도 잡을 만큼 커."

"그 그물 가지고는 장난감 곰도 못 잡겠다. 우리 중국인 동네로 가서 골목이나 돌아다니자구."

오거스트 고틀리브가 잠깐 일손을 멈추고 중국인 동네와 중국 사람들을 생각해보았다. 그는 에녹 호퍼를 올려다보고 말했다.

"너 중국 사람 무서워하니?"

"별 소릴 다 하는구나, 너. 난 아무도 안 무서워. 아무리 위험한 사람이라고 해도 날 잡지는 못해. 난 발이 정말 빠르거든."

에녹이 정직하게 말했다.

"사자라면 널 잡을 거야."

"아냐. 난 정말 빠르다구. 사자는 내 근처에 따라오지도 못해. 곰이나 호랑이나 중국인들이나, 내가 너무 빨라서 그들은 날 잡지 못한다니까. 자, 우리 서던 퍼시픽 철도를 건너가서 코스모스 운동장 녀석들하고 시합이나 붙자구."

"덫으로는 널 잡을 수 있어."

"이 세상에는 날 잡을 만큼 빠른 덫이 없어. 우리 놀이터 운동장으로 가서 경기장이나 돌자. 너는 100미터 앞서서 출발하게 해줄 테니까."

"너희 아버지는 널 잡을 수 있어."

"아냐, 내 근처에도 못 따라올 거야. 아버지는 내가 일으킨 먼지나 뒤에서 뒤집어쓰겠지."

그때 라이오넬이 집에서 나왔다.

"뭐 만드니, 오기?"

"그물. 짐승 잡으려고."

"그 그물로는 벼룩 한 마리도 못 잡는다니까. 어서, 우리 공터로 가서 공 받기나 하자니까."

에녹이 말했다.

"나 말야?"

라이오넬이 말했다.

"그래, 라이오넬. 따라와. 넌 공을 정말 힘껏 나한테 던지라구. 난 너한텐 아주 살살 던질 테니까. 어서, 오후가 벌써 반나절은 갔잖아."

"좋아, 에녹. 하지만 잊지 마. 살살 던지는 거 말야. 난 잡는 데는 별로 소질이 없거든. 가끔 공을 놓쳐 얼굴에 맞고는 해. 한 번은 눈을 다쳤고, 코도 두 번이나 다쳤어."

라이오넬이 말했다.

"살살 던질게. 걱정하지 말라구. 가자."

에녹 호퍼와 라이오넬 캐보트가 거리를 가로질러 공터로 갔고, 오기는 하던 일을 계속했다. 잠시 후 그는 낡은 테니스 그물의 모든 조각을 서로 붙여, 거의 정사각형을 이루는 한 개의 그물로 만들어 놓았다. 그는 자기가 만들어놓은 작품을 구경하려고 땅바닥에 박힌 말뚝에다 각 귀퉁이를 잡아맨 다음 그물을 펼쳐보았다. 그러자 셰그 마누기안이 뒷마당 울타리를 넘어 들어왔다.

"그거 뭐야?"

"그물. 짐승을 잡으려고. 한번 실험해보려는데, 도와줄래?"

"그래. 어떻게 하는 건데?"

"그건 말야, 내가 그물을 들고 여기 아라 씨의 잡화상 뒤에 숨을게. 넌 에녹을 불러. 에녹은 저기서 라이오넬하고 공 받기를 하고 있지. 에녹은 사자보다도 빠르고 잡기도 더 힘들어. 만일 이 그물로 에녹을 잡을 수 있다면, 그때는 무엇이라도 다 잡을 수가 있지. 됐어. 나 숨는다. 에녹을 불러. 그애한테 물어볼 게 있다고 그래. 난 준비됐어."

오기가 말했다.

"좋아."

셰그가 말했다. 그는 공터에 있는 에녹을 쳐다보더니 소리쳐 불렀다.

"에녹! 어이, 에녹!"

에녹 호퍼가 돌아서더니 두 배나 큰 목소리로 마주 외쳐댔다.

"왜 그래, 셰그?"

"이리 와. 너한테 물어볼 게 있어."

"나한테 물어보고 싶다는 게 뭐야?"

"이리 오면 얘기할게."

"좋아."

에녹이 셰그를 향해 달려가기 시작하자, 라이오넬이 뛰어야 할지 걸어야 할지 확실한 판단을 내리지 못한 상태로 쫓아왔다.

"좋아, 셰그."

오기가 속삭였다.

"이쪽으로 빠져서 내 옆에 숨어. 그물의 이쪽 끝을 붙잡으라구. 저애가 가게 모퉁이를 돌아 나오면 우리가 덮쳐서 붙잡는 거야. 알겠지?"

에녹이 잽싸게 달려오며 소리쳤다.

"우리 말라가로 가서 헤엄치자. 반나절이 벌써 지나갔어. 우리 뭔가 하자구! 뭘 기다리고 있는 거야?"

그는 아라 씨의 식료품점 모퉁이를 돌아 달려왔다. 오기와 셰그가 재빨리 뛰쳐나가 그의 머리 위로 그물을 펼쳤다. 정말이지 에녹 호퍼는 길들지 않은 짐승처럼, 마치 사자처럼 날뛰었다. 두 명의 사냥꾼이 맹렬히 덤벼들었지만 그물이 별로 튼튼하지 않았다. 잠시 후에는 실패로 끝난 실험에 전혀 기분이 상하지 않은 에녹 호퍼가 의기양양하게 서 있었다.

그는 길바닥에다 야구공을 냅다 퉁겼다.

"이봐, 오기, 우리 가자구! 그 그물을 가지고는 벼룩 한 마리도 못 잡는다니까! 어서! 무얼 기다리는 거야!"

"좋아. 재판소 공원으로 가서 죄수들하고 얘기나 나누자."

그물을 마당으로 집어던지며 오기가 말했다.

오기, 에녹, 세그, 그리고 라이오넬은 재판소 정원을 향해 길거리를 걸어 내려갔다. 잠시 후에는 다른 아이들보다 한 골목이나 앞장서서 가던 에녹 호퍼가 그들을 뒤돌아보며 소리쳤다.

"얼른 오라구! 너희 뭘 그렇게 꾸물거려?"

그는 길바닥에다 야구공을 냅다 퉁겼다.

36. 스팽글러

　토마스 스팽글러와 다이애나 스티드는 일요일 오후에 차를 타고 킹스버그 근처의 시골로 바람을 쐬러 나갔다.
　"저건 무화과나무들이야."
　포도원의 울타리를 따라 한 줄로 늘어선 나무들을 손으로 가리키며 스팽글러가 말했다.
　"그 너머의 포도나무들은 머스켓 포도나무〔유럽 산(産) 단 포도의 일종으로, 이것으로 건포도와 백포도주를 만든다〕지. 올리브나무도 몇 그루 있군. 저것은 석류나무고. 저기 저 포도나무는 말라가 포도〔말라가 산으로, 커다랗고 하얀 타원형의 포도〕고. 복숭아 과수원도 저기 있군. 저것들은 살구나무야. 저것은 호도나무고. 저건 별로 자주 눈에 띄는 나무가 아닌데, 감나무지. 이 계곡에서는 별의별 나무가 다 자라."
　"오, 당신. 당신은 정말 나무를 사랑해요, 안 그래요?"
　다이애나가 말했다.
　"그래, 난 나무를 사랑하고, 우리가 살게 될 자그마한 집에는 각종의 나무를 적어도 두 그루씩 심어서 아이들이 기어올라가 열매를 따 먹을 수 있도록 해줘야겠어."

"오, 당신, 당신은 행복해요, 안 그래요?"

"이렇게 행복했던 적이 없었지."

그는 한 팔로 그녀를 끌어안았다.

"어떤 아이일지 어서 보고 싶어 죽겠어. 자그마한 계집아이였으면 좋겠어. 귀여운 계집아이의 목소리를 듣고 싶거든. 난 당신이 머리가 모자라는 줄 알았어. 글쎄, 그런 능력이 있는 사람이라면 머리가 모자라는 사람일 리가 없지. 그리고 당신에게는 그런 능력이 있어."

"그야 물론이죠. 그건 지극히 당연한 일이라구요, 여보."

다이애나가 말했다.

자그마한 자동차는 피크닉 장소 근처에 있는 킹스 강과 나란히 뻗어나간 길을 따라 달려갔다. 이번 일요일 오후에는 이탈리아 사람들, 그리스 사람들, 세르비아 사람들, 아르메니아 사람들, 그리고 미국 사람들이 음악과 춤을 곁들인 커다란 야유회를 다섯 군데에서 열었다. 스팽글러는 야유회를 나온 무리가 눈에 띌 때마다 노래를 듣고 춤을 구경하기 위해 잠깐씩 차를 세웠다.

"저기 저 사람들은 그리스인들이지. 난 전에 그리스인 가족과 친하게 지냈어. 옛 고향에서 그들은 저런 식으로 춤을 추지."

차가 얼마 달리지 않아서 또다시 멈추었다.

"저기 저 사람들은 아르메니아 사람들이야. 수염을 기른 성직자들하고 활기찬 아이들을 보면 알 수 있어. 하나님과 아이들, 그들은 그런 걸 믿지."

차가 계속해서 달리다가 또 다른 집단 근처에서 멈추었다.

"저건 슬로베니아 사람들과 세르비아 사람들인데, 그 지역의 다른 민족에 속하는 사람들도 저 안에 몇 명 있지."

자동차가 조금 더 가더니 또다시 멈추었다.

"이탈리아 사람들이로군. 코르베트도 아내와 아이들과 함께 저기 있을지 모르지."

그러더니 자동차는 마지막 집단이 모여 있는 곳에 다다랐다. 음악은 시끄러운 스윙과, 자이브, 그리고 부기우기였으며, 춤도 요란했다.

"미국인들이지! 그리스인, 세르비아인, 폴란드인, 러시아인, 멕시코인, 아르메니아인, 독일인, 흑인, 유대인, 프랑스인, 영국인, 스코틀랜드인, 에이레인, 다 꼽아보라구. 그게 우리 민족이니까."

그들은 구경하고 귀를 기울였으며, 그러고 나서 차가 천천히 떠나갔다.

37. 이타카

샌프란시스코에서 오는 산타 페 오후 여객 열차가 이타카에 멈추었고 아홉 명의 손님이 내렸는데, 그들 중에는 군인 두 사람이 섞여 있었다. 하지만 기차가 다시 움직이기 전에 세 번째 병사가 왼쪽 다리를 절며 내리더니 느린 걸음으로 걸어갔다.
첫 번째 병사가 그의 친구를 쳐다보고 말했다.
"자, 이봐, 이타카에 왔어. 여기가 고향이야."
"어디, 한번 봐야겠어. 어디 한번 봐야겠다구."
두 번째 병사가 말했다. 그러더니 그는 흐뭇한 기분으로 콧노래를 불렀다.
"흐흐흠…… 세상에! 내 고향, 이타카! 자네는 기분이 어떤지 모르겠지만, 내가 느끼는 기분은 이렇다구."
그는 무릎을 꿇고 엎드려 메카를 향해 절하는 모슬렘처럼 길바닥에 깔린 판석에다 입을 맞추고 또 맞추었다.
"왜 이래? 사람들이 쳐다보고 있잖아. 자넨 사람들이 군인들은 미친 사람이라고 생각하길 바라나?"
"아냐, 그건 아니지만, 이러지 않고는 못 참겠어. 세상에, 내 고향 이타카라구!"

그는 마침내 몸을 일으키더니 친구의 팔을 잡았다.

두 청년은 아라 씨의 식료품점이 있는 거리를 올라갔다. 갑자기 그들이 뛰기 시작했고, 한 청년이 어느 집의 포치로, 그리고 다른 청년은 다음 집의 포치로 달려 올라갔다. 알프 라이프가 한쪽 집을 돌아 달려와서 두 집 사이의 앞 잔디밭에 서서 구경을 했다. 두 집의 앞문이 저마다 동시에 열렸다. 문을 열어준 여자들이 동시에 청년들을 껴안았다. 그러더니 이제 남자들과 사내아이들과 계집아이들이 차례로 돌아가며 병사들을 포옹했다. 하지만 무엇이 잘못된 듯싶었다. 알프 라이프가 잘못을 발견하고는 소리를 질러대기 시작했다.

"사람이 바뀌었어요."

그가 소리쳤다.

"사람이 바뀌었다구요! 그 사람은 옆집 아들 대니 부스예요! 그가 고향으로 돌아왔어요. 그는 옆집에 살아요. 집을 잘못 찾아왔다구요. 우린 그가 우리집 아들이라고 생각했어요. 그는 부스 부인의 아들이에요. 우리집 아들은 저기서 부스 부인과 키스를 하고 있잖아요. 사람이 바뀌었어요. 어머니, 사람이 바뀌었다구요!"

"오, 안녕, 대니. 우린 네가 해리인 줄 알았구나."

라이프 부인이 대니 부스에게 말했다.

"아, 상관 없습니다, 라이프 부인. 저도 가서 우리 어머니하고 키스를 해야겠어요. 같이 가시죠."

대니가 말했다.

다른 집 포치에서 해리 라이프가 말했다.

"안녕하세요, 부스 부인. 모두들 우리 집으로 가시죠. 이렇게 만나 뵈니까 정말 기쁩니다, 부스 부인."

그는 그녀에게 다시 키스했다.

"대니는 우리 집 포치에서 우리 어머니와 키스를 하고 있군요."

이제는 양쪽 집의 잔디밭이 행복한 무아경 속에서 왔다 갔다 돌아다니는 사람들로 가득했으며, 그 와중에 알프 라이프가 소리를 지르고 또 질러대었다.

"사람이 바뀌었어요, 사람이 바뀌었다고요! 집을 잘못 찾아온 거예요! 그는 옆집에 산다니까요. 해리 형, 어머니는 여기 계세요! 저 사람은 부스 부인이에요! 집을 잘못 찾았어요, 해리 형!"

38. 편자 던지기

호머 매콜리, 그의 누이 베스, 동생 율리시스, 그들의 친구 메리 아레나는 일요일 오후에 산책을 나갔다가 키네마 영화관 앞에 잔뜩 몰려 서 있는 사람들을 보았는데, 호머는 그들 중에서 라이오넬을 발견했다.

"영화 보려고?"

호머가 물었다.

"돈이 없어."

라이오넬이 말했다.

"그런데 왜 줄에 서 있니?"

"나하고 오기하고 셰그하고 에녹 말야……."

라이오넬이 말했다.

"우린 범죄자들하고 얘기를 하려고 재판소 마당으로 갔어. 그런데 그들이 나를 쫓아버리잖아. 어디로 가야 할지 알 수가 있어야지. 난 여기 사람들이 서 있는 걸 보고 이곳으로 와 이 사람들하고 같이 서 있는 거야."

"언제부터 여기 서 있었니?"

"아마 한 시간가량 되겠지."

"어때, 너 영화를 보고 싶기는 하니?"

호머가 말했다. 그는 호주머니에서 돈을 좀 꺼냈다.

"모르겠어. 난 갈 곳이 없었다구. 난 영화 별로 좋아하지 않아."

라이오넬이 말했다.

"자, 그렇다면 우리하고 같이 가자. 우린 진열창들을 구경하면서 그냥 산책만 하는 중이야. 우린 얼마 동안 시내를 돌아다니다가 집으로 갈 거야. 어서 와, 라이오넬."

그가 밧줄을 들어올리자 라이오넬이 줄에서 빠져나왔다.

"고마워. 저렇게 저기 서 있으려니까 정말 피곤하던데."

라이오넬이 말했다.

그들이 걸어가고 있는데 율리시스가 갑자기 호머의 손을 잡아당겼다. 그가 길바닥을 가리켰다. 소년의 앞에는 링컨의 얼굴이 새겨진 1센트짜리 동전이 정면을 보이며 떨어져 있었다.

"1센트야! 재수 좋은 일이니까 그걸 주워, 율리시스. 항상 그걸 몸에 지니고 다니라구!"

호머가 말했다.

율리시스는 1센트짜리 동전을 집어들고는 행운 때문에 싱글벙글 웃으며 사람들을 둘러보았다.

그들은 전신국 건너편을 지나갔는데, 호머가 걸음을 멈추고 건너다보았다.

"저기가 내가 일하는 곳이야. 벌써 거의 여섯 달 동안이나 저곳에서 근무했지."

호머는 잠깐 침묵을 지키더니 혼잣말을 하듯이 말했다.

"마치 백 년쯤이나 지나간 기분이야. 저 사람은 그로간 선생님 같아. 그로간 선생님이 오늘 근무를 하는 날인 줄은 몰랐는데."

그는 멀리 떨어진 사무실을 들여다보더니 말했다.

그는 다른 사람들을 향해 돌아섰다.

"여기서들 잠깐 기다려. 곧 올 테니까."

그는 길을 건너 서둘러 사무실로 들어갔다. 그로간 씨의 앞에 놓인 전신기가 딸그락거렸지만 늙은 전신 기사는 수신되고 있는 전문을 받지 않았다. 호머가 그에게로 달려가서 말했다.

"그로간 선생님, 그로간 선생님!"

하지만 노인은 잠을 깨지 않았다.

배달원은 사무실에서 달려나가 길 건너편에서 기다리는 다른 사람들에게로 갔다.

"그로간 선생님이 몸이 불편한 모양이야. 내가 돌아가서 돌봐드려야겠어. 집으로들 가라구. 난 시간이 좀 걸릴 테니까."

"좋아, 호머."

베스가 말했다.

"그 사람 무슨 일이야?"

누구 얘기를 하고 있는지조차 모르면서 라이오넬이 말했다.

"난 어서 가봐야겠어. 집으로 가라니까. 그분은 노인이야, 라이오넬. 다른 문제는 없어."

호머는 서둘러 전신국으로 되돌아가서 그로간 씨를 몇 차례 흔들었다. 그는 물통으로 달려가서 종이 컵에 하나 가득 물을 부어 노인의 얼굴에다 끼얹었다. 그로간 씨가 눈을 떴다.
"저예요, 그로간 선생님. 전 오늘 선생님이 근무하신다는 걸 몰랐는데, 알기만 했다면 일요일에 선생님이 근무하실 때마다 항상 그랬듯이 아까부터 사무실에 와 있었을 거예요. 마침 제가 이 앞을 지나가게 되었어요. 얼른 가서 커피를 가지고 오겠습니다."

늙은 전신 기사는 머리를 흔든 다음에 전신기의 손잡이로 손을 뻗어 상대방 전신 기사의 송신을 중단시켰다. 그는 전보 용지를 타자기에 꽂고는 전문을 타자로 적어 내려가기 시작했다.

호머는 사무실에서 달려나가 길모퉁이에 있는 코르베트 주점으로 가서 커피를 주문했다.

"지금 새로 커피를 끓이는 중이란다. 잠깐만 기다려, 호머."

바텐더로 일하는 피트가 말했다.

"커피가 조금도 없단 말예요?"

"방금 떨어졌어. 지금 새로 한 주전자 끓이는 중이야."

"아주 중요한 일이에요. 잠깐 사무실로 갔다가 다시 오겠어요. 그때쯤이면 커피가 준비되겠죠."

호머가 그로간 씨에게 되돌아가서 보니 늙은 전신 기사는 선을 타고 들어오는 전문을 타자로 치고 있지 않았다. 호머는 다시 그를 흔들었다.

"그로간 선생님, 전보가 들어오고 있어요! 코르베트 주점에서는 커피를 새로 끓이는 중이에요. 조금 있다가 제가 한 잔 이리로 갖다 드리겠어요. 송신을 중단시키세요, 그로간 선생님! 전보를 받으셔야죠."

호머가 몸을 돌려 사무실에서 달려나갔다.

늙은 전신 기사는 그가 타자로 적어 내려가던 전문을 훑어보았고, 지금까지 받아쓴 내용을 다시 읽었다.

캘리포니아 주 이타카
산타클라라 거리 2226
케이트 매콜리 부인
전쟁성은 심심한 애도의 뜻을 표하며 당신의 아들 마커스가……

그는 의자에서 몸을 일으키려고 했지만 다시 발작이 일어나서 목을 움켜잡았다. 잠시 후에 그는 앞으로 고꾸라져 타자기 위로 엎드렸다.

호머 매콜리는 뜨거운 커피를 담은 달그락거리는 잔을 손에 들고 가능한 한 빨리 전신국 사무실로 들어갔다. 그는 노인에게로 가서 잔을 책상에 내려놓았다. 지금은 전신기가 딸그락거리는 소리도 끝났고 사무실 전체가 아주 조용했다.

"그로간 선생님! 왜 그러세요?"

호머는 노인을 타자기에서 뒤로 밀어내고는 얼굴을 살펴보았다. 그러다가 타자기에 꽂힌 끝나지 않은 전보의 내용을 보았다. 그는 전보에 적힌 단어들을 읽었지만, 믿으려고 하지 않았다. 그는 마비를 일으킨 사람처럼 노인을 붙잡고 멍청하게 서 있었다.

"그로간 선생님!"

일요일 담당 배달원인 펠릭스가 들어와서 노인을, 그러고는 배달원을 쳐다보았다.

"무슨 일이야, 호머? 영감님이 왜 저러셔?"

"죽었어."

"너 미쳤구나."

"아냐. 죽었다구. 그리고 아마 나도 죽었는지 모르고."

"내가 스팽글러 씨한테 전화를 걸겠어."

펠릭스가 말했다. 그는 전화번호를 돌리고 기다리다가 전화를 끊었다.

"집에 안 계시는구나. 우린 어떻게 하지?"

그는 호머가 타자기에서 열심히 들여다보던 것이 무엇인지를 가서 보았다. 전보를 읽어본 다음 펠릭스가 말했다.

"끝난 게 아냐, 호머. 어쩌면 너의 형은 그냥 부상을 당했거나 실종된 정도인지도 몰라."

호머는 그로간 씨를 쳐다본 다음에 말했다.

"아냐, 그로간 씨는 전보의 나머지 내용을 들었던 거야. 그걸 들었기 때문에 끝까지 타자로 치지 않았지."

"어쩌면 못 들었는지도 몰라. 내가 스팽글러 씨한테 다시 전화를 걸겠어. 어쩌면 이제는 집에 계실지도 모르니까."

펠릭스가 말했다.

호머 매콜리는 전신국 사무실 안을 둘러보았다. 갑자기 그는 침을 뱉었다. 그러더니 혼수 상태에 빠진 듯 멍하니 앞을 쳐다보며 자리에 앉았다. 그의 눈에서는 눈물이 나지 않았다.

토마스 스팽글러는 시골로 바람을 쐬러 나갔다가 돌아오는 길에 전신국 앞에다 차를 댔다. 그가 경적을 울리자 펠릭스가 달려 나왔다.

"스팽글러 씨, 선생님한테 전화를 걸려고 애를 쓰던 중이었어요. 일이 생겼어요! 그로간 씨예요! 호머가 그러는데 그분이 돌아가셨대요!"

"당신은 집으로 가."

스팽글러가 다이애나에게 말했다.

"난 나중에 가겠어. 저녁 식사를 같이하려고 기다리지는 마. 당신은 당신 가족하고 외출해서 저녁을 같이 보내는 게 더 낫겠군."

그는 차에서 내려 그녀의 뺨에다 키스를 해주었다.

스팽글러가 서둘러 사무실로 들어갔다. 그는 그로간을, 그리고 호머를 쳐다보았다.

"펠릭스, 닥터 넬슨에게 전화를 해. 1133번이야. 얼른 내려오시라고 그래."

스팽글러는 노인을 의자에서 들어내어 사무실 뒤쪽에 있는 긴 의자로 옮겼다. 그는 되돌아와서 호머를 쳐다보았다.

"상심하지 마라, 호머. 그는 노인이었어. 그는 이렇게 되기를 원했던 거야. 자, 어서, 상심하지 말라구."

그러자 전신기가 달그락거렸고 스팽글러가 호출에 응답하러 갔다. 그로간 씨의 의자에 앉은 그는 중단된 전보를 받았다. 그는 한참 동안 전보를 쳐다보더니 책상 너머로 호머를 넘겨다보았다. 스팽글러는 상대편 전신 기사에게 신호를 보내 끝나지 않은 전보에 관해서 물었다. 상대방 전신 기사는 다시 전보 내용 전체를 송신했다. 스팽글러는 상대편 전신 기사에게 다른 전문들은 얼마 동안 모두 연기해달라고 부탁했다.

스팽글러는 몸을 일으켜 그의 자리로 가서 앉더니 멀거니 허공을 쳐다보았다. 행운을 바라며 지니고 있던 삶은 달걀 위로 그의 손이 축 늘어졌다. 자신이 하는 행동을 의식하지도 못하면서 그는 달걀을 책상에 대고 톡톡 두드렸다. 껍질이 깨진 다음에는 그 껍질을 모두 벗겨서 달걀 알맹이를 쳐다보더니 그것도 쓰레기통에 버렸다.

"펠릭스, 4241번으로 주간 담당 기사 해리 버크에게 전화를 걸어 당장 내려오라고 전해. 의사 선생님이 오시면 모든 일을 처리해달라고 부탁드려. 의사 선생님한테는 내가 나중에 얘기를 할 테니까."

스팽글러가 말했다.

호머 매콜리가 몸을 일으켜 타자기로 가더니 끝나지 않은 전보를 뽑았다. 그는 끝나지 않은 전보의 사본을 제자리에 철한 다음에 원본을 접어 봉투에 넣었다. 그는 봉투를 저고리 호주머니에 넣었다. 스팽글러는 배달원에게로 가서 한 팔로 그를 감싸안았다.

"내 말 들어, 호머. 우리 산책이나 나가자."

그들은 전신국을 나서서 말없이 두 블록을 걸었다. 마침내 호머가 입을 열었다.

"남자라면 어떻게 해야 하나요? 전 누구를 미워해야 할지 알 수가 없어요. 어떻게 해야 할지 알 수가 없다구요. 인간은 어떻게 살아가나요? 인간은 누구를 사랑하나요?"

호머와 스팽글러는 그들을 향해 길을 내려오는 오기와 에녹과 셰그와 닉키를 보았다. 소년들은 호머에게 인사를 했고, 호머는 그들의 이름을 하나하나 불러가면서 인사했다. 이제는 날이 거의 저물었다. 해가 지는 중이었고, 하늘이 붉었고, 도시는 어두워지고 있었다.

"누구를 미워할 수가 있겠어요?"

호머가 말했다.

"바이필드는 저장애물 경주를 하고 있던 저를 넘어뜨렸지만 전 그 사람까지도 증오할 수가 없습니다. 어쩌다 보니 그는 그런 사람이 되었을 따름이니까요. 누가 그렇게 만들었을까요? 저는 그런 걸 전혀 알 길이 없지만, 제가 알고 싶은 게 꼭 하나 있어요. 우리 형은 어떻게 된 걸까요? 아버지가 돌아가셨을 땐, 사정이 달랐어요. 아버지는 훌륭한 삶을 사셨으니까요. 아버지는 훌륭한 가족을 키우셨으니까요. 우리는 아버지가 돌아가셔서 슬프기는 했지만, 화는 나지 않았어요. 저는 지금 화가 나는데, 누구한테 화를 내야 하는지 그 대상이 아무도 없군요. 누가 적인가요? 선생님은 아시나요?"

시간이 좀 지난 다음에야 전신국장은 정말로 할 만한 얘기가 하나도 없었기 때문에 차라리 거짓말을 하는 것이 나을지도 모른다는 판단을 했다.

"글쎄, 난 사람들이 적이라고는 생각하지 않아. 만일 사람들이 서로 미워한다면 그것은 자신을 증오하는 셈이야. 인간은 타인을 증오할 수는 없어. 그건 항상 자신을 미워하는 데 지나지 않아. 그리고 만일 어떤 사람이 자신을 미워한다면 그가 할 수 있는 일이라고는 오직 한 가지뿐이야. 떠나는 것. 그의 육신으로부터 떠나고,

세상으로부터 떠나고, 세상에서 살아가는 사람들로부터 떠나야지. 네 형은 떠나기를 원하지 않았고, 머물기를 바랐어. 그렇기 때문에 그는 머물게 되는 거야."

"어떻게요? 형이 어떻게 머물 수 있나요?"

"어떻게 머무는지는 나도 몰라. 하지만 난 그가 머물 것이라고 믿을 수밖에 없어."

"아녜요. 우리 형은 죽었어요. 형은 죽었고, 남은 우리는 죽지 않았어요."

이제 그들은 시립 형무소를 지나 재판소 공원을 가로질러 사람들이 편자 던지기를 하고 있는 곳으로 걸어갔다.

스팽글러는 자신이 실패했음을 알았지만 다시 시도해보기로, 거짓말이건 진실이건 무엇이건 다 좋으니까 아무튼 노력을 계속해야겠다고 작정했다.

"난 너를 위로하려고 애쓰지는 않겠어. 나로서는 그럴 수가 없다는 걸 잘 아니까. 아무것도 소용이 없겠지. 하지만 훌륭한 인간은 절대로 죽을 수가 없다는 걸 기억하도록 해라. 넌 길거리에서, 집에서, 이 도시의 모든 곳에서 네 형을 여러 번 다시 보게 될 거야. 한 인간의 인간성은 사라지지만, 그의 가장 훌륭한 본질은 남아 있지. 그것은 영원히 남아 있단다."

하지만 그는 이런 말도 다 소용이 없다는 것을 알았고, 어색해졌다.

"너 편자 던지기 잘하니?"

스팽글러가 물었다.

"아뇨, 선생님."

호머가 말했다.

"나도 잘 못해. 너무 어두워지기 전에 편자 던지기나 좀 할까?"

"그러세요."

39. 집

대니 부스와 해리 라이프를 고향 이타카로 태워다 준 기차에서 함께 내린, 다리를 저는 병사가 시내를 걸어서 돌아다니기 시작했다. 그는 모든 것을 구경하고 혼잣말을 하면서 천천히 걸어다녔다.

"정거장이 저기 있구나. 산타 페 정거장. 저기가 키네마 영화관이고. 공립 도서관. 장로교회. 저기가 산타클라라 거리야. 아라의 잡화상. 그리고 그 집은 저기로구나!"

병사가 집을 물끄러미 쳐다보면서 한참 동안 서 있었다. 그러더니 그는 계속해서 걸었다.

"재판소 공원이 저기 있군. 시립 형무소에서는 죄수들이 창문에 매달려 바깥을 내다보고. 그리고 두 명의 이타카 사람이 편자를 던지는구나."

병사는 천천히 두 사람에게로 걸어가서 나지막한 말뚝 울타리에 몸을 기대었다.

호머 매콜리와 토마스 스팽글러는 점수조차 계산하지 않으면서 말없이 편자를 던졌다. 이제는 놀이를 하기에 너무 어두웠지만 그들은 던지기를 계속했다. 호머는 울타리에 몸을 기댄 병사를 보고 약간 놀랐다. 순간적으로 그는 이 병사가 정말로 마커스일지도 모른다는 생각이 들었다. 그는 병사에게 가서 말했다.

"던지기 놀이를 해보시겠어요?"

"고맙지만 사양하죠. 어서 놀이나 계속해요. 난 그냥 구경만 하겠어요."

병사가 말했다.

"처음 보는 분 같은데요. 이타카가 고향이세요?"

"예, 그래요."

"휴가 나오셨어요?"

"아뇨, 귀향을 했어요. 완전히 돌아온 거예요. 난 두어 시간 전에 기차에서 내렸어요. 모든 것을 다시 구경하며 시내를 걸어서 돌아다녔어요."

"왜 집으로 가질 않나요? 돌아오셨다는 걸 식구들이 알기를 원하지 않나요?"

"이 세상의 무엇보다도 더 원하긴 하지만, 차츰차츰 집으로 가는 게 좋을 것 같아요. 난 우선 가능한 한 많이 보고 싶어요. 내가 이곳에 와 있다는 사실이 믿어지질 않아요. 좀 더 돌아다닌 다음에 집으로 가겠어요."

병사가 느릿느릿한 걸음으로 가버렸고 호머는 그가 다리를 저는 것을 보았다.

"던지기를 그만하고 싶은데요, 스팽글러 선생님. 대단히 고맙습니다."

그러더니 잠시 후에 말했다.

"집에서는 식구들이 저를 기다리고 있어요. 저녁은 집에 가서 먹겠다고 그랬거든요. 어떻게 집으로 들어가서 그들을 대할 수가 있을까요? 식구들은 제가 집으로 들어서는 순간 마커스가 죽었다는 걸 알 거예요."

"잠깐, 아직 집으로 가지 말아라. 여기 앉아. 잠깐 기다려."

스팽글러가 말했다.

그들은 얘기도 주고받지 않은 채 조용히 공원 벤치에 앉아 있었다. 얼마 후에 호머가 말했다.

"제가 무얼 기다리고 있는 건가요?"

"글쎄."

자기가 거짓말을 하는지 아니면 진실을 얘기하는지 확실히 잘 모르면서 스팽글러가 말했다.

"너는 형의 죽은 부분 — 육체로만 되어 있는 부분, 즉 있다가 없어지는 그 부분이 네 마음속에서도 죽어주기를 기다리는 거란다. 그 죽음이 지금은 마음을 아프게 하지만, 조금 기다리도록 해. 고통이 완전해지면 그것은 죽음 그 자체가 되고, 그러면 그것은 너한테서 떠나간단다. 그러려면 시간이 좀 걸리지. 그것에 대해서 인내심을 보이면, 결국 넌 마음속에 죽음을 조금도 지니지 않고 집으로 가게 될 거야. 그것이 사라지도록 시간을 주어야지. 난 그것이 사라질 때까지 너하고 같이 앉아 있겠어."

매콜리 집에서는 피아노와 하프와 노랫소리가 들려왔다.

앞쪽 포치의 층계에 앉은 젊은 남자는 지금까지 그가 한 번도 본 적이 없는 도시인 고향으로 왔으며, 한 번도 들어가본 적이 없는 집으로, 전혀 알지도 못했던 가족들에게로 돌아온 병사로서, 두려움과 회의와 의혹을 느끼며 귀를 기울였다. 그는 무슨 권리가 있기에 이곳을 찾아왔는가? 그럼에도 불구하고 그는 자기가 고향에 돌아와 있음을 알았다. 이타카는 정말로 그가 태어난 곳이었다. 이 집은 그가 자란 집이었다. 이 집 안에 있는 가족은 그의 가족이었다.

갑자기 율리시스 매콜리가 앞문을 열고 손으로 밖을 가리켰다. 베스가 나와서 왜 그러는지 살펴보았다. 베스는 어머니에게로 돌아섰다.

"누가 우리 집 앞 포치 층계에 앉아 있어요."

"저런, 누구인지는 모르지만 그 사람더러 어서 들어오라고 해라, 베스."

매콜리 부인이 말했다.

베스가 포치로 나갔다.

"우리 어머니가 들어오시라는데요."

병사가 천천히 시선을 돌려 베스를 올려다보았다. 그가 아주 조용히 말했다.

"베스?"

그가 말했다.

"내 두 다리가 후들거려요. 일어서려고 했다간 쓰러지고 말 거예요. 부탁이니 내 곁에 앉으세요."

여자는 젊은 남자의 옆에 앉았다.

"내 이름을 어떻게 아세요? 누구시죠?"

"난 당신이 누구이고, 당신 어머니가 누구이고, 당신의 남자 형제들이 누구라는 것밖에는 모릅니다. 제 곁에 가까이 앉으세요, 베스. 내 마음이 차분히 가라앉을 때까지 말예요."

"우리 오빠 마커스를 아시나요?"

"그래요. 이 세상의 어느 누구보다도 잘 알죠. 그래요, 나는 그를 압니다."

"마커스는 어디 있나요?"

병사는 여자에게 반지를 하나 내주었다.

"당신 오빠 마커스가 나더러 이걸 당신에게 갖다 주라고 그랬어요."

베스 매콜리는 잠시 동안 아무 말 없이 있다가 입을 열었다.

"마커스가 죽었나요?"

그녀의 목소리는 흥분되지 않았고 나지막했다.

호머가 길거리를 걸어 내려왔다. 베스가 그를 마중하려고 뛰어나갔다. 그들이 병사가 있는 곳까지 다다르자 그녀가 말했다.

"마커스한테서 오신 분이란다. 두 사람은 친구였대."

그러더니 그녀는 집으로 달려 들어갔다.

"토비군요? 공원에서 얘기를 나누었을 때 아는 사람같이 느껴졌어요."

호머가 말했다. 그는 잠시 후 말을 이었다.

"오늘 오후에 전보가 도착했어요. 그 전보가 제 호주머니에 들어 있습니다. 우린 어떻게 해야 하나요?"

"찢어버려요, 호머."

호머는 호주머니에서 전보를 꺼내 발기발기 찢어서 작은 조각들을 다시 호주머니에 넣었다. 간직하기 위해서, 영원히.

"우리, 안으로 들어가요."

호머가 몸을 수그렸고, 병사가 그의 손을 잡고 천천히 몸을 일으켰다.

믿어지지 않을 일이었지만, 집 안에서는 다시 음악이 시작되었고, 피아노와 하프와 세 여자의 목소리가 들려왔다.

"잠깐 여기 서서 저 소리를 들어보고 싶어요."

병사가 말했다.

율리시스가 밖으로 나오더니 병사의 손을 잡았다. 매콜리 부인과 베스와 메리 아레나가 열린 문으로 나왔다. 어머니는 지금은 죽어버린 아들과 친했던 낯선 병사의 양쪽에 서 있는 두 아들을 쳐다보았다. 죽고 싶을 지경으로 마음이 아팠어도 그녀는 병사에게 웃음 지으며 말했다.

"들어와서 우리 집 구경 안 하겠어요?"

작품 해설

사로얀의 작품 대부분이 그렇듯이 이것은 선량한 사람들의 맑은 삶과 따스한 슬픔을 투명하게 그려놓은 잔잔한 물결 같은 얘기다.

이미 이 작품과 더불어 우리 나라에 소개된 《내 이름은 아람》이나, 옮긴이가 1978년에 번역한 《어쩌다 만난 사람들》, 《비벌리힐스에서 자전거를 타는 사람》, 그리고 다른 사로얀의 작품들도 우리들이 흔히 이해하는 '소설'과는 달라서, 오히려 유머리스트(humorist)인 제임스 더버의 세계와 일맥상통하는 바가 있다. 살아가는 동안 인간 주변에서 스쳐 지나가는 수많은 삽화들을 파스텔화처럼 산뜻하게 그려놓은 것이 사로얀의 작품 세계라고 하겠다.

사로얀의 대표작이라는 데 대해서는 아무도 반대하지 않을 이 작품은 우리 나라에서 《인간 희극》이라고 잘못된 제목으로 알려져 있지만, 사실은 이 제목 자체가 사로얀의 세계를 그대로 잘 보여준다. *The Human Comedy*라면 프랑스의 소설가 발자크(Honoré de Balzac)가 1842년부터 사후까지 47권에 달하는 연작 소설로 발표한 *La Comédie Humaine*과 같은 뜻으로, 그리고 같은 의도의 주제로 설정된 것이다. 발자크는 *La Comédie Humaine*, 즉 《인간 극장》이라는 연작 소설을 통해 당시 프랑스 사회를 입체적으로 투사하려고 시도했다. 사로얀은 그 주제를 그대로 살려 주변의 수많은 사람들을 관찰하고 소묘했으며, 그래서 제목도 발자크의 것을 그대로 썼다. Comedy라는 단어를 그냥 '희극'으로 옮겨놓은 것은 따라서 경솔한 실수였으며, 단테의 《신곡》이 *Divina Commedia*라고 해서 '하나님의 희극'이라고 번역하는 것이나 마찬가지이다(단테의 《신곡》은 처음에 그냥 *Commedia*라는 제목으로 알려졌다). 따라서 이 작품의 제목은 '인간 극장'이나 '인생 극장' 정도가 본디 의도에 훨씬 가깝다고 하겠다.

사로얀은 이 작품에 여러 주인공들을 등장시킨다. 세상의 온갖 신비를 탐험하며 소년의 세계로 들어서는 율리시스, 인간의 추악함을 처음으로 경험하면서 어린 시절을 벗어나는 호머, 어른이 되어 전쟁에 끌려가서 그 전쟁을 미워하며 죽어가는 마커스, 세상에 올바른 인간이 있는지를 확인하려고 권총을 들고 찾아오는 젊은이, 역사를 마음에 품고 인간의 폐허로서 죽어가는 그로간 노인, 이러한 인간 군상이 삶의 모자이크를 짜낸다. 그런 의미에서 사로얀은 글로 그림을 그려내는 작가이다.

전해지는 얘기로는 1934년 출판사를 경영하던 베네트 서프가 샌프란시스코의 팰리스 호텔에 묵고 있는데 안내계에서 "세계에서 가장 위대한 작가라고 하시는 분이 로비에 와서 기다리고 계시는데요"라고 말했다고 한다. 이 연락을 받은 서프는 조금도 머뭇거리지 않고 "사로얀 씨더러 그냥 올라오시라고 하세요"라고 대답했다는 것이다.

그의 작품에서도 잘 드러나는 이런 호탕하고 순박한 인간성은 1981년 5월, 그가 캘리포니아의 프레스노에서 사망하기 일주일 전까지도 그대로 남아 있었다. 자신만만하고 호기 있게 평생을 보낸 그는 죽음을 앞두고도 이렇게 말했다.

"모든 인간은 죽게 마련입니다. 하지만 난 내 경우에는 항상 예외라고 믿어왔어요."

이 작품을 어머니에게 바친다는 헌사가 앞에 있듯이, 사로얀은 20세기 초에 터키인들의 학살을 피해 미국으로 이주한 아르메니아인의 아들로 1908년 프레스노에서 출생했다. 이렇듯 미국에서 아르메니아인의 2세로서 성장한 그는 캘리포니아에 있었던 '축소판 아르메니아'의 고립되고 가난하지만 소박한 삶을 너무나 잘 알았다.

사로얀은 아버지가 사망한 다음 어린 시절을 고아원에서 지냈고, 그 경험이 이 작품에 등장하는 토비 조지를 통해서 나타난다. 그의 어머니가 식구들을 먹여 살리느라고 고생하던 얘기 역시 이 작품에 잘 드러난다.

《인간 희극》이라고 우리 나라에서는 제목이 굳어버린 《인간 극장》은 1943년에 발표되었고, 같은 해에 미키 루니(호머), 반 존슨(마커스), 제임스 크레이그(톰 스팽글러) 등이 주연해서 클라렌스 브라운이 영화로 만들어 지금까지 고전 영화 가운데 하나로 남아 있다.

포도원에서 일하던 아버지는 그가 두 살 때 돌아가셨고, 어머니는 통조림 공장에서 일했다. 윌리엄은 여덟 살부터 신문팔이로 돈을 벌어 생활비를 보탰으며, 그후 전보 배달원, 도서관 직원, 포도원 일꾼, 신문기자 등의 직장을 거쳤다.

1934년 〈공중그네를 타는 용감한 사나이〉라는 단편으로 O. 헨리 상을 받은 그는 고생스럽고 다채로왔던 과거를 산뜻하게 작품으로 재생시키는 작가로 미국 문단에서 두각을 드러냈다. 그리고 겨우 6년 사이에 6백 편에 달하는 단편을 발표했는데, 단편 작가로서의 예리하고도 뒷맛이 감치는 문체는 결국 사로얀의 대명사처럼 되었다.

그의 인상주의적인 작품 세계는 길거리에서 흔히 찾게 되는 '피상적인 현실과 자그마한 진실'들을 예리하게 표출시켰다. 초기 작품들은 경제적인 대공황에 시달리던 사람들이 듣고 싶어 하던 훈훈한 분위기를 그려냄으로써 많은 독자를 얻기에 이르렀다.

하지만 초기의 낭만주의와는 달리 나중에는 그의 성격에서 비타협적이고 거친 면도 드러났다. 1940년에 그는 브로드웨이에서 대성공을 거둔 희곡 〈삶의 전성기〉에 퓰리처상이 수여되었을 때 상업이 예술을 심판할 수는 없다는 이유로 수상을 거부했다. 할리우드에서 영화 대본을 쓰던 시절에도 그는 싸움을 잘해서 '시끄러운 인물'로 낙인이 찍히기도 했다.

그가 희곡에 기울어졌던 것은 1939년부터였는데, 이때부터 그는 전작이나 중편소설에 열중했다. 그 후 1946년에는 《웨슬리 잭슨의 모험》을, 1951년에는 《로크 와그럼》을, 1953년에는 《웃을 일》을, 그리고 1956년에는 《나는 엄마를 사랑합니다》를 발표했다.

그는 사생활에 있어서 술과 도박 때문에 가정 파탄을 일으키기도 했으며, 경제적으로도 곤경을 겪었다. 1958년에는 세금이 5만

달러나 밀려 파리의 노동자들이 사는 지역에서 기거하기도 했다.

1960년대에는 《죽지 않아서》나 《떠나지 말아요, 하지만 꼭 가겠다면 모든 사람에게 작별 인사를 해요》 등 침울한 제목의 회고록을 발표하기도 했다. 1963년에 발표된 소설 《남자들과 여자들이 모이면》은 결혼 생활에 대한 그의 참담한 견해를 피력한다.

2차 세계대전 이후에는 비평가들도 그의 짜릿한 감상주의와 생동감에 대해서 별로 호응을 하지 않았지만, 그래도 그의 많은 작품에 담긴 아늑한 분위기와 매혹은 수많은 젊은이들과 신인 작가들에게 계속해서 영감을 주었으며, 그것은 비판의 수준을 초월한 유산으로 간주되었다.

이 작품은 1943년에 처음 발표한 것과 1966년에 다시 고쳐 쓴 두 가지가 있는데, 우리 나라에는 두 가지가 다 번역되었다. 여기에서는 1966년 판을 우리말로 옮겼다.

옮긴이

옮긴이 **안정효**

1941년 서울에서 태어나 1965년 서강대 영문학과를 졸업했다. 1964년 〈코리아 헤럴드〉 문화부 기자를 시작으로 《주간여성》 기자, 《한국브리태니커》 편집부장, 〈코리아 타임스〉 문화부장과 서강대 영문과 강사를 역임했다. 1982년에 한국번역문학협회에서 제정한 제1회 번역문학상을 수상했다. 1983년 《실천문학》에 장편소설 《하얀전쟁》을 발표하며 등단했으며, 《악부전》으로 김유정 문학상을 수상했다. 지은 책으로 《가을 바다 사람들》, 《은마는 오지 않는다》, 《하얀전쟁》, 《동생의 연구》, 《미늘》, 《헐리우드 키드의 생애》, 《나비 소리를 내는 여자》, 《태풍의 소리》, 《착각》, 《미늘의 끝》 등이 있으며 《은마는 오지 않는다》, 《하얀 전쟁》 등의 작품이 영어, 독일어, 일본어, 덴마크어 등으로 번역되어 해외에 소개되었다. 옮긴 책으로는 알렉스 헤일리의 《뿌리》, G. 마르케스의 《백년 동안의 고독》, 콜린 맥컬로의 《가시나무새》, 펄 S. 벅의 《대지》, 아이리스 머독의 《바다여 바다여》 등이 있다.

인간 희극

1판 1쇄 발행 1985년 1월 20일
4판 1쇄 발행 2025년 6월 16일

지은이 윌리엄 사로얀 | 옮긴이 안정효
펴낸곳 (주)문예출판사 | 펴낸이 전준배
출판등록 2004. 02. 11. 제 2013-000357호 (1966. 12. 2. 제 1-134호)
주소 04001 서울시 마포구 월드컵북로 21
전화 02-393-5681 | 팩스 02-393-5685
홈페이지 www.moonye.com | 블로그 blog.naver.com/imoonye
페이스북 www.facebook.com/moonyepublishing | 이메일 info@moonye.com

ISBN 978-89-310-2517-0 04800
ISBN 978-89-310-2365-7 (세트)

• 잘못 만든 책은 구입하신 서점에서 바꿔드립니다.

문예출판사® 상표등록 제 40-0833187호, 제 41-0200044호

문예세계문학선

★ 서울대, 연세대, 고려대 필독 권장 도서 　▲ 미국대학위원회 추천 도서
● 《타임》 선정 현대 100대 영문 소설 　▽ 《뉴스위크》 선정 세계 100대 명저

- 1 **젊은 베르테르의 슬픔** 괴테 / 송영택 옮김
- ▲▽ 2 **멋진 신세계** 올더스 헉슬리 / 이덕형 옮김
- ▲●▽ 3 **호밀밭의 파수꾼** J. D. 샐린저 / 이덕형 옮김
- 4 **데미안** 헤르만 헤세 / 구기성 옮김
- 5 **생의 한가운데** 루이제 린저 / 전혜린 옮김
- 6 **대지** 펄 S. 벅 / 안정효 옮김
- ●▽ 7 **1984** 조지 오웰 / 김승욱 옮김
- ▲●▽ 8 **위대한 개츠비** F. 스콧 피츠제럴드 / 송무 옮김
- ▲●▽ 9 **파리대왕** 윌리엄 골딩 / 이덕형 옮김
- 10 **삼십세** 잉게보르크 바흐만 / 차경아 옮김
- ★▲ 11 **오이디푸스왕 · 안티고네** 소포클레스 · 아이스킬로스 / 천병희 옮김
- ★▲ 12 **주홍글씨** 너새니얼 호손 / 조승국 옮김
- ▲●▽ 13 **동물농장** 조지 오웰 / 김승욱 옮김
- ★ 14 **마음** 나쓰메 소세키 / 오유리 옮김
- ★ 15 **아Q정전 · 광인일기** 루쉰 / 정석원 옮김
- 16 **개선문** 레마르크 / 송영택 옮김
- ★ 17 **구토** 장 폴 사르트르 / 방곤 옮김
- 18 **노인과 바다** 어니스트 헤밍웨이 / 이경식 옮김
- 19 **좁은 문** 앙드레 지드 / 오현우 옮김
- ★▲ 20 **변신 · 시골 의사** 프란츠 카프카 / 이덕형 옮김
- ★▲ 21 **이방인** 알베르 카뮈 / 이휘영 옮김
- 22 **지하생활자의 수기** 도스토옙스키 / 이동현 옮김
- ★ 23 **설국** 가와바타 야스나리 / 장경룡 옮김
- ★▲ 24 **이반 데니소비치의 하루** 알렉산드르 솔제니친 / 이동현 옮김
- 25 **더블린 사람들** 제임스 조이스 / 김병철 옮김
- ★ 26 **여자의 일생** 기 드 모파상 / 신인영 옮김
- 27 **달과 6펜스** 서머싯 몸 / 안흥규 옮김
- 28 **지옥** 앙리 바르뷔스 / 오현우 옮김
- ★▲ 29 **젊은 예술가의 초상** 제임스 조이스 / 여석기 옮김
- ▲ 30 **검은 고양이** 애드거 앨런 포 / 김기철 옮김
- ★ 31 **도련님** 나쓰메 소세키 / 오유리 옮김
- 32 **우리 시대의 아이** 외된 폰 호르바트 / 조경수 옮김
- 33 **잃어버린 지평선** 제임스 힐턴 / 이경식 옮김
- 34 **지상의 양식** 앙드레 지드 / 김붕구 옮김
- 35 **체호프 단편선** 안톤 체호프 / 김학수 옮김
- 36 **인간 실격** 다자이 오사무 / 오유리 옮김
- 37 **위기의 여자** 시몬 드 보부아르 / 손장순 옮김
- ●▽ 38 **댈러웨이 부인** 버지니아 울프 / 나영균 옮김
- 39 **인간 희극** 윌리엄 사로얀 / 안정효 옮김
- 40 **오 헨리 단편선** O. 헨리 / 이성호 옮김
- ★ 41 **말테의 수기** R. M. 릴케 / 박환덕 옮김
- 42 **파비안** 에리히 케스트너 / 전혜린 옮김
- ★▲▽ 43 **햄릿** 윌리엄 셰익스피어 / 여석기 옮김
- 44 **바라바** 페르 라게르크비스트 / 한영환 옮김
- 45 **토니오 크뢰거** 토마스 만 / 강두식 옮김
- 46 **첫사랑** 이반 투르게네프 / 김학수 옮김
- 47 **제3의 사나이** 그레이엄 그린 / 안흥규 옮김
- ★▲▽ 48 **어둠의 심장** 조지프 콘래드 / 이덕형 옮김
- 49 **싯다르타** 헤르만 헤세 / 차경아 옮김
- 50 **모파상 단편선** 기 드 모파상 / 김동현 · 김사행 옮김
- 51 **찰스 램 수필선** 찰스 램 / 김기철 옮김
- ★▲▽ 52 **보바리 부인** 귀스타브 플로베르 / 민희식 옮김
- 53 **페터 카멘친트** 헤르만 헤세 / 박종서 옮김
- ★ 54 **몽테뉴 수상록** 몽테뉴 / 손우성 옮김
- 55 **알퐁스 도데 단편선** 알퐁스 도데 / 김사행 옮김
- 56 **베이컨 수필집** 프랜시스 베이컨 / 김길중 옮김
- ★▲ 57 **인형의 집** 헨리크 입센 / 안동민 옮김
- ★ 58 **소송** 프란츠 카프카 / 김현성 옮김
- ★▲ 59 **테스** 토머스 하디 / 이종구 옮김
- ★▽ 60 **리어왕** 윌리엄 셰익스피어 / 이종구 옮김
- 61 **라쇼몽** 아쿠타가와 류노스케 / 김영식 옮김
- ▲▽ 62 **프랑켄슈타인** 메리 셸리 / 임종기 옮김
- ▲●▽ 63 **등대로** 버지니아 울프 / 이숙자 옮김
- 64 **명상록** 마르쿠스 아우렐리우스 / 이덕형 옮김
- 65 **가든 파티** 캐서린 맨스필드 / 이덕형 옮김
- 66 **투명인간** H. G. 웰스 / 임종기 옮김
- 67 **게르트루트** 헤르만 헤세 / 송영택 옮김
- 68 **피가로의 결혼** 보마르셰 / 민희식 옮김

(뒷면 계속)

- ★ 69 팡세 블레즈 파스칼 / 하동훈 옮김
- 70 한국 단편 소설선 김동인 외
- 71 지킬 박사와 하이드 로버트 L. 스티븐슨 / 김세미 옮김
- ▲ 72 밤으로의 긴 여로 유진 오닐 / 박윤정 옮김
- ★▲▽ 73 허클베리 핀의 모험 마크 트웨인 / 이덕형 옮김
- 74 이선 프롬 이디스 워튼 / 손영미 옮김
- 75 크리스마스 캐럴 찰스 디킨슨 / 김세미 옮김
- ★▲ 76 파우스트 요한 볼프강 폰 괴테 / 정경석 옮김
- ▲ 77 야성의 부름 잭 런던 / 임종기 옮김
- ★▲ 78 고도를 기다리며 사뮈엘 베케트 / 홍복유 옮김
- ★▲▽ 79 걸리버 여행기 조너선 스위프트 / 박용수 옮김
- 80 톰 소여의 모험 마크 트웨인 / 이덕형 옮김
- ★▲▽ 81 오만과 편견 제인 오스틴 / 박용수 옮김
- ★▽ 82 오셀로·템페스트 윌리엄 셰익스피어 / 오화섭 옮김
- ★ 83 맥베스 윌리엄 셰익스피어 / 이종구 옮김
- ▽ 84 순수의 시대 이디스 워튼 / 이미선 옮김
- ★ 85 차라투스트라는 이렇게 말했다 니체 / 황문수 옮김
- ★ 86 그리스 로마 신화 에디스 해밀턴 / 장왕록 옮김
- 87 모로 박사의 섬 H. G. 웰스 / 한동훈 옮김
- 88 유토피아 토머스 모어 / 김남우 옮김
- ★▲ 89 로빈슨 크루소 대니얼 디포 / 이덕형 옮김
- 90 자기만의 방 버지니아 울프 / 정윤조 옮김
- ▲ 91 월든 헨리 D. 소로 / 이덕형 옮김
- 92 나는 고양이로소이다 나쓰메 소세키 / 김영식 옮김
- ★ 93 폭풍의 언덕 에밀리 브론테 / 이덕형 옮김
- ★▲ 94 스완네 쪽으로 마르셀 프루스트 / 김인환 옮김
- ★ 95 이솝 우화 이솝 / 이덕형 옮김
- ★ 96 페스트 알베르 카뮈 / 이휘영 옮김
- ▲ 97 도리언 그레이의 초상 오스카 와일드 / 임종기 옮김
- 98 기러기 모리 오가이 / 김영식 옮김
- ★▲ 99 제인 에어 1 샬럿 브론테 / 이덕형 옮김
- ★▲ 100 제인 에어 2 샬럿 브론테 / 이덕형 옮김
- 101 방황 루쉰 / 정석원 옮김
- 102 타임머신 H. G. 웰스 / 임종기 옮김
- ● 103 보이지 않는 인간 1 랠프 엘리슨 / 송무 옮김
- ● 104 보이지 않는 인간 2 랠프 엘리슨 / 송무 옮김
- ▲ 105 훌륭한 군인 포드 매덕스 포드 / 손영미 옮김
- 106 수레바퀴 아래서 헤르만 헤세 / 송영택 옮김
- ▲ 107 죄와 벌 1 표도르 도스토옙스키 / 김학수 옮김
- ▲ 108 죄와 벌 2 표도르 도스토옙스키 / 김학수 옮김
- 109 밤의 노예 미셸 오스트 / 이재형 옮김
- 110 바다여 바다여 1 아이리스 머독 / 안정효 옮김
- 111 바다여 바다여 2 아이리스 머독 / 안정효 옮김
- 112 부활 1 레프 톨스토이 / 김학수 옮김
- 113 부활 2 레프 톨스토이 / 김학수 옮김
- ▲● 114 그들의 눈은 신을 보고 있었다 조라 닐 허스턴 / 이미선 옮김
- 115 약속 프리드리히 뒤렌마트 / 차경아 옮김
- 116 제니의 초상 로버트 네이선 / 이덕희 옮김
- 117 트로일러스와 크리세이드 제프리 초서 / 김영남 옮김
- 118 사람은 무엇으로 사는가 레프 톨스토이 / 이순영 옮김
- 119 전락 알베르 카뮈 / 이휘영 옮김
- 120 독일인의 사랑 막스 뮐러 / 차경아 옮김
- 121 릴케 단편선 R. M. 릴케 / 송영택 옮김
- 122 이반 일리치의 죽음 레프 톨스토이 / 이순영 옮김
- 123 판사와 형리 F. 뒤렌마트 / 차경아 옮김
- 124 보트 위의 세 남자 제롬 K. 제롬 / 김이선 옮김
- 125 자전거를 탄 세 남자 제롬 K. 제롬 / 김이선 옮김
- 126 사랑하는 하느님 이야기 R. M. 릴케 / 송영택 옮김
- 127 그리스인 조르바 니코스 카잔차키스 / 이재형 옮김
- 128 여자 없는 남자들 어니스트 헤밍웨이 / 이종인 옮김
- 129 사양 다자이 오사무 / 오유리 옮김
- 130 슌킨 이야기 다니자키 준이치로 / 김영식 옮김
- 131 실종자 프란츠 카프카 / 송경은 옮김
- 132 시지프 신화 알베르 카뮈 / 이가림 옮김
- 133 장미의 기적 장 주네 / 박형섭 옮김
- 134 진주 존 스타인벡 / 김승욱 옮김
- 135 황야의 이리 헤르만 헤세 / 장혜경 옮김
- 136 피난처 이디스 워튼 / 김욱동